新潮文庫

運命の逆流

―ソナンと空人3―

沢村　凜著

新潮社版

11367

輪笏《わしゃく》全図

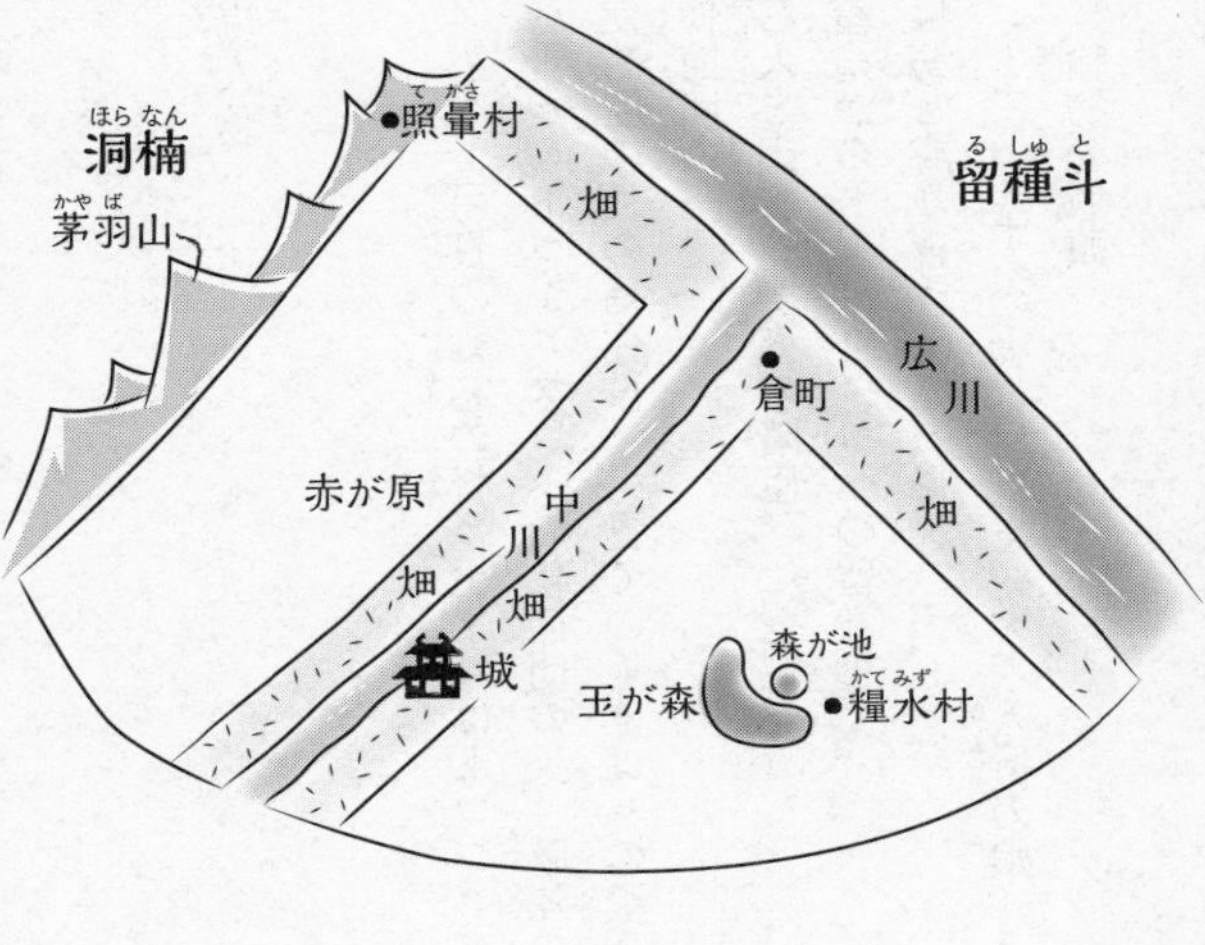

地図制作　アトリエ・プラン

登場人物

空人《そらんと》（ソナン）　弓貴《ゆんたか》の輪笏《わしゃく》の督《とく》。生まれはトコシュヌコの貴族。
雪大《ゆきんた》　弓貴からトコシュヌコへの使節団の長。鷹陸《たかりく》の督。
星人《ほしんと》　使節団の長の補佐役。弓貴での地位は八の丞《じょう》。
砂人《すなんと》　使節団の一員。
花人《はなんと》・石人《いしんと》・山士《やまんし》　空人の陪臣。
家人《いえんと》　輪笏からトコシュヌコへの留学生。
紅大《べにんた》　輪笏と隣り合う洞楠《ほらなん》の督。
七の姫（ナナ）　空人の妻。弓貴を統《す》べる六樽《むたる》の娘。
瑪瑙大《めのうた》　輪笏の城頭。

シュヌア将軍　ソナンの父親。
ヨナルア　シュヌア家の執事。
チャニル　ワクサール家の長女。ソナンの元婚約者。
ムナーフ将軍　近衛隊を統べる軍人。
ティリウ中佐　ソナンの元上官。特使派遣隊の隊長。
ナーツ　イピー家の長男。王都防衛隊時代のソナンの友人。
タハル　ナーツの妹。
アイジェ　弓貴からの使節団の世話係の長。
ツナブ　詮議《せんぎ》官。
ノフシェク　王都の金貸し。
ブカヤ将軍　王都防衛隊を指揮する軍人。

運命の逆流

ソナンと空人3

I

空は青く、海も青い。

どちらも、はてしなく広い。

それでいて空人《そらんと》を取り巻く風景は、この二年半で目になじんだ、単調なまでにすっきりとしたものではなかった。

頭上の青には、形も白さもまちまちの、雲という模様が浮かび、眼下の青には、潮の流れと陽光とが、緑がかった筋をつけたり銀色に輝かせたり、せっせと変化をつけている。

複雑で、混沌《こんとん》として、にぎやかで、見飽きないようでいて、とらえどころがないあまり、やっぱりそのうち飽きてしまう。

空人は、両腕を大きく天に突き上げ、伸びをしてから、右前方を見上げた。

ふわふわとした浮き雲が、三つ並んで流れていた。

手前の雲は、馬の頭に似た形だ。その次のは……親指だけを立てた拳《こぶし》。三つ目は、飛び出たところを山だと思えば、どこかの景色に似ているようだが、それよりも、人間の鼻だとみれば、上を向いた人の横顔。

そんな連想をはたらかせる間に、馬はうさぎに化けつつあった。

子供のころ、よくこんなふうに空をながめた。長い廊下のあるしんとした屋敷で、窓枠に肘《ひじ》をのせ、流れ来る雲の形をさまざまなものにみたてて、長い時間を過ごした。

「忘れていたな。こんな一人遊びがあったことを」

生まれ育った場所からすっぱりと切り離されて、彼がこの二年半を過ごした土地では、模様をまとわぬ素顔の空しか見られなかった。青一色の天空には、ふわふわとした浮き雲も、長く延びる筋雲も、群れなす羊雲やいわし雲も、むくむくとふくれあがる入道雲も、太陽をすっぽり隠す黒雲も現れず、だから雨が降ることがなく、空気は常に乾いていた。

空人は、目をつぶって大きく息を吸い込んだ。鼻の奥から喉《のど》、胸の内が、湿気に潤《うるお》い、喜んでいる。

この感覚も、海辺に着くまで忘れていた。雨の降らない土地に吹く風は、いつもからからに乾いていて、息をするとは、毎日の素振りと同じく鍛練のようなものだったと、庫帆《くらほ》の港で気がついた。

いま、この船上を流れる風も、塩気で肌や衣服をべとつかせるのには閉口するが、水気もふんだんに含んでいて、呼吸が楽に感じられる。

これこそが空気。これこそが、息をするということだ。人が生きるのには、ほんとうはこれくらいの湿気が必要なのだ。

そう実感するにつけ、ひと月前に後にしたのは、人が住むのに過酷な土地だったのだと、あらためて思う。

けれどもあの地――弓貴《ゆんたか》に住む人々は、渇きを苦にする様子もなく、手に入るわずかな水や緑を上手に使って、規律正しく暮らしていた。

そんなことを考えていると、二年半を過ごした土地の思い出が、大空に漂う雲よりたくさん浮かんできた。何を思い出しても、胸がつんと痛くなるのに、顔は緩んで笑っている。

「帰りたい。一日も早く」

海風に向かってつぶやいた。

風といっても、あるかなきかのそよ風だ。おかげで船の動きはにぶく、庫帆の港を出てひと月が過ぎても、目的地であるトコシュヌコ――弓貴風の呼び方にして床臣五《トコシンゴ》は、まだまだ遠い先にあった。

早く帰るためには、早く目指す場所に着かねばならない。

けれども、空人の胸にあせりはなかった。早く帰りたいと思う一方で、目的地への到着は、一日でも遅くあってほしい。あい矛盾する願いの結果、緩々《ゆるゆる》とした船旅のけだるい日常に、居心地の良さを感じている。

なにしろトコシュヌコは、彼の生まれ育った国だ。そこでの二十年弱の思い出は、新しい地で生きなおすため一度封印したのだが、その封印を解いて、あるいは勝手に破って出てくる記憶に、ろくなものはない。

まるで、あの国には雨の日しかなかったかのように、あらゆる場面が暗くけぶり、現れる人影はみな、いらだっている。かつての彼、ソナンという名の人物が、無責任で軽薄で、誰の期待にも応《こた》えられなかった――応えようとしなかったからだ。

本当は、晴れた日もあったはずだ。どうしようもない愚か者にも、暖かいまなざしを向けた人はいたはずだ。

けれども、そうした思い出は、濁った川の暗い流れに結びつく。つかのまの晴れ間の象徴のようだった、笑顔が誰より優しかった人を、救おうとして救えなかった悔しさで出来た、黒い水。

「空人様」

名前を呼ばれて我にかえった。振り向くと、緑の髪を三つに結った、丸顔の男が立っていた。服装は、裾《すそ》のぴっちりとした新式の舟衣《ふなごろも》。庫帆の船乗りの伝統的な服装を、床臣五の船乗りの助言を受けて改良したものだ。

「よろしかったら、少し、おいでいただきたいのですが」

男は軽い礼のあと、遠慮のない口調で頼み事をした。弓貴《ゆんたか》の大地の上ではありえないことだった。

空人は、「督」という高い地位についており、本来だったら直接話しかけるのもはばかられる存在だ。やむをえず声をかける場合でも、「輪笏様《わしゃくさま》」と、治める土地を呼称とすべきで、身内のように名前で呼ぶなど、もってのほかだ。

けれども、この航海ではそうした礼儀を忘れることが、船出の前に決められていた。床臣五《トコシンゴ》から寄贈された大きな船、羅馬富《らまと》号の初航海は、弓貴が初めて異国に〈使節団〉を送る旅でもあった。外の世界との関係が、これにより正式に始まるのだ。新たに開いた扉からは、良いことも数多くもたらされるだろうが、かつて経験したことのない危険にさらされることにもなる。その危険をできうるかぎり遠ざけるため、何事においても用心の上に用心を重ねるべきだと、八の丞の星人《じょうのほしんと》が提言したのだ。

たとえば、相手国から得られる知識は、なるだけたくさん持って帰らねばならないが、こちらのことは、できるだけ知らせずにすませたい。地位で互いを呼びあっていたら、どんな身分の者が来たかや、弓貴の高位の社会のありさまを悟られる。督である雪大《ゆきんた》と空人の場合、治める土地まであからさまになってしまう。呼び方を変えるだけでそれを避けられるなら、そうすべきというのが星人の考えだった。

トコシュヌコは、弓貴規模の国相手に、そこまでの注意をはらって内情を探ろうとはしないだろうと思ったが、害になることではないし、空人としてもそのほうが気楽なので、賛成した。使節団を率いる立場の雪大も同意したので、習慣づけるため、船出とともに呼び方を改めたのだ。

異国への用心で始めた方便《ほうべん》だったが、ほかにも利点のあることが、ほどなくわかった。使節団ができた当初のぎくしゃくとした空気が、解消されていったのだ。

総勢二十七名の使節団に、高い身分を表す背蓋布《はいがいふ》の着用を許された人間が、三人いた。八の丞の星人と、督である雪大と空人だが、この旅での役割は、六樽《むたる》様のお城での立場から見て、順当とはいえないものだった。雪大が、六樽様の言葉を伝える使者に任命されたのはいいとして、星人はその補佐役。空人などは、〈換語士〉という裏方だ。初めての航海、初めての使節団、初めての異国行きなのだから、身分や序列にとらわれず、最適と思える布陣でのぞむべきだと、上の丞と下の丞が決めたことだった。

雪大も星人も、形式よりも内実を重視する人間だから、この決定をよしとしている。もとより空人に、弓貴での立場にこだわる気持ちはない。

けれども従者らは、そう割り切れなかったようで、空人の陪臣の山士《やまんし》も、よくよく言い聞かせた後になっても、不満の色を消せないでいた。随行する武官や事務方も、八の丞が督の補佐にまわり、別の督が自分たちより低い身分の者が就くような仕事をするという事態に、とまどっていた。外海《そとうみ》の長旅に耐えられる者をということで、上から下まで若者ばかりが選ばれたため、こうした不満やとまどいを、年の功でうまくいなせる調整役にも欠けていた。

それが、名前で呼びあううちに、変わっていった。使節団の成員だけでなく、船乗りまでが、八の丞や督をその名で呼ぶのだから、城勤めしていたときの感覚ではいられない。船上では、地位のあかしの背蓋布を身に付けていないこともあいまって、強固なはずの身分間の垣根が、海風に吹き飛ばされるように消え去ったのを、空人は感じた。

さらに、大海原に囲まれての旅、船の上で寝起きする生活、次々に現れる雲の群れや雨という、空人以外の誰にとっても初体験となる事態の連続に、立場とか身分とかを気にする余裕がなくなった。

大半の者は、船を見るのも初めてだったし、庫帆《くらほ》の船乗りや空人も、穏やかな近海を行く小舟にしか乗ったことがなかった。外海の大波や、何日間もを船の上で過ごすことがどういうものか、誰ひとり知らなかったのだ。

出港して一日もたたないうちに、最初の試練が訪れた。

船酔いだ。

使節団の全員が、青い顔をして吐いてばかりいるようになった。はじめのうち、星人や雪大、空人は、陪臣の差し出す手桶《ておけ》に向かって嘔吐《おうと》していたのだが、そのうちに、陪臣も武官も事務方も、手桶を支える力を失った。誰もが病人のようにうめきながら、〈汚水落としの穴〉の縁《へり》まで這《は》っていき、胃の中身をぶちまける。

外海に出て、さらにうねりが大きくなると、弓貴の船乗りたちも同じ状態になった。彼らに操船技術を教えるために乗り込んでいた床臣五の船乗りだけが、その間も、すずしい顔で巧みに船を操っていた。

「一日中、馬を下りることなく駆け回らなければならなかったことが、何度かある。あれほどからだにこたえることは、そうそうないと思っていたが、それでも夜は、動かない地面の上で休めた。それがどれだけありがたいことだったか、いまになって、よくわかった」

一時的に波がなくなり、口がきける程度に船酔いがおさまったとき、雪大が弱音ともとれる述懐をした。

「上の丞と下の丞が、この任務から徹底して年配者をはずされたのは、賢明なご判断だった」

数日のあいだに面変わりするほどやつれた星人が、嘆息した。

空人の喉もとでは、「床臣五に行くのをやめて、引き返そう」というせりふが、飛び出しそうになっていた。この苦しさに、あと何日も耐えられる気がしなかった。こんな状態では、行っても意味がない。六樽様の威厳を損なうだけになる――などという勝手な理屈を、頭がこねはじめていた。

だが、こらえた。こらえなければならないことは、わかっていた。山士《やまんし》だって、不平も言わずに船酔いに耐えている。主人の彼が、心の弱さを表に出すわけにはいかないではないか。

空人は、からだの中身が〈不快〉という名の汚れた手で、絶えずなでられ、つまれ、ねじられているような苦しさに、黙って耐えた。

するとあるとき、嘘《うそ》のように気分がよくなった。からだが慣れてくれたのだ。空人だけでなく他の面々も、胃が食べ物を受け付けるようになり、船内を揺れに合わせて拍子をとりながら歩けるようになり、外甲板では命綱をつけることも習い性になったころ、嵐《あらし》が来た。

海も、空も、一変した。

波と風が大槌《おおづち》のように船を打ち、雨はびんたの連打のように船板を叩《たた》いた。外が見えない船室に逃げ込んでも、足を支えてくれるはずの床板が、すとんと下に落ち込んだり、つるりと逃げて壁になったり、確かなものは何ひとつなくなって、川で溺《おぼ》れ死ぬ間際《まぎわ》にも感じることのなかった恐怖に見舞われた。

すーっと背筋をこおらせる怖気《おぞけ》とも、ぞくぞくと肌を粟立《あわだ》たせる恐ろしさともまるで違う、叫びのような恐怖だった。心臓から全身の毛穴、股《また》の間のあれまでが、縮こまれるだけ縮み上がり、歯をくいしばっていたはずなのに、なぜか脳天を突き破るような悲鳴をあげた。何を考えるゆとりもなく、船室の握り棒にあらんかぎりの力でつかまって、海の怒りが一瞬でも早くおさまることを、ただ念じた。

やがて、念じることもできなくなり、頭の中を白い閃光《せんこう》のようなものが飛び交いはじめ、失神した。

気がつけば、空が青かった。波は穏やかだった。それが、信じられないと同時に、しみじみとありがたく感じられた。

嵐のあとで会う人はみな――星人でさえも、余計な何かが削《そ》ぎ落とされたとでもいうような、さっぱりとした顔をしていた。

空人自身も、そうだったと思う。嵐を乗り越え、奇跡のように穏やかな海と空とを目にしたとき、胸のうちがやけにさわやかなのに気がついた。どうしてだろうと首をかしげて、その理由に思い当たった。生まれ故郷に向かうことへのどうしようもない忌避感が、なくなっていたのだ。

嫌悪《けんお》はある。気は進まないし、到着の日が一日でも遅いことを願っている。けれども、嵐と恐怖にもみくちゃにされるあいだに、何事もなるようになれという開き直りのような度胸がついた。もう、トコシュヌコにつながる陸地が見えたとたん、自分を抑えきれなくなって、海にどぶんと飛び込んでしまうのでは――という恐れはない。人間、たまには振り回されてみるものだなと思った。

そんな嵐に、あと二回、見舞われた。二回目からは、失神も、心境の変化が訪れることもなくなったが、嵐の最中《さなか》の恐怖だけは、薄まりさえもしなかった。

三回目の嵐が過ぎると、海の様子ががらりと変わった。

揺れがおさまり、風もほとんどなくなったのだ。それからずっと、べた凪《な》ぎの日が続いている。足もとのゆらめきは、慣れれば気にならないほどで、海が穏やかなのと同様に、一日がのっぺりと過ぎていく。

船は遅々として進まなくなったが、人々は、慣れ親しんだ規則正しい生活が送れることを喜んだ。空人も、朝起きたら、山士に身なりを整えられて、文字の練習と剣の素振りをするという日課を取り戻した。

そのあとは、換語士として一日を過ごす。

空人が使節団に加わることになったのは、彼が弓貴《ゆんたか》でただ一人、床臣五の言葉をきちんと理解できる人間だったからだ。彼の役目は、換語士として、雪大の挨拶《あいさつ》を床臣五の首長に伝えることだが、船旅のあいだも遊んではいられない。ふたつの国の船乗りのあいだで、話を通じさせなければならないからだ。

使節団には換語士があと二人おり、空人は、船乗り相手の仕事を引き受ける責務を負わなかったが、船の操り方を教える場で、間違ったことが伝わっては大変だ。床臣五の言葉を学びはじめて間のない未熟な二人に任せておけず、船酔いがおさまってからしばらくは、時間のあるかぎり船乗りたちと行動をともにした。

床臣五の――すなわち故国の船乗りらと間近で接することに、忌避感はなかった。港町に生まれて波の上で育った男たちは、床臣五の言葉をしゃべっていても、空人にとって異国人も同然だった。彼らは王都に足を踏み入れたことがないか、あっても一、二度遊びに行った程度だから、ソナンを見知っているおそれもない。

船に関する用語は独特で、空人は換語に四苦八苦したが、弓貴の船乗りたちは、すぐにそのまま覚え込んだ。用語と用語をつなぐ説明では空人の仲立ちが必要だったが、海の民どうしで相通じるものがあるのか、理解が早い。やがて、よほど複雑なやりとりのとき以外、つきそう必要がなくなった。

そこで空人は、空いた時間で、ふたりの新米換語士に床臣五の言葉を教えることにした。いつまでも、督である空人がこうした仕事に携わってはいられない。ふたりには、少しでも早く、あちらの言葉に堪能《たんのう》になってもらわなくては。

手の空《す》いている床臣五の船乗りを一人呼んできて、簡単な言葉をしゃべらせ、空人がそれを弓貴の言葉にして伝えるというやり方で教えはじめたところ、通りかかった者たちが次々に足をとめ、すぐに生徒は使節団のほぼ全員ということになった。

考えてみれば、最初からそうすべきだった。これから独占的な交易をする相手国の言葉は、一人でも多くが、一言でもたくさん理解できるほうがいい。

船の上でほかにやることがない使節団の面々は、多くの時間を言葉の学びに費やした。なにしろ六樽様のお城の精鋭たちだ。覚えが早いだけでなく、教え方にどんどん注文をつけてくる。ついには、文字の読み書きを習いたいとまで言い出された。空人が、船室の扉に書かれた文字をなにげなく、船乗りに読んで聞かせた。それを見られてしまったのだ。

言われたときには、どきりとした。

空人に床臣五の言葉がわかる理由については、ほんとうのことをまだ話していない。雲の上のようなところで会った不思議な存在——空鬼《そらんき》の力によるのだとの誤解を、訂正していないのだ。

そのほうが話が簡単だったからで、他意はない。だから知識の出し惜しみをするつもりもなく、どきりとしたが、断ることなど考えもせずに、使節団の人々に床臣五の文字を教えていった。

けれども、空鬼の力によって、聞いた言葉の意味が頭に浮かぶのであれば、読み書きまではできないはずだ。現に弓貴の文字は、一つずつ覚えていかねばならず、いまもまだ勉強中だ。おかしいではないかと、今にも誰かに指摘されそうで、文字を教えはじめてしばらくは、びくびくとして過ごした。指摘されればいっさいを説明するつもりでいたが、複雑で信じがたい話だし、場合によっては六樽様への忠信を疑われる。できれば避けたい事態だった。

びくびくは、星人の視線に遭うと、息が詰まりそうなほどに高まった。

星人の目は、ソナンの父親のそれを思い起こさせる。形や色が似ているのでなく、そこから向けられる眼差《まなざ》しが、同質なものに思えるのだ。空人の皮膚のすぐ下にある浅はかさを見破ろうと、つねに狙《ねら》っているような、森をうかがう狩人《かりゅうど》のような視線が。

ここでいう森は、弓貴の、乾いた明るい森ではない。ソナンの国の、暗く湿って見通しのきかない、幾多の命と幾多の秘密を懐《ふところ》に隠しもつ森。

星人の前に立つと、後ろ暗いことがないときでさえ、後ろ暗いような気持ちになる。ましてやいまは、実際に突かれて困る点がある。空人は、おびえる気持ちを押し隠して、床臣五の文字を教えていった。

ところが星人は、ちょっと考えればわかる理屈を、持ち出したりはしなかった。それどころか、誰よりも熱心に読み書きを学んだ。

ほっとして、空人は考えた。もしかしたら星人は、目つきが少々悪いだけで、空人に対して腹に一物《いちもつ》あるわけではなかったのかもしれない。あるいは、嵐に振り回されて削ぎ落とされたものが、星人の場合、空人への疑心や悪意だったのかも。

「こちらです」

丸顔の船乗りに案内されて、空人は舳先《へさき》までやってきた。

そこでは、弓貴と床臣五、双方の船乗りが三、四人ずつかたまって、空を見ていた。床臣五の男のひとりが遠くの空を指差していたが、雲の形が何に似ているといった話をしているのではなさそうだった。

なぜなら、彼らが見つめる先にあるのは、白いぽっこりとした浮き雲ではない。海の彼方《かなた》に山脈があるのかと見紛《みまが》うような、ひとつづきの黒雲だ。

空人の姿をみとめると、弓貴の船乗りたちはほっとした様子で頭を下げた。

「ご足労いただき、ありがとうございます。どうか、この者が何を話しているのか、お教えくださ い。嵐が来ると言っているのはわかるのですが、その前と後とに付いている語が、理解できなくて困っています」

空人は、床臣五の船乗りの言葉に耳を傾けた。「本物の嵐が来る。今度こそまちがいなく本物だ」と言っていた。そのままを伝えると、弓貴の船乗りたちはとまどいの表情を浮かべた。

「実は、我々もそのように聞いたのですが、まさかそんなことはないだろうから確認せねばと、御御足《おみあし》を運んでいただいたのです。無学な我々にはとんと理解が及びませんので、教えを請《こ》うのでございますが、これから来るのが本物の嵐だとしたら、いままでの三回は、いったいなんだったのでしょう」

そうだ。なんだったのだ。

その答えを床臣五の船乗りから聞き出した空人は、まさかと思いながら弓貴の人々に伝え、それを聞いてまさかと思った誰もが、半日後には身をもって思い知ることになった。

そして、外海がいかにして、国と国、人と人との交流をはばんできたかを知った。積み込んだ荷物が過剰なまでに包まれて、柱にぴっしりと結びつけられた理由もわかった。

彼らの乗る羅馬富号《らまと》は、嵐に耐える新しい技術のもとにつくられたものだった。どんなに傾いても、ひっくり返ってしまわない工夫。大きな波をかぶっても、水が自然に出ていく仕組み。どれほど激しく揺さぶられても、ばらばらにならない木の組み方。この三つの技術がそろったことで、荒海を越えて船が行き来できるようになったのだ。

その理屈を耳で聞き、それぞれの仕組みを自分の目で見、この船が、すでにこうした嵐を乗り越えて弓貴までやってきたのだと知っていても、嵐の後に船がまだ形を保ち、洋上に浮かんでいることが、鬼神のもたらした奇跡の賜物《たまもの》としか思えなかった。

その奇跡に、感謝するより呆然《ぼうぜん》としている弓貴の人々を後目《しりめ》に、床臣五の船乗りたちはてきぱきと嵐の後始末を進め、帰りにもこんな嵐をくぐり抜けなければいけないのだから、早く慣れるようにと言っている。

帰りのことを考えると、誰もが重いため息をついた。外海の旅は、出港前の覚悟を超えた苛酷《かこく》さだった。これをもう一度繰り返さなければならないとは。

だが、だからこそ、この旅を実り豊かなものにしよう。床臣五との絆《きずな》をより確かに結び、弓貴に益となる知識や物をたくさん持ち帰ろうと、使節団は声をかけあい、励ましあった。

〝本物の嵐〟が過ぎ去ると、船は本来の速度を取り戻し、庫帆の港を出て六十日が過ぎたころ、前方に大きな陸地が現れた。外からは刈里有富《カリリアフ》と称され、そこに住む人々が〈中央世界〉と呼ぶ地域に到達したのだ。

羅馬富号は荒い波をかきわけて力強く進み、おだやかな内海へと入っていった。

床臣五の港に上陸する前夜、空人は髪を染めなおした。

彼の髪は、透明に近い銀色だった。誰もが緑の髪をもつ弓貴で、光に映えるこの髪色は、目立ってしかたがないため、六樽様のご命令でずっと緑に染めてきた。船旅のあいだも九日に一度、山士の膝《ひざ》に頭をあずけて、根元に現れる銀色を緑の染料で隠しており、最後にそうしてからまだ六日しか経《た》っていなかったが、これからいよいよ生まれ故郷の土を踏む。念には念を入れることにした。

なにしろ頭髪は、出身地の目印になる。たとえば髪が黒いのは、派路炉伊《パロロイ》の人間だけなので、黒髪を見たら、隣の大陸の人間だなと思う。

緑は、〈中央世界〉にはない珍しい髪色だから、いかにも遠方から来た異国人という感じがする。空人も、髪をしっかり緑に染め、三つに分けて髷《まげ》にする弓貴独自の形に整え、衣服も足もとも使節団の人たちと同じでいれば、弓貴生まれの人間にしか見えないはずだ。

そして実際、港でいきなり知り人に会ったが、相手はソナンに気づかなかった。

知り人は、かつていっしょに王都の近衛《このえ》隊に勤務した、ラフィデという男だった。ソナンは不真面目《ふまじめ》がすぎて隊にいられなくなったのだが、ラフィデのほうは順当に出世して、異国の使節団を王都に案内する部隊の長を任されるまでになっていた。

この偶然に空人は、口から心臓が飛び出そうなほど驚いたが、ラフィデは眉《まゆ》ひとつ動かさなかった。変わった服装をし、変わった髪色をした異国人の一団に、知人がいるなど思いも及ばないから、見知った顔に気づかないのだ。人はさほどに、状況や服装や髪の色や物腰で目前の人間を判断し、その判断の膜を通してしか、ものが見えなくなるものなのだ。

空人はこの二年半で、身ぶりやしぐさもすっかり弓貴の人間らしくなっていた。そのためもあるのだろう。ラフィデは、空人が換語士としてトコシュヌコの言葉を（あえて少々たどたどしく）しゃべってさえも、彼の正体に気づかなかった。おかげでずいぶん気が楽になった。たとえ疑われても、異国の使節団の成員だ。疑いを口に出されることはまずないだろうし、万が一そうなっても、他人の空似だと白を切りとおせばいいと思っていたが、疑われないのなら、それに越したことはない。

一行は、馬に引かせる川舟に乗り換え、そのあとは徒歩で王都に向かった。道中、星人も雪大も他の使節団の面々も、目に入るすべてを珍しがって、たえずきょろきょろと首を動かした。

空人も、同じようにふるまった。珍しがるふりをしたのではない。かつて通ったことのある道、生まれ故郷のよく知っている事物や風景が、なぜか目を驚かせるのだ。たった二年と半年はなれただけで、こんなにもすべてが新鮮に感じられるのはどうしてだろう。ここともまったく違う世界で、まったく異なる景色ばかりを見ていたせいか。それとも、もしや、シュヌア家の長男のソナンは、やはり川の底で息絶えたのではないだろうか。空人は、その記憶を引き継いではいるが、別の人間。雲の上で、空鬼《そらんき》のもと、おとなの姿で生まれ出た新しい命。だからラフィデも気づかなかったのでは。

そうであったらいいと思った。

そうでなくても、そういうつもりでいようと思った。

王都に入り、王宮におもむけば、顔見知りに出くわすおそれがさらに高まる。だが、そんなときにも、自分はソナンと別人だと思っていれば、動揺せずにいられるだろう。動揺せずに堂々としていられたら、よけいに弓貴人らしく見え、二年半前にこの世界から姿を消した銀髪の誰かに似ていると、気づかれずにすむだろう。

幸いなことに、弓貴の使節団が宿泊場所として与えられたのは、王宮の一画でなく、王都の中心部にある屋敷だった。王宮内を歩きまわらなくてすむのはありがたかったが、やはり床臣五は弓貴を、蛮族の国扱いしているようだ。屋敷はりっぱなものだったので、軽くみているわけではなさそうだが。

屋敷に着くと、近衛隊は引き上げて、使節団の警護と世話を別の一団が引き継いだ。半数は剣を佩《は》いていたが、交易を取り仕切る大臣のもとで働いている者たちだという。

一団の長は、アイジェという生真面目そうな中年男で、どんなに記憶をあさっても、会ったことのない人物だった。

アイジェから、今後の予定を聞かされた。

使者の挨拶は、大臣の屋敷において、大臣自身が受ける。現在、日程を調整しており、決まりしだい知らせるが、おそらく十日ほど後になるだろう。その前に、すでに取り交わした交易の約束事について、細かい点を確認しあうため、弓貴を担当する事務官がこの屋敷を訪れる。尋ねたいことや確かめたいことがあれば、整理しておいてほしい。大臣との面会のあとも、帰途への準備がいろいろと必要だろうから、すぐに出発しなくてかまわない。この屋敷には、その後も二十日ほど滞在できる。

そうした説明を、弓貴のていねいな言葉に直して伝えると、雪大が疑義を呈した。

「公式な行事は、〈大臣〉への挨拶、一回だけということか」

弓貴では、身分のない者が親族を訪れたときでさえ、度重なる歓待の催しがある。聞かされた日程は、あっけなさすぎて信じがたいものだった。

「挨拶のあとで、歓迎の晩餐会《ばんさんかい》が開かれます。わが国は、貴国と交際できることを心から喜んでおりますので、できるだけのおもてなしをする所存です」というのが、アイジェからの回答だった。

できるだけのもてなしが、たった一回の会食かという憤《いきどお》りが、束《つか》の間《ま》、雪大の面にあらわれた。すぐにいつものおだやかな顔に戻ったから、おそらくアイジェは目に留めなかっただろうが。

使節団の面々は、船の上で何度も確認しあっていた。国が違えば、礼儀や仕来たりも大きく異なるという話だから、何があってもまずは平静に受けとめようと。もちろん、唯々諾々《いいだくだく》とすべてを甘受するのではない。まずは受けとめ、落ち着いてよく吟味して、受け入れるべきは受け入れる。そうでなければ、毅然《きぜん》としてはねつける。

その方針のもと雪大は、この件をあとで吟味することにして、一度尋ねただけで引いたのだろう。

「屋敷を出て、町を見物するのには、どなたかの許しがいるのだろうか」

星人のこの質問には、「いりません」と答えが返った。

「王都の中であれば、いつでも自由に出歩いていただけます。お出かけの際には、我々が道案内と警護とをいたしますが、必要なければお断りになって、ご自分たちだけで町歩きをしていただいてもかまいません」

自国を訪れた異国人をできるだけ閉じ込めようとしている弓貴の人々にとって、驚くほどの寛大さだ。

「ただし、王都は道がわかりにくいうえ、物騒な場所も多々あります。お命を落とされることにもなりかねませんから、おすすめはいたしません」

空人が換語をはじめるより早く、星人が眉をひそめた。船旅のあいだの学習で、これくらいの内容は自分で聞き取れるようになっていたのだ。

彼の眉をひそめさせたのは、王の城の建つ都市がそれほど物騒であることと、それを役人が恥じいりもせずに公言したことだろう。

その夜、使節団の中で会議がもたれた。

「国が異なると、ほんとうに様々なことが異なるのだな」

まずは雪大が嘆息した。「食べる物から厠《かわや》での用の足し方まで違うのだから、敬意の表し方やもてなしの作法が大きく違っていても不思議はないが」

「とはいえ、この国の基準に照らして、我々の受けている待遇が適切なものかどうかは、調べる必要がございます」

武官の長が、雪大の言葉を引き取った。その場にいる最上位の者に、いきなり要点を言わせないのは、弓貴の役人らしい心づかいだ。

自分はそれに反することばかりしてきたなと空人は、輪笏《わしゃく》での日々を思い返して反省した。下の者に何を言ういとまも与えずに、思いつきを次々口にし、事を性急に進めてきた。まったく、弓貴の督らしくないやり方だった。

だが、彼らはすぐに、そのやり方に慣れてくれた。あれこれ小言はいわれたが、帰ってからも、いまさらあらためなくていいのかもしれない。

そんなことを考えていると、口元が緩みそうになったので、あわてて会議に意識を戻す。

「この国で最も高い位にいる〈王〉という人物に、会わずに帰っていいものだろうか」

星人が、言い渡された予定に懸念《けねん》を示した。

「それも、こちらの風習に照らしてどうなのか、調べてみればよろしいかと存じます」

勘定方を代表して使節団に参加している砂人《すなんと》という男が、楽しそうに進言した。砂人は、何事も明るくとらえる性分だった。このときも、調べることがこんなにあるとは喜ばしいとでもいうような、はりきり顔で微笑《ほほえ》んでいた。「なにしろ、町を自由に歩けますから、どんなことも、自らの目と耳で確かめられます。この町には、床臣五とはちがう国の人間が、数多く滞在しているようです。そうした人たちに話を聞けば、さまざまなことがわかるでしょう」

「そうだな。自由に出歩けるのはありがたいな。〈王〉との謁見《えっけん》については、大臣と会う日までによく調べて、場合によってはそのときに要求すればいいだろう」

雪大が話をしめくくるように言った。

空人は、ここで口を出すべきかどうか、しばし悩んだ。

トコシュヌコの弓貴に対する扱いは、普通といえるものだと思う。王への面会を要求するのは、やめたほうがいいと思う。

けれども、その根拠はと問われると、困ってしまう。

真に必要なことだったら、彼が実はこの国に生まれたのだということを、打ち明けるのにやぶさかでない。けれども、それを話すと、いきさつを納得してもらうのにずいぶん時間がかかるだろう。もしかしたら、永遠に納得してくれないかもしれない。彼の忠信が疑われるようなことになれば、換語士として働くこともできなくなる。それは、弓貴にとって損失だ。

それに、彼が「思った」ことを伝えるのは、意味のあることだろうか。もしかしたら、かえって妨げにならないか。

生まれ育った国のことだから、トコシュヌコのふるまいについて、感覚的に「こうだ」と思うものはある。だがソナンは、武人の家に生まれ育った。近衛隊に仕官して、王宮に出入りするようになってからも、遊び暮らしていたので、政治のことはよくわからない。ましてや交易や商売となると、まともな知識はほとんどなく、思い出せるのは、無責任に飛び交っていた噂《うわさ》ばかりだ。

彼が無理していい加減な話を披露するより、雪大や星人のように賢明な人たちが、自分で一から調べるほうが、正しい判断を下せるのではないだろうか。

そう考えて、口を閉ざしたままでいた。

そして実際、まったく異なる世界の知識を彼らが吸収していくさまには、目を見張るものがあった。まるで、からからに乾いた赤が原の土が、水を吸い込むときのようで、見ていて胸がすくほどだ。

空人は、換語士として彼らの町歩きにつきそったが、トコシュヌコ生まれの彼には思いもつかない疑問が次々に飛び出した。彼らは得られた答えに納得すると、手に入れたばかりの知識をもとに、どんどん理解を深めていく。この世界の当たり前にはうとくても、六樽様のお城で複雑な駆け引きをしてきたつわものたちだ。ものを尋ねる相手の選び方、答えをどこまで信用していいかの見極めはさすがなもので、大臣との面会までに、必要な調査を終えていた。

王都には、空人もその数に驚いたのだが、数十もの国の商人や役人がいた。その半数は外海を越えて来た人たちで、さらにそのうちの半数が、床臣五と独占的な交易の約束を結んだ国の人間だった。

彼らから話を聞いて、床臣五は交易相手との取り決めをきちんと守る、信頼に足る国であると、あらためて確認がとれ、使節団の一同はほっと胸をなで下ろした。また、床臣五にとって、同じ風土や風習をもつ刈里有富《カリリァフ》にある国と、外海をへだてた国とは、まったく違う存在なのだとわかった。〈王〉が面会するのは前者のみで、それ以外の国からは、どんなに身分の高い使者が訪れても、大臣かその代理が相手をするのが通例らしい。

そういえば、王宮の中で奇妙な身なりの異国人を見かけたことはなかったなと、空人は遠い記憶をたどって思った。

「まあ、王様なんかに会ったって、なんの役にも立たないから、そのほうがいいってもんさ」と、顔に刺青《いれずみ》のある商人が笑って言った。

別の国の役人からは、代理ではなく大臣自身と面会できることを羨《うらや》まれた。

星人は、こうした聞き取りも換語士抜きでおこなえるほどになっており、ついには一人で町を歩きはじめた。交易用以外に持ってきていた絹を、市場で(このときにはアイジェの部下に付き添ってもらって)売却し、通貨を手に入れ、弓貴にはない品物や書物を買ってきて、そこからも知識を得ていく。その結果、交易大臣のもとで働く事務官との話し合いは、大いに実のあるものとなった。

弓貴に床臣五の使者がやってきたとき、衆知を集めて考えぬき、隙《すき》のない取り決めを交わしたつもりだったが、あのときにはまだ、わからないことがずいぶんあった。何がわからないかがわからなかったと言っていい。

実際に、床臣五という国に来て、雨の降る地に寝起きして、そこで売り買いされている品を確認し、外の世界をまったく知らなかった弓貴の人々にとって想像の埒外《らちがい》にあった風習や世のありさまを見聞してからでは、ものの見方も変わってくる。取り決めの内容にも、あらたに確認したいことが見つかって、将来の禍根の芽を摘むことができた。

雪大、星人、砂人らのこうした有能ぶりを目の当《ま》たりにして、空人は、よけいな助言をしなくてよかったと、ほっとした。あのときには、自分に都合よく理屈をこねている気がして、ほんとうにそれでいいのか不安だったが、正しい判断だったのだ。

大臣に挨拶に行く前夜、使節団はふたたび会議を開き、〈王〉への面会は要求しないことを決めた。

いよいよ、大臣の屋敷を訪問する。

長く過酷な旅の果てにたどりついた地での、唯一《ゆいいつ》の公式行事だ。使節団の面々は、入念に身なりを整え、出発した。雪大と星人は、上等な生地で誂《あつら》えた背蓋布を付けたが、空人は、身分に合わずとも、換語士という役目に徹した服装とした。そのほうが目立たずにいられるうえ、小さな笠《かさ》をかぶることになるので、顔もいくぶん隠せるのだ。

大臣の屋敷には、通常の門とは別に公用門があり、その立派さに、空人までも驚いた。さらに、屋敷の外観の壮麗さ、面会の場となった広間のきらびやかなことに、弓貴の人々は目を見張り、ここが王の城だと言われたら信じただろうと耳打ちしあった。

雪大は、弓貴の督らしい堂々とした態度で大臣の前に進み出て、六樽様からの挨拶を伝え、「これから末長く、互いの産物を交換することで、共に繁栄していこう」という大臣からの言葉を受け取った。

それから一同は、控えの間のような場所で、晩餐会用に身なりを整えなおした。空人は笠をはずすことになったが、挨拶の場にいた大臣の側近たちに顔見知りはいなかった。心配することはないだろう。

一行は、正装したアイジェに先導されて、屋敷の大食堂に入っていった。

そこも明らかに外交用の空間で、ソナンの生家の食堂とは、広さも華やかさも違っていた。

天井ははるかに高く、奥行きも幅も、数十人が席につける巨大な食卓がちっぽけに見えるほど。東側に並ぶ窓は、輝く石で縁取られ、反対側の窓のない壁には、色ガラスで出来た絵画がかけられている。入り口の両脇《りょうわき》には、細密な彫刻をほどこした極彩色の巨大蠟燭《ろうそく》が聳《そび》え、食卓には真っ白な陶器や輝く銀器が並べられている。

弓貴の人々の目をことに驚かせたのは、卓上にふんだんに飾られている生花だった。食堂の四隅にそびえる金箔《きんぱく》の柱が杉の丸太であること、しかもこの柱は屋根を支えているわけでなく、装飾のためだけに置かれていることを知ったら、彼らはもっと驚くだろう。

だが空人は、壮麗さに目を見張りつつ、物足りなさも感じていた。この部屋には、布を使った飾りが見当たらない。それが、内装の美の瑕瑾《かきん》のように思えるのだ。布飾りといえばあえていえば、窓のあるほうの壁ぎわに一列で並ぶ儀仗兵《ぎじょうへい》の制服が、布飾りといえるだろうか。糸そのものも織りも染めも、弓貴の布を見てきた空人には野暮ったく感じられるが、刺繡《ししゅう》や房飾りのついた儀礼用の衣装だから、ずらりと並ぶとそれなりに豪華ではある。

それに、儀仗兵がこの人数いるということは、大臣が、弓貴の使節団をきちんともてなすべき客ととらえていることを意味している。彼らは軽く扱われてはいない。大切なのは、そのことだ。

次に大切なのは、儀仗兵の中に知り人がいないかだが、空人は、手前の半分ほどにさっと視線をはしらせるにとどめた。じろじろながめて、目でも合ったら藪蛇《やぶへび》だ。名前を思い出せないほどの、ちょっとした顔見知りをひとり見つけたが、心配するには及ばないようだ。その男だけでなくどの儀仗兵も、生気のないぼんやりとした顔で、使節団にも晩餐会にもまるで注意をはらっていなかった。

無理もないことだと空人は思った。王宮での行事でも、貴人の警護でもない、飾り物として並んでいるだけの仕事は、退屈きわまりないものだ。年中こうして立たされている彼らには、辺境の国の珍しい風俗も、いまさら興味をひかないのだろう。誰もが、眼前で手を振っても気づかないのではと思えるほどの、どんよりとした目をしていた。きっと彼らは、のろのろとした時間を身動きせずにやり過ごすため、心を遠くに飛ばしている。

そう考えて空人は、安心して末席についた。挨拶の場の換語は彼がおこなったが、食卓での軽い会話は新米のふたりが受け持つことになっていた。空人はただ、慣れない作法に緊張しているふりをしながら、うつむいて食事をすればいい。

公式行事は、この晩餐会で終わる。そのあとも、滞在の許されるぎりぎりまで王都にとどまり、知識を深めることになっているが、星人をはじめ多くの者は、町歩きに換語士を必要としなくなっている。室内で書物を読んで内容を把握する役を積極的に引き受ければ、残る期間もぶじにやりすごすことができるだろう。あとは、帰りの船旅の試練を乗り越えれば、懐《なつ》かしい地に戻れるのだ。

床臣五から弓貴は、早ければひと月の船旅だが、またべた凪ぎに見舞われるかもしれない。それでも二月あればだいじょうぶだという話だから、遅くとも三月後には、彼は輪笏の地に立てる。

妻のお腹《なか》は、きっともう、ずいぶんとふくらんでいるだろう。荒れ地を貫くまっすぐな水路には、青く輝く水の流れが見られるだろう。拓《ひら》いたばかりの畑には、結《ゆ》六《む》花《か》豆がすくすくと育ち、新しい村の竈《かまど》は煙を立てているだろう。村親制度は輪笏の地に、出かける前よりなじんでいるか。照《て》暈《かさ》村はおとなしく、鬼絹の虫の餌《えさ》を他の村のぶんもつくっているか、確かめなければならないが、その前に、城頭《しろがしら》の瑪《め》瑙大《のうた》から、督が不在のあいだの苦労をくどくどと聞かされることになるだろう。陪臣の花人《はなんと》はゆったりと微笑んで、石人《いしんと》は得意気に小鼻をふくらませて、どのように留守を守ってきたかを報告する。そうしたすべてを覆《おお》う空はどこまでも青く、空気はきりりと乾いている。

「ソナン」

鋭い声に、物思いを破られた。

儀仗兵の列のいちばん奥から、長身の人物がつかつかと近づきつつあった。

儀仗兵が動いたことに、まず驚いた。つづいて男の形相に、あっけにとられた。目は見開かれると同時に吊《つ》り上がり、顔は真っ赤で、口元からは食いしばった歯がのぞき、肩が激しく上下している。

怒りが顔を変形させていたので、知っている人間だと気づいたのは、ひと呼吸おいた後だった。

ナーツだ。ソナンが王都防衛隊にいたときの同僚で、いつもつるんでいた仲間。家に何度も遊びに行った。彼の妹を〈人買い〉から買い戻すため、無我夢中で金を集めた。

奔流のようにあふれかけた記憶を押し止《とど》めて、空人はなんとか無表情を保った。

ここは人違いで通さねばならない。彼が否定するかぎり、空人がソナンであるという証《あかし》は立てられない。証が立てられなければ、異国の使節団の一員をどうこうすることはできない。だからいっさい、ソナンらしい反応を示してはならない。

空人が、そう自分に言い聞かせる間に、ナーツはさらに数歩を進んでいたが、他の儀仗兵らがそれを留《とど》めようと動きだしたのを察してか、足をとめて、空人をまっすぐに指さした。

「その男は、ソナンだ。お尋ね者だ」

「客人に対して、無礼であろう」

大臣の隣の事務官が、場をとりなそうとするかのような、ゆったりとした口調で言った。ナーツの大声の告発に、いったん動きをとめた儀仗兵たちは、命令が下ればただちに彼を取り押さえようと、身構えた。

ナーツはひとつ大きく息をつくと、空人から目をはなし、大臣に顔を向けた。

「この男は、シュヌア家の勘当された長男、ソナン。国王様の軍隊を脱走した罪、仲間の金を持ち逃げした罪で、お尋ね者となっている人間です」

空人はふたたび、驚きが顔に出るのを必死でこらえなければならなかった。

持ち逃げだと？　まさか、そんなふうに思われていたとは。

いや、彼らからしたら、しかたがないことかもしれない。タハルを買い戻す金をどうにか揃《そろ》えて、ソナンが一人で届けに行った。けれども途中で、以前の喧嘩《けんか》相手につかまって、金は川に落とされた。それを取り戻そうとして、ソナンは川に飛び込んだ。溺れて死にそうになったとき――あるいは、一度死んでから――トコシュヌコの神とも、弓貴の人々が畏《おそ》れる空鬼《そらんき》とも思える不思議な存在に救われて、好きなところでやりなおす機会をもらった。彼が選んだ場所は、弓貴だった。

けれども、そんないきさつを知るはずもないナーツらにとって、金はただ、届かなかった。ソナンが持ち逃げしたと考えても、無理はない。無理はないが、悔しさに腹がかっと熱くなった。

だが、その悔しさを表に出してはいけない。ナーツの顔を見たときから、空人の口をむずむずさせている問いも、発するわけにはいかない。

ほんとうは、いますぐにでも尋ねたかった。タハルはどうなったのかと。

だが、こらえた。弓貴に帰るためには、こらえなくてはならないのだ。

それに、尋ねたくてたまらないのに、答えを知るのが怖かった。ナーツのこの怒り方を見れば、きっと、聞くまでもないことなのだ。

「そうした疑いがあるのだとしても、この場で口に出すのはやめなさい。異国からの大事な客人に関わることだ。晩餐会が終わったあとに、しかるべき筋に申し立てて」

事務官が間のびした口調で事を収めようとするなかで、新米換語士らが雪大に、せっせと換語をおこなっていた。けれども彼らは、「お尋ね者」とか「脱走」といった言葉は知らないだろう。いったいどんな換語をしているのか。

あとで雪大らにどう説明すればいいかと、考えはじめた空人に向かって、突然ナーツが走りだした。

あっという間に食卓を踏み越え、襲いかかってきたナーツの手を、空人はなんとか逃れた。

「おまえを殺すために、俺は生きてきた」

ナーツの獰猛《どうもう》な顔は、金と赤のきらびやかな刺繍に覆われた大きな襟の上で、滑稽《こっけい》なほど場違いに見えた。

どうしてナーツは儀仗隊にいるのだろうという、この場ではどうでもいい疑問が頭をかすめたが、その疑問にわずらわされることなく空人は、弓貴人らしい顔つきのまま、たどたどしいトコシュヌコ語で応じた。

「何をおっしゃっているか、わかりません」

「その髪は、どうした」

顔に酒がざぶんとかかった。ナーツが、食卓を越えたときに手にしたらしい酒壺《さかつぼ》を、空人に向けて振ったのだ。

空人は、この攻撃に動じなかった。本来の髪色をみんなに見せようとしたのだろうが、緑の染料は、船旅で驟雨《しゅうう》にあってもそのままだった。これくらいのことで流れ落ちるおそれはない。

横目で見ると、使節団の半数は立ち上がり、何人かは刀の柄《つか》に手をかけていた。弓貴の正装には腰の刀も含まれるのだと説明したら、帯刀して晩餐会に出ることを許されたのだ。

けれどもそれと、刀を抜くのとでは話がちがう。礼儀や仕来《しき》たりが異なるこの国で、いくら相手からの乱暴があったとはいえ、抜刀までしていいのだろうかと、彼らがとまどっているのが感じられた。

空人も、自分の刀を抜かずにいた。もう少し待てば、残りの儀仗兵がナーツを取り押さえるはずだ。それまでをしのげばいいのだ。

ナーツは酒壺を投げ捨てると、剣を抜き払った。鞘《さや》や柄にごてごてと飾りのついた儀式用の剣だが、抜けば人を殺せる武器になる。

空人は、どう切りつけられても逃げられるように、腰を落として、身構えた。

ところが、ナーツの次のひとことが、空人を凍りつかせた。

「おまえのせいで、タハルは死んだ」

動けない空人の頭上で、ナーツの剣がひらりと舞った。髷がひとつ切り落とされて、髪が半分ざんばらになった。

「ほら、見ろ。おまえはソナンだ」

勝ち誇ったようにナーツが叫ぶ。髪型が変わったことで、空人はよりソナンらしく見えるようになったのかもしれない。だが、まだ、他人の空似で通せるはずだ。

空人は、いつ、どうして、タハルは死んだのだという問いも、彼女がもうこの世の人ではないという悲しみも封じて、ふたたび襲ってきたナーツの剣から飛び退《すさ》った。お尋ね者だ、脱走者だ、人殺しだと叫びながら、ナーツは剣をふるった。その迫力と、空人との間合いの近さに、儀仗兵らも使節団の仲間も、手を出しかねている。遠くで大臣が空人の顔を確かめようと、のぞきこむようにしているのが見えた。

たちまち空人は、壁ぎわに追いつめられた。

「どうした。剣術大会で優勝した腕で、反撃してみろ」

それがナーツの狙いのようだ。トコシュヌコの剣術を使えば、この国の育ちである証となる。

空人は、腰に佩いた弓貴の剣を抜くと、弓貴の剣術に則した構えをとった。ナーツは一度、顔をひくつかせてから、攻撃を再開した。

空人は、かつて雪大が誉《ほ》めてくれた腕で懸命に防戦したが、防ぎきれない。頬を、肩を、脇腹を、刃先がかすめる。突く攻撃をしてくる前後の動きの剣先を、斜めや縦横にたたき切るための重い剣で防ぐことはできないのだ。

また、髻を切られた。腰をねらう剣先をよけようとして、床に倒れた。ようやく儀仗兵らが、ナーツを取り押さえにかかったが、ナーツは酔ってさえいなければ、喧嘩が強い。ふたりを同時に殴り倒して、ひとりの剣をひったくった。それを空人の指先に放る。

「戦え」

空人は、弓貴の剣だけを握って立ち上がり、反撃を試みたが、ナーツの長い足に手首を蹴《け》られて取り落とした。つづく攻撃を避けようとして、また転んだ。目の先に、さっきナーツが投げたトコシュヌコの長剣があった。

ナーツの剣先が襲ってきた。転がって逃れたが、首に向かって、すぐ次が来た。

死にたくない。

空人の胸の内で、何かが弾《はじ》けた。

そこには、輪笏の澄んだ青空があった。赤く輝く豆畑があった。鬼絹で作られた督章旗があった。皺《しわ》だらけの老人の顔があった。畑で身を屈《かが》める点々とした人影があった。朱色の果物の山があった。長くまっすぐに伸びる水路があった。七の姫の笑顔があった。

気がつけば、空人は立ち上がっていた。右手は軽いトコシュヌコの剣を握っていた。半身になって、トコシュヌコの剣術どおりの構えをしていた。目の前には、胸元に剣を突きつけられて、勝ち誇った顔をするナーツがいた。

「ほんとうに、シュヌア家の長男なのか」

大臣のかすれたような声が聞こえた。

2

首筋に、殺気を感じてぞくりとした。〈大臣〉に話しかけられている最中だったが、雪大《ゆきんた》は、反射的に後ろを向いた。

ふたつの瞳《ひとみ》が憎しみに燃えていた。窓ぎわにずらりと並んだ男たち――〈兵〉だと聞いたが、とてもそうは見えない、着飾った踊り手のような連中のうち、もっとも遠くにいる男が、ひとり目を剥《む》き、強い殺気を放っていた。

雪大が振り向いてすぐ、男は何かを短く叫ぶと、大股《おおまた》で歩きだした。

これは、この国の宴での余興だろうかと、雪大はまず考えた。床臣五《トコシンゴ》には〈演劇〉という、日常起こる出来事を、口論や喧嘩《けんか》といった不快なことまで再現する〈娯楽〉

があると聞いていた。

　だが、大臣やその周囲の人たちも驚いている。ではこれは、ただの狼籍《ろうぜき》か。もてなす側に恥をかかせないよう、雪大はまず、静観した。

　男が何かよくわからないことを言い、大臣の隣にすわる事務官がそれに答えた。そういう話はあとで聞くという意味のことをしゃべったようだ。

「聞き取れないところがありましたので、まちがっているかもしれませんが、あの男は、我が使節団の一員が罪人だと、告発したもようです。それに対して、この場ではやめておくようにと、こちらの方が言い聞かせているのですが」

　換語士がふたりがかりでそう告げたとき、狼藉者が動いた。驚くほどの素早さで、食卓を飛び越え、空人《そらんと》に襲いかかったのだ。

　では、告発されたのは、空人なのか。

　雪大は思わず立ち上がり、腰の刀に手をやった。

　空人は、狼藉者の魔手を逃れたが、顔に水か酒かをかけられた。ここまでくれば明らかに、弓貴《ゆんたか》に対する侮辱だ。

　武人としての雪大は、狼藉者を切り捨てたくてうずうずしたが、使節団の長として、軽々しいふるまいには出られなかった。まずは大臣に抗議して、床臣五の手によって、男を処罰してもらわねばならない。

ところが、そんな悠長なことを言っていられなくなった。狼藉者が剣を抜きはらったのだ。ここが戦場だったら雪大は、身を挺《てい》してでも空人を助けようとしただろう。だがやはり、立場が邪魔をし、動けなかった。それに、空人も自分の剣を抜いた。彼の腕なら、雪大が助太刀しなくても、こんな輩《やから》にやられはしまい。

そう思っていたのに、空人の動きはおかしかった。狼藉者は変わったかたちの攻撃を繰り出したが、基本に忠実に対処すれば、打ち負かすことはできそうだった。それなのに空人は、彼らしくない切れのない剣さばきで、終始受け身にまわっている。雪大には理解できない、時に男が発する言葉がその原因だろうか。

いや、それだけではない。空人の中の何かが、本来の動きを邪魔していた。

彼に剣術を教えたのは、雪大だった。まじめに素振りを繰り返し、たちまち腕を上げた空人だったが、最初はひどいものだった。単に剣術を知らないだけでなく、からだが別の動きをしたがって、あるべき動作を妨げていたのだ。

それをすっかり克服し、自在に剣を操れるようになっていたのに、なぜだかまた、あのころと同じことが空人に起こっているように、雪大には思えた。

さらに不思議なのは、床臣五の人々が、この争いに介入しないことだった。それに対する抗議の声をあげようとしたとき、ようやく床臣五の〈兵〉が動いた。

ところが、ほっとする暇もないほど速やかに、狼藉者に殴り倒された。この国はほんとうに、強大な力をもっているのか。すべては、見かけ倒しではないのかと心配になった。

幸い、狼藉者に空人を殺すつもりはないようだ。倒れた彼の手元に、この国の頼りないほど細い剣を投げた。その武器を使っての決闘を望んでいるとでもいうように。

悪い予感に、刀の柄《つか》を握ったままの雪大の指が、すーっと冷えた。

大臣は、この狼籍に怒りを表さない。まわりの〈兵〉らは、二人ほどが倒されてから、ふたたび見守るだけになった。いくら弱い武人でも、狼藉者を背後から切りつけることはできるだろうに。

床臣五側の動きのにぶさは、もしや、男の告発がでたらめと言い切れないことが原因ではないのだろうか。

実は、雪大の胸にも、その疑いは存在した。

もしも、こうして襲われたのが空人以外の者だったら、雪大はとっくに行動を起こしていただろう。狼藉者を切り捨てて、大臣に決然と抗議し、適切な謝罪がなければ、交易の取り決めはなかったこととする。

六樽《むたる》様におうかがいをたてるまでもなく、雪大の独断でそうしていいほどの事態のはずだ。なにしろ、使節団の一員が切りつけられ、それを誰もとめようとしないのだ。周囲の国々も、いったん決めた約束を白紙にするにじゅうぶんな理由だと認めてくれる床臣五との縁が切れても、刈里有富《カリリアフ》には、弓貴とのつきあいを望む国がほかにもあった。その国に行って、あらたに交易の約束を取り結べばいい。

だが、襲われたのは空人だった。

二年半前に忽然《こつぜん》と弓貴の古い砦《とりで》に現れるまで、彼がどこで何をしていたか、雪大は知らない。この狼藉者に、こうされてもしかたのないいきさつが、過去になかったとは言い切れないのだ。

いや、おそらくそういうことなのだ。なぜなら空人は、相手を傷つけまいとしている。それがもうひとつの枷《かせ》となって、まともな戦いができずにいる。

そう見抜いてしまったために、雪大は動けなかった。彼が動かないことで、使節団の他の面々も動けないでいた。空人の陪臣がこの場にいたら、狼藉者が剣を抜いた瞬間に、刃《やいば》の前に飛び出していたことだろうが、今日は雪大でさえ、陪臣を連れてきていない。

空人がまた、倒された。それが我慢の限界だった。床臣五とのあいだで大きな問題になっても、それはあとで解決すればいい。

雪大は、剣を抜きながら走りだした。

その足は、二歩でとまった。

空人が、目にもとまらぬ素早さで立ち上がり、いつのまにか握っていた床臣五の細い剣を華麗にふるって、狼藉者の剣を弾《はじ》き飛ばしたのだ。次の動きで、剣先を相手の胸に突きつけて、ぴたりと止まった。

その剣筋も、静止したときの構え方も、雪大が教えたものとはまるで違った。

しばらくは、誰も、一声も発しなかった。聞こえるのは、空人と狼藉者のものだろう、荒い息の音がふたりぶん。

「両名を――しろ」

大臣が、鋭い声で何かを命じた。床臣五の兵たちが、空人と狼藉者におずおずと近寄り、空人からは剣をとりあげ、それぞれを両側からはさんで腕をつかんだ。それからはやや乱暴に、正面とは別にある小さな出口のほうへと引っ立てていく。

ふたりとも、抗《あらが》うことなく歩きだしたが、その後ろ姿は対照的だった。狼藉者は昂《こう》然《ぜん》と頭を上げ、空人はがっくりとうなだれている。

「空人」

その背に思わず呼びかけたが、髷《まげ》を切られたざんばら髪の頭は、ぴくりとも反応を示さなかった。

「お待ちください」雪大は、刀を鞘《さや》におさめて、大臣にからだを向けた。「あの者は、我が使節団の一員。勝手なまねをされては困ります」

換語士がふたりがかりで、この言葉を大臣に伝えた。

「それについては、あとで詳しくおうかがいしなければなりませんが、いまは食事をつづけましょう。この晩餐《ばんさん》は、ふたつの国の友好のための行事です。きちんと終わらせなければいけません」

「食事を再開するのは、あの者を席に戻していただいてからです」

六樽様の威信にかけて、黙って引き下がるわけにはいかなかった。だが、言いつのるほどに、指先が冷たくなる。

「申し上げにくいのですが」大臣は声をひそめた。律儀《りちぎ》に換語士までが小声になる。「あの男は、わが国で非常に重い罪を犯して逃亡していた者です。どうやって貴国に雇われるにいたったのかは存じませんが、見つけたからには捕まえて、裁きにかけないわけにはいきません」

換語士の声がさらにか細くなっていったのは、大臣の声量に合わせたからではないようだ。ふたりとも、困ったような、泣き出しそうな、情けない顔をしていた。

「それに、あの逃亡者は――これはつまり、空人様のことらしいのですが――床臣五に生まれ育った人間です。貴国に雇われていたとはいえ、あの者の罪と償いは、わが国だけの問題です――と、大臣はおっしゃっているのですが、雪大様、私は何か、重大な換語の誤りをおかしているのでしょうか」

「いや、私もだいたい聞き取れた。大臣はたしかに、そのようにおっしゃっている」

そしておそらく、言い分自体も正しいのだが、いまそれを認めるわけにはいかなかった。

「何かの間違いだとは思いますが、この晩餐に重要な意味があるというのは、おっしゃるとおりです。食事を続けることにいたしましょう。けれども、あとでふたたび、この件について話し合いをもっていただきます。それまであの者に、いかなる危害も加えないようになさるべきと存じます」

嘆願にも命令にもあたらない繊細な言い回しを、換語士がどれだけ正確に伝えられたかわからなかったが、大臣はきっぱりと答えた。

「もちろんです。わが国では、裁きが終わるまで、どんな罪人にも危害など加えません」

雪大は、若くして父親を亡《な》くし、鷹陸《たかりく》という伝統ある地を率いる重い役目を負うことになった。

督の長子として、そのための教育は受けていた。けれども、実際に人々の上に立って初めてわかったことがある。率いることには、絶対にあきらめたくないものを、自ら手放す痛みがつきまとうのだ。

断腸の思いで、重大な決断を下していかなければならないとは聞いていた。だがそれが、あきらめることの連続だとは、誰も教えてくれなかった。

率いられている者も、大事な何かを断念せざるをえないことは、数多くある。けれどもそれは、下された命令に従ってのことだ。

たとえば、幼い頃から好きだった、狂おしいほどに恋しい女性を、彼は一度、あきらめた。六樽様のご命令だったから、そうできた。もしも自分で決めなければならなかったら、彼はあきらめられただろうか。

率いるとは決断すること。決断するとき、必ず何かが切り捨てられる。時には決断する者にとって、自らの手足以上に失いがたいものを。

その痛みに耐えながら――すなわち、自分のからだに刃《やいば》を突き立てるような思いをしながら、督の役目を果たしてきた。

　そしていま、鷹陸を遠くはなれた地にいながらも雪大は、使節団の長として、やはり率いる立場にあり、彼自身にとって大切なものを、あきらめる決断を下さなければならないようだ。


　その予感が大きく膨らんだのは、晩餐のあとでもった、大臣との話し合いでのことだった。どれだけ要求しても床臣五は、空人を返そうとしなかった。それどころか、彼を雇ったいきさつをしつこく聞いてくるので、そんな尋問を受けるいわれはないと憤慨したふりをして、大臣の屋敷を引き上げた。

　この段階で、うかつにものは言えなかった。空人の身柄と引き換えに何かを差し出すと提案したり、返さないなら交易の約束を考え直すと迫ったりはもちろんのこと、大臣の問いに対して、事実をありのままに答えるだけでも、弓貴や空人を害する結果にならないともかぎらない。

　なにしろ、床臣五の考えがわからなかった。彼らはこれまで使節団を、客として大切に扱っていた。それなのに、客の一人を連れ去って、恥じないでいる態度は理解しがたい。

たしかに、国がちがえば風習がちがい、礼儀作法や仕来《しき》たりも異なる。それはこの旅でいやというほど味わってきたが、それでも人が人であるかぎり、変わらない物事もある。

たとえば、互いに緊張しているとき、あえて笑顔をつくって場をほぐすこと。何かをしてもらったら礼をいい、相手を困らせたら詫《わ》びを述べる。そんなときの表情にも、大きな相違はないようだった。

さらに、弓貴に交易を求めて来た使者や、この街でやりとりしてきた役人たちとは、理屈の通った話ができた。政《まつりごと》や交渉の機微も、どこの国でも同じだという感触があった。

だから、解《げ》せない。

たとえ彼らが言うように、空人がこの国に生まれ育った人間で、重大な罪を犯して逃亡中だったとしても、「見て見ぬふり」とか「目をつぶる」というやり方があるではないか。

彼らは、弓貴との取り引きを熱望していた。それが叶《かな》って、いよいよこれからという時に、すべてを台無しにしかねないことを、どうして強行するのだろうか。罪人をたった一人、目こぼしすればいいだけなのだ。これまでのやりとりから考えても、それができないほど杓子定規《しゃくしじょうぎ》な人たちとは思えないのに、どうして空人を返してもらえないのか。

きっとこれには、表にあらわれていない特別な事情がある。

それを調べるために一日を使い、翌日の夜、使節団の宿舎となっている屋敷の小部屋で会議をもった。

屋敷はどの部屋も厚い石壁に囲まれていて、入り口の扉も、無駄にがっしりしている。圧迫感があって落ち着かないが、内密の話をしたいとき、立ち聞きされるおそれがないのはありがたかった。こんな部屋を一室くらい、鷹陸の城に設けようかと、雪大は考えていた。

彼の嫌な予感はすでにこのとき、確信に近いほど高まっていたので、人に聞かれるおそれのない場所で話すことは重要だった。それに、なるべく少ない人数で。

だから、三人きりの会議となった。

集まったのは、雪大のほか、八の丞《じょう》の星人《ほしんと》と、勘定方の砂人《すなんと》だ。

星人は、使節団の中で雪大に次ぐ地位にあり、重大な決め事をするとき、はずすわけにいかなかった。

知恵と判断力とに優れた人物だ。使節団に八の丞が加わると聞いたときには、肩の荷が軽くなった気がしたものだが、今回の事態では、ありがたくない存在だった。ここにいるのが星人でなく、霧九《きりく》の督か庫帆《くらほ》の督であってくれたらと、考えてもしかたないことを考えた。

星人は、空人が六樽様の直臣《じきしん》となった当初から、彼を敵視していた。その理由が妬《ねた》み心であることを、たぶん本人以外の誰もが気づいている。気づいていながら手を打たないのは、星人が日々の判断に、その敵意を影響させていなかったからだ。空人がもっともな意見を述べれば、ちゃんとそれに賛成する。星人の我慢は、六樽様への忠誠の証《あかし》。そっとしておこうというわけだ。

それに、出自不明の人物に対して、一人くらいは、鵜《う》の目鷹《たか》の目で粗探しをつづける者がいるのも悪くないと、上下の丞あたりは考えているようだ。ふたりとも、星人が輪笏《わしゃく》の城に少なくとも三人の間諜《かんちょう》をおいている——しかも一人は、空人の身兵だ——と知っていながら、好きに報告させていた。下の丞などその内容を、星人のもとにおいている間諜を通して、耳に入れているようだ。

雪大も、そうしたことを知っていながら、上下の丞とは別の理由で黙っていた。空人に対する星人の疑心暗鬼は、忠告や説得で変わるものではない。敵意はともかく、疑いの目を変えさせるには、空人のありのままを見せつけるのがいちばんだ。どれだけ身近に間諜がいようと、空人はきっと、知られて困るようなことは――あきれるしかないことや、ため息をつきたくなることはしでかすだろうが――おこなわない。だから、好きなだけ探らせておこうと考えたのだ。

そして実際、輪笏で奮闘する新米の督の言動を耳に入れていくうちに、疑り深い星人も、認めるしかなくなったようだ。空人という変わり者が、見たままの、裏も表もない一直線の人間だということを。ただ単にまじめに励んでいるだけなら、めくらましと勘繰れないこともないが、あんなはちゃめちゃなやり方を、本気でなくてとれるわけがないことは、星人にもわかったのだろう。

羅馬富号《らまと》の上で空人が、床臣五の文字の読み書きができることをあっさり白状したとき、星人はその理由を追及しなかった。ああ、やっぱりと雪大が思ったように、星人もあのとき考えたのだろう。どうやら空人は、刈里有富《カリリアフ》にいたことがあるようだ。おそらく彼の地《か》に生まれ育ったのだ。けれども、いまでは身も心も弓貴の人間になりきって、六樽様のため、輪笏のために働いている。ここは口をつぐんで、こちらの気づいたことには触れずにいようと。

すなわち、雪大が床臣五に期待した「見て見ぬふり」だ。彼の出自をはっきりさせたら、ややこしい話になりかねない。だからそこには触れずにおく。

六樽様のお城で空人が、刈里有富から来た使者らの言葉がわかると言い出したときも、そうだった。誰もが同じ疑念を抱いただろうが、その疑念は追及する必要のないものと判断し、茶番のような議論を少ししたのち、「空鬼《そらんき》の力」ということでおさめた。かつて空人が〈人違い〉からとんでもない騒ぎを引き起こしたとき、「風鬼《かぜんき》のいたずら」ですませたように、そうした配慮は政《まつりごと》を円滑にするため必要なのだ。

けれどもせめて、決まり事が幅をきかせる都から遠くはなれた船の上では、事情を聞き出しておくべきだったと、雪大は悔やんでいた。聞いていれば、空人を〈晩餐会〉に出席させないこともできた。捕まるおそれがあるとわかっていれば、なるべく外出させないようにしただろうし、万一のとき、空人の弓貴での立場や現れたいきさつをどう説明するか、口裏合わせをしておけた。

何も知らずにこの事態を迎えてしまったために雪大は、ただでさえ勝手のわからない異国で、途方に暮れることになった。まるで、武器も防具も身に付けずに、戦場のど真ん中に投げ出されたような心持ちだ。聞かなかったこちらも悪いが、空人も、自ら打ち明けてくれてもよかったのにと、いまさら考えてもしかたないことを、また考えた。

「最初に確認しておきたいのだが、我々使節団の使命のなかで、最も大切なのは、床臣五とのあいだに弓貴の利益となる関係をしっかりと結ぶこと。二番目は、新しい知識や物をできるだけ持ち帰ること。使節団の成員をぶじ弓貴に戻すことは、三番目だということに、異存はありませんね」

三人きりの小さな会議で星人は、開口一番、まるで雪大の補佐ではなく、お目付役のような口をきいた。

それにはしかたのない事情もあった。六樽様のお城で、ふたりの上下は微妙な関係にあった。丞と督とをくらべれば、通常は丞が上だとみなされるが、八の丞と鷹陸の督となると、話がちがってくる。八という数字の大きさと、出自の問題。鷹陸という格式ある地と積み重ねてきた地縁、血縁。そうしたものを勘案すると、どちらが上かは決めがたく、時と場合、会議の議題や儀式の性質で変わってくる。

そのため六樽様のお城では、席順を決める暦方《こよみかた》が、しばしば頭を悩ませていた。お互い顔を合わせたときも、呼称や言葉づかいがこれでいいのか、さぐりあいながらの対話になり、気まずいことも多かった。

この使節団でははっきりと、雪大が上の立場になったが、星人は参謀としての参加で、やはり微妙な関係だ。旅のあいだは地位にかかわらず名前で呼びあうと決めたおかげで、ざっくばらんに話せてきたが、それがよけいに上下の別をわかりにくくしている。

この提案をしたのは、星人だった。もっともらしい理由づけをしていたが、要は、雪大と気詰まりなく話せるようにしたかったのだろう。使節団にとっても彼らふたりにとっても良い提案だと思っていたが、ここにきて面倒の種になったかもしれない。

星人は、お目付役のような口をきくとき、瞳の奥で笑っていた。彼はついに見つけたのだ。六樽様への忠誠心を発揮しながら、空人を排除できる機会を。

「最も大切なことについては、おっしゃるとおりだが、二番目と三番目は、その対象によって順番が入れ代わりうると私は思う。使節団の人間はみな、六樽様の大切な家臣。全員を弓貴に連れ帰ることは、私に与えられた重大な責務だ」

釘《くぎ》を差すと星人は、余裕をうかがわせる口ぶりで応じた。

「おっしゃるとおりではございますが、全員が、船が沈めば命を失う危険な旅であることを、承知で出発しています。すなわち、六樽様も、そうしたことをお覚悟のうえで、我々を送り出されたのです。どうぞそれを、お忘れなく」

そして、雪大にものを言う間を与えずに、ざっくばらんな口調になって話題を転じた。

「それではまずは私から、調べたことを報告しよう」

この日の調べ物は、星人が中心となっておこなわれた。ふたりの換語士や使節団の人々を引き連れ、町に出て、今度のことに関わりのありそうなこの国の仕組みや、罪人の扱いなどを聞き込んできたのだ。

「空人殿が告発された罪状のうち、軍から逃げたというのは、非常に重い罪らしい。特に、王の面前で〈剣の誓い〉をした者が、軍務から逃亡した場合、決して見過ごすことのできない罪となる」

「〈剣の誓い〉とは、主臣の契《ちぎ》りのようなものだろうか」

「おそらく」

「そして空人殿は、その誓いをしている？」

「そのようだ」

それでは重罪となるのも道理だと、雪大は暗澹《あんたん》とした。床臣五があれほど頑《かたく》ななのは、目こぼしできる罪ではなかったからか。しかし、それでも——。

「こうした大きな罪の告発があった場合、確からしい告発ならば、その人間を捕まえて、当人の申し開きを聞いたあと、〈詮議官《せんぎかん》〉という者が、言い分の正しさを調べるのだそうだ。そして、ひと月ほどのちに裁きがおこなわれる。裁くのは三人の王族で、多くの人の集う場で、〈詮議官〉が調べた結果を語り、ときには証人を呼んで話をさせる。そののちに、王族三人が協議して、罪のあるなしと、あった場合の刑罰を決めるのだそうだ」

裁きのそうした段取りについては、雪大も耳に入れていた。彼はこの日、大臣邸に赴いて、空人の返還を要求しつつ、できるだけのことを聞き出そうとがんばってきたのだ。公《おおやけ》の問答は制約が多く、一般的な裁きの段取りといった無難なことしか引き出せなかったが、公式の働きかけもしないわけにはいかない。

「その裁きに、我々は立ち会えるのだろうか」

大臣邸ではこの問いに、はっきりとした回答が得られなかった。

「おそらく。裁きは公開でおこなわれる。すなわち、異国の者や、身分のない者であっても、立ち会うことができるのだそうだ。ただし、我々がこの屋敷に滞在できるのは、あと二集ほど。裁きの日まではいられない。自分たちで宿を求めるとなると、この人数だ。けっこうな費用がかかる。それをどう工面するか」

「おそれながら、それについて、聞き及んだことがございます」

砂人《すなんと》が口を開いた。

勘定方の役人である砂人は、特に高い地位にいたわけではなかったが、明るく人好きのする性格で、誰の懐《ふところ》にもするりと入り込むという特技をもつ。気むずかしいお偉方でも、頑固な職人でも、砂人にはたやすく心を開くのだ。

その才覚に目をつけて、下の丞が使節団に送り込んだ。ありがたいご判断だった。砂人の特技は異国人にも通じたようで、使節団を応接する長のアイジェという人物も、砂人とだけは打ち解けて、私的な会話をかわすようになっていた。このごろでは、いっしょに酒を飲むこともあるという。そこで昨夜も酒席に誘って、公式に尋ねたのでは教えてもらえない、突っ込んだことを探ってきたのだ。

「脱走の罪が問われる場面では、その後、どこで何をしていたかが問題になります。使節団のどなたかが、そうしたことを裁きの場で話すよう、要請されるのではないかと、アイジェ殿はお考えです」

それが本当なら、やっかいなことになったと、雪大は我知らず顔をしかめた。裁きの場で証言するとなると、空人が使節団にいたいきさつをどう語るかが、ますます重要になる。へたなことを言えばその言葉が、空人を罪に追いやりかねないが、嘘《うそ》をついてそれがばれたら、床臣五とのつきあいに大きな害を与えるだろう。この件にまつわる事情をよく調べて、慎重にあたらねばならない。

問題は、星人だ。使節団にとって何より大切なのは、床臣五からの信用を保つことなのだから、空人の運命を忖度《そんたく》せずに、ありのままをつまびらかに伝えるべきだと主張してくることだろう。それをどう抑えるか。

雪大の心中を知るよしもない砂人は、彼らしい楽しげな顔で話をつづけた。

「ですから、特別に、この屋敷への滞在も、裁きが終わるまで認められるのではないかと、アイジェ殿はみています。まだ正式な話は来ていないようですから、確かなことではございませんが、場を取り仕切る人間のこういう読みは、はずれないもの。裁きがひと月後であっても、宿の心配は無用かと存じます」

「それはありがたいが」星人が、意味ありげに雪大を見つめてきた。「異国の裁きで証言をするとなると、慎重な対応が必要になりますね」

その視線を、むずとつかんでひきちぎりたい衝動にかられたが、そんなことをするわけにはいかないし、やろうとしてもできはしない。雪大は、あえて鷹揚《おうよう》に微笑《ほほえ》んで、ゆったりとした口調で言った。

「もちろんです。とにかくまずは、空人殿が問われている罪や、裁きの見通しについて、もっと詳しく知らなければ。今日の調べでわかったことが、ほかにあったら教えていただきたい」

「わかったことは、あとひとつ。〈詮議官〉は、おもしろい調べ方をするようだ。告発された人間を罪ありと決めつけて、罪の証を調べ出そうとする者と、罪なしとみなして、潔白を証拠立てようとする者と、二手に分かれて動くのだそうだ。刈里有富《カリリアフ》では多くの国が、そうした手順で罪の裁きをするらしい。なかなか興味深いやり方だ」

「はい。アイジェ殿も、そのように言っていました。だから、無罪を証拠立てようとする〈詮議官〉に協力すれば、良い結果が得られるかもしれないと」

そんな助言まで聞き及んできた砂人も、その〈詮議官〉にどうやったら会えるかはわからなかったという。けれどもアイジェからは、まだ何か引き出せそうな感触があるというので、翌日の夕刻までそれぞれのやり方で調べを続けて、またこの部屋に集まることを決め、小さな会議は解散した。


「雪大殿」

砂人が退出すると星人は、戸口のところで振り返り、扉を閉めて戻ってきた。

さっきまですわっていた椅子《いす》には腰をおろさず、やはり立ち上がっていた雪大と向きあう位置で足をとめた。

真顔だった。雪大も表情を引き締めて、星人の話を待った。

「大事なことなので、単刀直入に言わせてもらう。まことに弓貴のことを思うなら、空人殿には、消えていただくべきだと思う」

星人がそう考えることは予想していたが、ひとりでひそかに進めるものだと思っていた。こんなに堂々と主張してくるとは、雪大を説き伏せて、空人の排除を使節団の方針とする自信が、よほどあるのか。

「私には、六樽様よりお預かりした人間を、弓貴に連れ帰る責務がある」

ひとまず正論でいなしてみたが、星人は、いつものように議論の戦略を練るようすもなく、熱い目をして語りだした。

「それよりも大事な責務をおもちのはずだ。雪大殿、私にはこの旅で、深く思い知ったことがある。それは、弓貴に雨が降らないということだ。それがどういうことなのか、雨の降る国に寝起きして、初めて真に知ることができた。雨は豊かに森を育《はぐく》み、豆や野菜や果物を実らせ、誰も足を踏み入れることのない野山までもを、緑の草木で覆《おお》いつくす。そのため人は、少し遠出をするだけで、あたかも納屋《なや》に手を突っ込むようにやすやすと、馬の餌《えさ》でも煮炊《にた》きに使う薪《まき》でも手に入れられる。さらに、緑に覆われた野山には、我々の知らないあまたの生き物が棲《す》んでおり、捕まえて、肉や毛皮を採ることができる」

つかのま星人は、悔しそうに顔を歪《ゆが》めたが、すぐに大きく息をついて、熱弁を再開した。

「それだけではない。この町の人々は、川の流れが尽きることなど考えもせずに、ただ水の流れを眺めるためだけに、屋敷の中に水を引いて池をつくる。その水をはねとばして子供が遊ぶ。町人のための小さな店でも、水を流して床を洗う。そうしたことを、私はいくつも見聞きした。我々が、生きるために当たり前だと思っている苦労の多くが、ここにはまるで存在しない。雨の降る国と降らない国とは、それほどまでにちがうのだと、痛いほど、苦しいほどに思い知った」

それは雪大も同じだった。けれども、恐ろしい結論に至るとわかっている話に、うかつに同意は示せない。雪大は身動きせず、口も開かず、星人をじっと見た。

「そのうえ大陸の国々は、多くの国とたやすく行き来できるため、物も知識も豊富だ。そんな世界と弓貴は、荒海を越えてつながることになったのだ。我々が、力のある国に踏みにじられないでいるためには、まずは知識で追いつかなくてはならない。弓貴には産しないもので、早急に入手すべきものもたくさんある。それらを手に入れていくあいだ、安定した地位を保つためには、力のある国々が交易を望む国でいつづけることが必要だ。それが我々の生き残れる、ただひとつの道なのだ」

こうした理屈は、彼らが故国を旅立つ前に、六樽様のお城の内で検討し、すでに確かめあっていた。けれども、人のもたらした報告をもとに頭で考えただけのことと、自らの肌で知ったことでは、重みがちがう。星人の口から出るひとことひとことが、雪大の胸にずしんとこたえた。

語っている星人も、いつしか頰を紅潮させ、言葉と言葉の間では、何かに耐えるかのようにぐっと唇を歪ませる。気持ちの昂《たか》ぶりは手にもあらわれ、時に肘《ひじ》から先をもちあげて、こぶしを握ったり、ひらいたりした。

これは、ひどく無作法なことだった。身振り手振りを交えて話をするなど、身分のある者のすることではない。畑の者や町場の人間が四方山話《よもやまばなし》をしているのならそれでいいが、いやしくも正衣《まさごろも》を着た人間は、大事なことを語るときほど、姿勢を正して身を揺るがせずにいるものだ。それでこそ、理屈の通った正しい議論ができるのだと、雪大は幼少時から厳しく躾《しつけ》られてきた。今では、手を動かしながらしゃべるほうが難しいくらいだが、星人は、六樽様の直臣になって久しいのに、昂ぶりが大きくなると出自をさらす。

空人も、そうだった。口を開けば身振り手振りが飛び出して、聞き手の手首をいきなりつかんだこともある。そのため、低い身分の出だと思われていた。

それでも地道な努力を積んで、剣を扱えるようになり、読み書きがいくらかできるようになり、儀式や会議といった場では正衣を着る者らしくじっとしていられるようになったのだが、私的な場で話に熱が入ると、たちまち両手を動かした。空人は、すぐに話に熱が入る人間だったから、そんな姿をしょっちゅう見た。

そのたびに、あきれたり、眉《まゆ》をひそめたりしたものだが、あまりにもあっけらかんとそうするから、だんだんに微笑ましくなってきた。これでこそ空人なのだと思うと、場にそぐわない大げさな身ぶりも、懸命さの表れなのだと思えてきた。

それはおそらく雪大だけではなかったのだろう。六樽様の城内で、誰かがうっかり話をしながら手を動かしても、気まずい空気におおわれることが少なくなった。刈里有富から来た使者らが、身を乗り出したり大きく両手を動かしたりして自国と交易をする利を語ったときにも、その場に居合わせた人々は、そっと目をそむけたりしなかったし、使者らの話を必要以上に疑ったりせずにすんだ。

そんなことを考えていると、いつのまにか、気持ちが穏やかになっていた。空人のことを思うと、いつもこうだ。当人はあわただしく動き回ってばかりいるのに、見ているほうは、ふっと肩から力が抜ける。六樽様が空人をご覧になる目が優しいのも、きっと、そのためなのだろう。

やはり、あの男を失ってはならない。「消えていただく」のはもちろんのこと、床臣五にとられたままでいるのもだめだ。絶対に、弓貴に連れて帰るのだと、雪大は決意を新たにした。

「幸いにして、弓貴でつくられる布は、高く評価されている」

一息入れた星人は、両手をきちんと脇《わき》に垂らした、場にふさわしい姿勢に戻った。

「ことに強絹《こわぎぬ》は、よそにはない貴重なものだ。床臣五は、強絹を独占的に手に入れることで、刈里有富の他の国より、商いの上で強い立場に出ることができる。国の規模や遠さに比して、我々が厚遇されているのは、そのためだ」

着いた当初は軽んじられているようにも感じた床臣五の対応は、悪いものではないのだと、その頃には得心できていた。船を造る技術が高まり、外海を行き来できるようになったことで、刈里有富のいずれの国も、交易の相手国が急激に増えた。そのため、実務をこなすのに手一杯となり、儀礼的な応対はほとんどなされていないのだ。そんななか、滞在するための屋敷を与えられ、応接と警護の部隊がつき、大臣と面会して食事の席に招かれたのは、かなりの厚遇といえたのだ。間違いなく弓貴は、よそにとられたくない交易相手だと、床臣五に思われている。だが、それならばなぜ、空人を返してもらえないのか。

「強絹をじゅうぶんな量、作っていれば、しばらくは安泰だろう。そのうえ強絹の価値は、見た目よりも丈夫さにある。それが実感されるのは、使ってみて後のことになる。これから先、強絹は刈里有富の人々に、ますます珍重されるようになるだろう」

六樽様のお城で話し合ったことをなぞる星人の語りは続いた。その頰はいつのまにか、紅潮が消え、青ざめている。

「しかしながら、珍重されればされるほど、ほかの土地の人々も強絹を作りたいと望むようになる。糸をいかに作るかの秘密が狙《ねら》われ、次いで、繭《まゆ》をつくる虫が狙われる。決して持ち出されることがないよう気をつけてはいるが、増産するため、強絹はいまや弓貴の各地で作られている。永遠に秘密を守ることはかなわないだろう。いつかは虫が盗み出され、織りの技術も海を渡る。派路炉伊《パロロイ》でも刈里有富でも強絹が産するようになり、価値が大きく下がることになる。それまで十年か、二十年か。世の中の動きの速さを考えれば、五年ということもあるかもしれない。その間に、できるだけ多くを学び、多くを手に入れ、弓貴の立場を強固にしなければならない。同時に、強絹に替わる特産品の準備をする」

「鬼絹だ」

合の手を入れるつもりはなかったのに、口が勝手に動いていた。

「そのとおり」

星人がうなずいた。

強絹と同じくらい丈夫で、この世のものとは思えないほど美しい鬼絹は、あまりに少ししか産しないため、異国人に見せてはいない。いまはまだ秘しておき、強絹が交易品としての強みを失ったとき打ち出せるよう、量産の体制を整える。それが弓貴の目論見《もくろみ》だった。

「我々は、海でつながった世界での、生き残りをかけた戦をしている。鬼絹はこの戦において、最後の砦のようなもの。いま存在を知られるわけにはいかないうえ、絶対に失うことはできないのだ」

話が核心に近づいてきた。星人はまた手を動かして、腹の上でしっかりと組んだ。関節のところが白く、指先は赤い。あんなにきつく組んだら痛いだろうに、星人はその痛みに気づいていないようだ。

「不幸にして、空人殿は輪笏の督だ。鬼絹には誰よりもくわしい。どこで作られているかだけでなく、六樽様さえご存じない、作り方の秘密も手に入れたという話だ。そうしたことが床臣五の耳に入ったら、弓貴を守る最後の砦は、たちまち潰《つい》えることになる。だからその前に、空人殿には消えていただかなくてはならない。この理屈に、得心のいかないところがおありだろうか」

「ある」と雪大は答えた。「鬼絹が弓貴にとってどんな意味をもっているか、空人殿も承知している。床臣五に漏らすわけがない」

星人は、組んだ手をはなして左右に垂らすと、冷めた目をして、かすかに頭を傾けた。

「私も、そう信じたいとは思います。また、空人殿が床臣五に生まれ育った人間と知っても、我々のもとに送り込まれた工作者などではないと確信できるほどには、あの者をわかっているつもりです。しかしながら、この国に生まれ育ったということは、肉親もいれば、親しい友もいるでしょう。情にほだされないとはかぎりません。それに、危害を加えることはないと大臣はおっしゃったが、風習や仕来たりの異なる地でのこと。大臣のおっしゃる〈危害〉と、我々の考える〈危害〉が、ずれていることもありえます。我々からみて危害と思えるほどの厳しい取り調べを受け、空人殿がもちこたえられなかったら、結果は甚大《じんだい》」

「おっしゃることはわかるが、空人殿は、あれでなかなかたくましい」

「雪大殿。これは、誰かの心根《こころね》の強さに託していい事柄ではありません。弓貴の安泰にとってより確かな道は、空人殿が床臣五の人々に対して、いっさい口がきけなくなること」

すなわち、「消えていただくこと」だと、星人は目で訴えた。

雪大の頭にはいくつもの反論が浮かんだが、いずれもすぐに論破されそうなものだった。理屈だけを考えれば、星人の主張は正しい。

「おっしゃるとおりかもしれない。いや、まさにおっしゃるとおりなのだが」

星人の主張を認めることは、空人を暗殺すべきと認めることだ。けれども雪大はこのときまだ、空人とともに弓貴に帰ることをあきらめてはいなかった。それに、星人の言い分には、主張の正しさと別のところに問題がある。

「やるとしたら、どうやるのだ。空人殿が、どこに捕えられているかもわからないのに」

「それは、これから調べます」

勝手のわからないこの国で、そうしたことを探り出すのは困難だろうが、星人ならばやりとげるかもしれない。

「では、お願いする」

星人はちらりと、安堵《あんど》とも、勝利の喜びともとれる笑みを漏らした。

だが雪大は、星人の提言に同意したのではない。居場所がわかれば、殺すのではなく、ひそかに連れ出すことができるかもしれない。暗殺を企て、その試みが失敗したり、着手の前に露見したなら、弓貴は野蛮な国だとみなされて、刈里有富の中でひどく評判を落とすだろう。それは大きな痛手となる。空人の口から床臣五へと重大な秘密が漏れるのをふせぐには、連れ出して匿《かくま》い、こっそりと弓貴に連れ帰るほうがいい。その試みなら、失敗しても、人として当然のおこないととらえられ、評判を落とすことにはならないだろう。

そのように星人を説得するというのが、雪大の思惑だった。星人は星人で、その思惑を読んだうえで、結論を自分のほうにもっていく自信があるのだろうが。

ふたりの勝負はつかなかった。星人は翌日の会議までに、空人の捕えられている場所や、どのように監禁されているかを探り出したが、その結果、警備は極めて厳重で、暗殺も、ひそかに連れ出すことも、できそうにないと判明したのだ。

居場所がすぐにわかったのは当然で、空人は、重要な科人《とがにん》を監禁するための特別な塔にいた。しかも、空人が捕まってから、常にないほど警備が厳しくなったという。

そうなった事情については、町じゅうで噂《うわさ》されているようなのだが、聞き手の輪に異国人が混じろうとすると、話し手はぴたりと口を閉ざす。もちろん直《じか》に尋ねても、まともな答えは返ってこない。いわゆる「内輪」の話らしい。

雪大も星人も他の使節団の面々も、聞こえそうで聞こえない、つかめそうでつかめない、空人を巡る物語を前に、苛立《いらだ》ちを募らせて幾日かを過ごした。そんななか、砂人がついにアイジェから、内輪の話を引き出した。

「どえらいことがわかりました」

砂人は、六樽様のお城に勤める人間にあるまじき言葉づかいで切り出した。それだけ興奮しているのだろう。いかにしてアイジェの口をなめらかにし、床臣五の人々が異国人に明かすつもりのなかった話を手に入れたかの苦労談義もいっさいなしに、例の小部屋で雪大、星人と三人きりになると、いきなり核心を語りだした。

「空人様は、〈将軍〉という、手兵頭にあたる地位にいる人物の息子だったのです」

「〈将軍〉は、自らの領地を持っていると聞いた。手兵頭でなく、督にあたるのではないか」

星人が異を唱えた。

「そうかもしれません。とにかく、高貴な家柄です。しかもその将軍は、床臣五の中で、ひどく人望のある御仁だそうです」

目こぼしできなかったのは、罪が大きかったからだけではない。空人が、人々の注目を集める、扱いの難しい人間だったからかと考えた雪大は、そこで疑問につきあたった。

そういう事情であればなおのこと、「見て見ぬふり」をしてもよかったのではないだろうか。

星人も、同じことを考えたようだ。

「そんな人物の息子を、いきなりあんなふうに捕えるというのも、不可解な話だ」

しかしすぐに、「ああ、そうか」とうなずいた。

「高貴な家柄の人間には、どれだけ人望があろうとも、必ず敵がいるものだ。交易を担当する大臣はきっと、空人殿の父親の政敵なのだ。息子が不名誉かつ重い罪で処罰されたら、父親も立場を失う。それを望む人々がいるということなのだな」

「おっしゃるとおりではございますが、事はさらに複雑なのです。空人様は、こちらの世界ではシュヌア家のソナンというお名前だそうですが、〈将軍〉である父上から、親子の縁を切られているのでございます」

「親子の縁を切る?」

雪大と星人は、同時に驚きの声をあげた。そして、はからずも声をそろえてしまったことに鼻白みつつ、無言の譲り合いをして、雪大が問いを発した。

「どうやったら、そんなことができるのだ」

「はい。私も理解しがたく思いまして、アイジェ殿に説明を請《こ》うたのですが、どうやら床臣五だけでなく、刈里有富のどの国でも、親が縁を切ると宣言すれば、子供は子供でいられなくなるようです」

「しかし、血のつながりは消せるはずがない。それとも、刈里有富には、そうした技があるのだろうか」

　星人の関心は、事態の解決よりも、新しい物事を知ることに傾いているのかもしれない。熱のある聞き方だった。

「そういうわけではございません。縁を切ると宣言し、つきあいのある人々にそれを知らせることによって、縁を切られた子供は、他人のごとく扱われるようになるのだそうです。親の家から締め出され、地位や財産を受け継ぐこともできなくなり、まわりからは、親などいない人間のように扱われる」

　聞いているだけで、胸が痛くなった。自分だったら、そんな仕打ちを受けるより、いっそ親のその手で命を奪ってほしいものだと、雪大は思った。

「それほどの非情なことがおこなわれるのは、よほどの場合なのだろうな」

いったい空人は、どうしてそんなことになってしまったのか。六樽様のお城でのようなとんでもない騒動を、勘違いで引き起こしでもしたのだろうか。

「それが、そうでもないようです。縁を切ったときと同じように、親が宣言すれば、子供はふたたび子供に戻れるそうで、親子の縁切りは、頻繁とまでは言えなくても、さほど珍しいことではないようです」

「なんだ、それは」という文句を飲み込みながら、雪大は星人と目を見交わした。

そういえば星人は、親族と「縁を切って」いる。ただしそれは、身分を大きく飛び越えた場所に入る人間が、縁坐《えんざ》を生じさせないためにとる措置だ。縁を切るというより、別の身分に産まれ直すようなもので、六樽様のお城での会議を経ないといけないし、多くの書類が書き替えられ、取り消しは許されない。だから、めったにおこなわれることではなく、雪大の知るかぎり、ここ数十年で、星人の例しかない。

雪大は、大きく息を吐いてから言った。

「つまり、刈里有富では、剣の誓いは主臣の契りに匹敵するほど、結んだら切れない縁《えにし》となるが、親子の絆《きずな》は、言葉一つで好きなだけ、切ったりつないだりできるということか」

「まったく、おもしろい人たちです」

砂人だけは、あきれるかわりに感心しているようだった。こういうところが、異国人の胸襟《きょうきん》を開かせるのだろうか。

「けれども、このたびは、この縁切りが話をややこしくしています。床臣五の人々はみな、空人様、すなわちソナンというお人が、シュヌア将軍の一人息子だと知っています」

息子は息子でも一人息子なのかと、雪大の胸はさらに重くなった。

「ですから多くの人が、縁を切られたシュヌア将軍の息子が不品行をあらためて、ふたたび息子に戻れる日が来ることを、将軍ご自身のために願っています」

砂人の話に現れた新しい事柄を、すかさず星人が聞きとがめた。

「ちょっと待て。空人殿は、不品行から親子の縁を切られたのか」

「そのようです。とはいえ、聞いてみると、さほどのことではないようです。若い者にありがちな、はめをはずしすぎての悪行が、少々目に余るようになっただけだと、アイジェ殿はおっしゃっていました。けれども清廉《せいれん》なシュヌア将軍には、それが我慢ならなかったようで、親子の縁を切られることになったのだとか」

雪大は、目をつぶって、若い者にありがちな悪行にふける空人を思い浮かべようとした。弓貴にも、そういう若者がいないでもないが、なんらかの理由で屈折した、どこか陰を感じさせる者たちだ。素直で明けっぴろげな空人とは、どうやっても重ならない。

けれどもその一方で、ひとつ歩む道をあやまったら、泥沼に足をとられて、不品行という愚かなあがきをしてしまう危うさが、空人にはあるような気もした。

「アイジェ殿がおっしゃるには、交易大臣は、シュヌア将軍の息子を見つけたからには、その身柄を確保しないわけにはいかなかった。将軍のことを思えば、みすみす異国に帰らせることはできなかったのだそうでございます」

「〈将軍の息子〉が、重い罪に問われることになってもか」

星人が皮肉げに言った。

「そこがややこしいところでして、身柄を確保するからには、告発を無視することはできません。また、さきほどご指摘がありましたとおり、人望のある将軍様にも、敵はいて、そういう人々にとって、縁を切ったとはいえ将軍の息子であることに間違いない人物が、王に対する重大な罪に問われることは、大歓迎。うまく罪ありとなったなら、シュヌア将軍も、表舞台から引かざるをえなくなりますから。すなわち、もしも告発を聞き流したら、交易大臣はその方々に、たいそう恨まれることになるわけです。大臣としては、捕まえて、あとの判断は、罪のあるなしを決める王族の方々に委《ゆだ》ねるしかなかったのです」

「ああ」と星人が、ため息まじりの声を漏らした。城内のそうした複雑さは、風習や仕来たりの異なる遠い異国でも同じなのかと慨嘆したのだろう。

「ひとつ確認したいのだが」雪大は、新しく得られた話をもとに、頭を忙しく働かせた。「空人殿が、〈将軍〉の一人息子のソナンという人物なのは、確かなことなのか。本人は認めているのか」

「空人様が取り調べにどう応じていらっしゃるかまでは、アイジェ殿もご存じないようです。けれども、〈シュヌア将軍の息子〉を知っている何人もが、顔を見て確認したそうですから、間違いはないようです」

「だとすると……」

雪大は、奥歯を嚙《か》み締め、目を閉じた。〈晩餐会〉の場で感じた嫌な予感は、動かしがたいものになった。

空人が、督か手兵頭に相当する人物にして、人望を集める〈将軍〉の一人息子だというのなら、しかもその〈将軍〉が、親子の縁を切るという特別な手段を講じてまで、息子の不品行をただそうとしていたのなら、そんな人物を弓貴に連れて帰ることは、できそうにない。いやだ、あきらめたくないと無理をすれば、弓貴に大きな不利益をもたらしてしまう。どんなに失いがたく思っていても、あきらめるしかないのだ。

目を開けて、雪大は未練を断ち切った。いまは、心の痛みにかまけているときではない。空人が、床臣五でそこまで重要かつややこしい立場の人間ならば、どうして弓貴で換語士をしていたかの説明が、これまで考えていた以上に慎重を要するものになる。

これまで曖昧《あいまい》にごまかしてきたが、裁きの場で証言をしなければならないのなら、早晩はっきりとした答えを要求されるだろう。そこで判断を間違えれば、弓貴と床臣五の関係を大きく損なうばかりでなく、刈里有富の他の国々からも、不信の目で見られることになってしまう。

率いるとは、あきらめることの連続だ。空人は、弓貴や輪笏にとって大切な人間であり、六樽様もきっと、彼の帰還を待ち望んでおられる。雪大自身にとっていえば、二度と会えなくなると思うと、奥歯を嚙み砕きそうになる。

それでも、あきらめるしかないのだ。いま彼にできるのは、弓貴の立場を守りつつ、空人の罪ができるだけ軽くなるよう努めることだけ。それには、どう証言すればいいのだろうか。

雪大は、話を終えた砂人を退出させると、星人と額を寄せあい相談した。星人ももう、暗殺の話を出すことなく、この問題に気持ちを集中させていた。

まずは、決して嘘をつかないことを確認しあった。偽りの証言をして、それがばれたら、弓貴はどこの国にも信用されなくなってしまう。

けれども、こちらの話を聞いて、むこうが勝手に誤解をするなら、問題ない。

幸い、床臣五に弓貴の言葉がわかる者はいない。空人を除いて、ということだが、彼が取り調べで自分の知識をさらけだすなら、雪大らにできることは何もなくなる。

彼らの知っている空人なら、きっとこうすると思えること——すなわち、最小限のことしかしゃべらずにいるという想定で、相談を進めた。

床臣五は弓貴の言葉を知らず、国の様子も詳しく調べ出してはいない。そこまで手がまわらないのだろうし、関心もなさそうにみえる。そのうえ、空人を雇ったいきさつを聞いてきた大臣の口ぶりからは、彼が弓貴で高い地位についているとは、想像もしていないことがうかがわれた。

刈里有富にひしめく国々は、似ているが少しずつ異なる言葉を使っており、そのためあまり教育のない者にも換語士が務まる。言葉ができる手近な者を素性も確かめずに雇うということが、日常おこなわれており、空人についてもそうだったのだろうと思い込んでいるようなのだ。

だから、それに合わせることにした。あの男は、どこからともなく現れて、最初はろくに言葉をしゃべれなかった。生きる方便《たずき》がなさそうなので、雑用をさせ、禄《ろく》を与えた（督の仕事を「雑用」と言っても嘘にあたらない自信が、雪大にはあった）。床臣五の使者が来たとき、この国の言葉がしゃべれるとわかったので、換語士として今度の旅に同行させた。彼が床臣五の出身だとは知らなかった。

証言するのは、それだけにとどめる。詳しい事情を聞かれたときには、刈里有富の人間になじみのない、弓貴の風習や仕組みを持ち出して、煙《けむ》にまく。

そういう方針に決まった。あとは、空人を信じるだけだ。彼が決して、弓貴にとって都合の悪い話を漏らさないこと。雪大らがどう対応するかの予測をつけて、同じ線で申し開きをしていることを。

相談を終え、長く籠《こ》もっていた部屋を出ると、扉のすぐ脇に人影があった。

雪大は一瞬ぎょっとしたが、立ち聞きはされていないはずだ。壁も扉も厚いうえに、彼らは小声で話していた。

人影は、山士《やまんし》という名の空人の陪臣だった。「申し訳ありません」と低頭して、扉のそばに立っていた非礼を詫びた。その顔は、海の上で〈船酔い〉に苦しんでいたときよりもやつれてみえた。

「いてもたってもいられなくて」

雪大は無言でうなずいた。このような無作法を、声に出して諒《りょう》とするわけにはいかないが、扉の前まで来てしまった気持ちはわかった。忠義に厚い陪臣は、主人のためならどんな苦労も厭《いと》わない。彼らにとって何よりつらいのは、苦境にある主人と引き離され、しかも助けるための行動が何一つとれずにいることなのだ。主人がいきなり異国人に捕えられ、どんなめにあっているかもわからないのに、手をこまねいているしかないのは、どんなにもどかしいだろう。

「わかったから、もう行きなさい」

星人が、追い払うように手を振った。山士は、ふたたび深く頭を下げると、踵《きびす》を返して歩み去った。その背中にかける言葉のないことが、雪大は口惜しかった。

「おまえの主人は、必ず助ける」と、約束できるものならしてやりたかった。だが、

砂人が聞き出した話により、そんなあてはなくなった。

雪大は、顔には出さずに心で泣いた。絶対にあきらめたくないものを、あきらめなくてはならない痛みには、慣れている。慣れてはいるが、神か鬼かを恨みたくなる、このやるせなさは変わらない。

数日後、使節団が滞在する屋敷を、ある人物が訪れた。それにより、雪大の頭から、やるせなさなどという感傷が吹っ飛んだ。

訪れた人物は、床臣五の〈詮議官〉だった。それも、空人を罪なしとみなして、その証をさがす役目の者だ。雪大らが接触するすべをさがしあぐねていたのに、向こうから訪ねてくれたのだ。

この客は、彼らが知りたくてたまらなかった話を数多くもたらしたが、それだけでなく、恐ろしい知らせも運んできた。こういう職務の人間だから、いい加減な噂ではなく、確かなことと思われるのだが、このままでは空人は、死罪になると言い切ったのだ。

3

山士《やまんし》は、橋のたもとに立っていた。

足もとの川は深く、暗く、たくさんの水が流れている。目の前の橋は広く、にぎやかで、たくさんの人が歩いている。

たくさんで多様。体格や顔貌《かおかたち》や髪の色、かぶりものや服装のまちまちな人間が、右から左、左から右に、すれちがいながら行き過ぎる。都の雑踏に慣れ親しんだ山士なのに、その多様さにくらくらした。

都でも、さまざまな顔立ち、さまざまな服装の人間が、これよりたくさん歩いていたが、「さまざま」の度合いがまるで違った。こんなことを言っても故郷の人たちは決して信じてくれないだろうが、目の前を通る人々の多様さとくらべたら、お城勤めの高位の役人と旅商人さえ、大差ない身なりをしていたといえるだろう。

この国でも、人は身分や職業に応じた格好をしており、この橋を通るのは主に商人たちなのだが、そこに、服装のまったく異なる武人や、〈羽飾り〉をつけた華美な〈帽子〉を頭にのせた〈貴族〉や、生業《なりわい》のよくわからないぼろぼろの身なりの者が入り混じり、時には異国人までやってくる。彼らの見た目の奇抜さには、ここに立った初日など、何度驚いて目を剝《む》いたことか。

三日たったいままでは、そんなことには気をとられずに、床臣五《トコシンゴ》の人間だけに注意をむけられるようになったのだが、流れる人の雑多さに、くらくらするのはあいかわらずだ。

だが、めまいなどにかまけてはいられない。山士は、さほど急ぎ足でない商人を見つけると、すかさず声をかけた。

「二年半前に、ここで喧嘩《けんか》を見ませんでしたか」

弓貴《ゆんたか》においては、人にものを尋ねる場合、挨拶《あいさつ》と前口上とが必須《ひっす》になる。けれども、このあわただしい街では、そんなことをしていたら、肝心な話をする前に立ち去られてしまう。いきなり尋ねるしかなかった。

習い覚えたばかりの異国の言葉での問いかけだが、何度も何度も口にしたので、なめらかに言えるようになっていた。

相手はたいがい、ぎょっとして立ち止まる。この国の人間にとって山士の身なりは、他の異国人に負けず劣らず奇抜なものなのだろう。そうした奇抜さを、ながめるだけなら慣れている人々も、いきなり話しかけられて驚くのだ。

ぎょっとされたのであっても、立ち止まってくれるのはありがたい。急いで次の言葉をかける。

「二年半前の、――月――日の夕暮れどきです」

床臣五の日付の名前は難しくて、何度繰り返しても、うまく発音できない。とはいえ聞き取れないほどではないらしく、尋ね返されたことはない。「見た」という答えをもらえたこともなかったが。

たいがいは、「さあ。そんな昔のことは、覚えてないなあ」と返される。

「川に荷物が落ちたり、人が飛び込んだりの騒ぎになった喧嘩です」

相手は首を左右に振って、立ち去ってしまう。この国の人間は、話しかけてきた人に辞去の言葉もかけないのだ。

そうやって、何十人、何百人と声をかけた。「うるさい、急いでるんだ」と怒鳴りつけられたこともある。「なんで、そんなことを聞くんだい」と根掘り葉掘り知りたがったあげく、「私は二年半前にはまだ、この街に住んでいなかったからねえ」と、せせら笑った者もいた。

だが、相手になってくれるのはまだいいほうで、立ち止まってぎょっとしたあと無言で行ってしまう者や、立ち止まりもしない無礼な輩《やから》がほとんどだった。

それでも山士は、橋のたもとで道行く人に問いつづけた。裁きの日までにどうあっても、喧嘩を見たという人間――喧嘩によって、荷物が川に落ちたと証《あかし》を立ててくれる人間を、見つけなければならないのだ。でないとご主人様は、この国に命を奪われてしまう。

「二年半前に、ここで喧嘩を見ませんでしたか」

「知らないねえ」を捨て台詞《ぜりふ》に、せっかく立ち止まってくれた人が、背中を向けて遠ざかる。気をとりなおして、次の人物に声をかける。立ち止まりもせずに行ってしまう。

「二年半前に、ここで喧嘩を見ませんでしたか」

哀願にも似た調子で同じ問いを投げつづける山士の腹には、別の問いが冷たく横たわっていた。

どうして、こんなことになったのだ。

私はここで、いったい何をしているのだ。

この理不尽な成りゆきを、どこかまだ受けとめきれていなかった。くらくらするのは、そのせいもあるのかもしれない。

「二年半前に、ここで喧嘩を見ませんでしたか」

ふいに、目の前が暗くなった。同時に、うなじがひんやりする。

めまいがひどくなったわけではない。橋の下に目をやると、もともと濁っていた水が、さらに光を失って、まるで黒いかたまりのようだ。視線を上に転じると、空は半分、濃い灰色の雲に閉ざされて、太陽がどこにあるかもわからない。

昼間でも、人の影が地面に落ちないほど暗くなるということに、山士はまだ慣れないでいた。それが大陸では当たり前だと、頭ではわかっているのだが、目や肌や心が受け付けない。夜でもないのに青くない空は、どうしても不吉なものに感じられ、見るたびに鳥肌が立つ。こんな土地は、もうたくさんだ。早く弓貴に帰りたい。ご主人様とともに。

「二年半前に、ここで喧嘩を見ませんでしたか」

だから、見つけなければならないのだ。喧嘩を見たという人を。

それによって、ご主人様の命は救われる。そのうえ、裁きの結果が罪なしとなれば、使節団に帰っていらっしゃることが、おできになるかもしれない。いっしょに船に乗ることができるかもしれない。

「二年半前に、ここで喧嘩を見ませんでしたか」

「喧嘩なんて、しょっちゅうある。いちいち覚えてられるものか」

不快そうににらみつけられても、山士はくじけなかった。慣れない土地での疲労やめまい、「どうして、こんなことになったのだ」という煩悶《はんもん》、「花人《はなんと》様、石人《いしんと》様、助けてください」と、弓貴に残ったふたりの陪臣に救いを求めたくなる心細さのなかで、山士を支えていたのは怒りだった。誰にもぶつけようがないのに、消し去ることもできず、腹の底でぶすぶすと燃えつづける、埋《うず》み火のような怒り。

空人《そらんと》様が大臣邸から帰っていらっしゃらなかったあの日以来、山士の下腹に巣くっ

ている その熱は、同じ場所に横たわる無言の問いの冷たさと混じり合うことなく燻《くすぶ》って、彼を駆り立てつづけていた。

海を越えてのこの旅が、危険なものだと承知はしていた。ご主人様とともに、海の底に沈んでしまうかもしれない。二度と故郷に戻ることはできないかもしれないと。けれども、ご主人様が異国人に捕えられ、不名誉で破廉恥《はれんち》な罪で告発されて裁きを受け、死罪になるかもしれないなど、考えるだけで腸《はらわた》が煮えくり返る。どうして鷹陸《たかりく》様は、そんなことをお許しになったのか。なぜ、刃《やいば》をふるってでも、あるいは交易の約束を白紙に戻すと脅してでも、ご主人様を守ってくださらなかったのか。

空人様が、床臣五で生まれ育った人間だったという話は、山士をさほど驚かせはしなかった。もともとは、空から落ちてきたお人だと聞いていたのだ。それにくらべれば、ずっと腹におさめやすい。そのうえ山士は、ご主人様の髪の色が緑でないことを知っていた。ほんとうは、水の流れのように透明で、光があたると銀色にみえる。そんな髪の人間を、こちらに来てから何度か見かけ、もしやとは思っていた。

けれども、どこで生まれたのであっても、空人様は輪笏《わしゃく》の督という貴い身分の御方なのだ。六樽《むたる》様の姫君を娶《めと》られてもいるのだ。生まれ故郷の人間といえども、捕まえたり裁きにかけたりという乱暴な扱いをしていいはずがない。

腹の埋み火がそう叫んでも、事態は変わりはしなかった。鷹陸様と八の丞《じょう》は、小部屋に籠《こ》もって相談に明け暮れるばかりで、ご主人様を取り戻してはくださらない。山士がひとりで飛び出すわけにもいかず、もどかしさに死にそうな思いをしているところに、救いの手が現れた。〈詮議官《せんぎかん》〉という役職の床臣五の男が、使節団の仮宿を訪ねてきたのだ。

その男によって、ご主人様が救われたというわけではない。むしろ、この人物がもたらしたのは、空人様が死罪になりそうだという恐ろしい知らせだったのだが、少なくとも山士に、やるべきことを与えてくれた。

ツナブと名乗ったその人物は、空人様にかけられた疑いを晴らすのが仕事であり、そのために使節団に話を聞きにきたのだという。

山士には、他人の疑いを晴らす仕事があるというのが理解できなかった。いったいこの国の裁きはどんな仕組みになっているのかと首をひねり、空人様と縁も所縁《ゆかり》もない人間が、仕事として割り当てられて、本気で尽力してくれるものかと、訪問者をうさんくさく思った。

しかし話を聞くうちに、この思いは変わっていった。ツナブ殿は、まじめそうなお人だった。職務に熱心で、しかも空人様に罪がないと本気で信じていることが、言葉以上に、顔つきや目の輝きに表れていた。

「私には、あの人が嘘《うそ》を言っているようには思えないのです。だから、その証を立てたいのです」

熱く語るその面差しは、なんとなく石人様に似ている気がした。

どこが似ているのだろうと、顔の形や鼻や口を子細に見たが、どれもまったく違っていた。あえていうなら、笑ったときの目尻《めじり》の感じが、物識《ものし》りで饒舌《じょうぜつ》なあのお方をほうふつとさせるけれど、目尻の皺《しわ》など、誰でも同じようなものだろう。きっと山士は、あまりにたびたび花人様と石人様のお顔を思い浮かべていたために、わずかな相似から強引に結びつけてしまったのだ。

目尻の感じが似ていても、ツナブ殿は石人様と、しゃべり方も人となりも違っていた。駆け引きする様子など少しもみせない誠実な話しぶりで、知っていることを惜しみなく教えてくれる一方、そこに余計な蘊蓄《うんちく》を交えたりはしないのだ。

ツナブ殿のおかげで山士は、ご主人様がどんな罪に問われているかを、ようやくはっきりと知ることができた。

罪はなんと、三つもある。

まず、大金を持ち逃げした罪。ご友人から某所に届けるようにと託された金を持ったまま、空人様は行方知れずになってしまったのだ。

二つ目は、〈王〉という、国の主《あるじ》にあたる人の面前で〈剣の誓い〉をしていながら、その誓いを破った罪。すなわち、〈王〉から与えられた軍務を放り出して、いなくなってしまったことを問われているのだ。これは、そうなったいきさつにやむをえない事情がなく、ただ逃げたくて逃げたのだった場合には、死をもって償うしかない重い罪になるという。

三つ目は、祖国に対する裏切りの罪。この罪が認められてしまったら、死罪は免れようがない。それも、ひどく残酷なやり方で殺されることになるのだそうだ。

ツナブ殿のいう祖国とは、床臣五のことで、空人様が弓貴の使節団に混じって換語士をしていたことが、裏切りにあたるのではないかと言い立てている人々がいるのだという。

だが、三つ目についてはあまり心配していないのだと、ツナブ殿はおっしゃった。換語士として働くことで、床臣五に不利に、弓貴に有利になるよう工作したのではというのが、言い立てている者たちの主張なのだが、ふたつの国のあいだの取り決めは、床臣五にとって悪いものとはなっていない。そのうえ弓貴は、他の国からも交易の話をもちかけられていたのに、選ばれたのは床臣五だった。その事実が、裏切りを働いたという疑いを晴らしてくれるはずだというのだ。

「ただし、先の二つの疑いで罪ありとなった場合、そんな人物だったら、三つ目もあやしいとなりかねません」

それは、理屈としておかしい。そんな情緒で裁きが左右されるとは、床臣五はいい加減な国なのかと、山士は眉《まゆ》をひそめたが、〈詮議官〉を置く仕組みのことを考えると、そうもいえないと思い直した。この国の人たちも、事実に沿い、理屈の通った裁きを心掛けていないわけではないのだろう。

「それはすなわち、最初の二つについて罪なしとなったら、三つ目で罪に問われることはないということですね」

八の丞の星人様《ほしんと》が、換語士を介さずに、流暢《りゅうちょう》な床臣五語でお尋ねになった。

「はい、おそらくは。ですから、最初の二つの疑いを晴らすことが肝要となります。とはいえ、〈被詮議人〉が金を預かったあとで行方不明になり、その金は届けるべき場所に届かなかったこと、以後の軍務に就かなかったことは、争いようのない事実です。この事実がありながら、〈被詮議人〉が罪なしといえるのは、これらの事実が、本人のせいではなく、どうにもしようがない事情があった場合だけです。実は、本人の申し立てはそのようなものであり、それが言い逃れなどではなく、実際にあったことだと、私は信じているのです」

それからツナブ殿は、空人様が取り調べに対してどう答えておられるかを教えてくれた。鷹陸様は話の途中で愁眉《しゅうび》を開かれ、八の丞もほっとした様子をしておられたので、おふたりが知りたくてたまらなかったことを残らず話してくれたようだ。

ご主人様はまず、ご自分がこの国に生まれたソナンという名の人物であることを認めておられる。そこは、嘘でもいいから否定していただきたかった。どこまでも人違いだと言い張れば、弓貴に帰る道もひらけたのではと、山士はほぞをかんだ。だが、そうもいかないご事情があったのだろう。

素性をお認めになったご主人様も、持ち逃げについては否定をされた。確かに金を預かって、約束の場所に届けるために出発したが、途中で落としてしまったというのだ。

その場所がこの橋で、ご主人様は運悪く、かつていざこざのあった相手と出くわした。ありていに言えば、ご主人様はある男を、仲間とともに袋叩《ふくろだた》きにしたのだそうだ。ところがその十数日後、この橋の上で出会ったとき、相手には仲間がいて、ご主人様はひとり。しかも、人から預かった大事な金を運んでいた。

相手はご主人様に気がついて、仲間とともに取り囲み、ご主人様の荷物を取り上げると、先日の仕返しだとばかりに、川に投げ落とした。その金は、どうしても届けなければならないものだったから、ご主人様は、取り戻すため橋から川に飛び込んだ。ご自分が泳げないことも忘れて。そしてたちまち溺《おぼ》れてしまい、何もわからなくなった。

気がつくと、まったく知らない土地にいた。地形や気候、人々の言葉や身なり、どれをとっても刈里有富《カリリアフ》とつながりがまったくないことを示していた。ご主人様にとってそこは、死後の世界か、絶海の孤島としか思えなかった。もう二度と故郷の土は踏めないのだと観念したご主人様は、その土地で生きるための努力を重ねた。

そうして二年が過ぎたころ、刈里有富からの使者が現れ、その土地が故郷と海でつながっていることがわかった。ご主人様は、床臣五の言葉がしゃべれることを周囲に打ち明け、換語士となり、使節団に加わって、海を渡った。

それが、ご主人様がお話しになった、今日までのいきさつだという。

「この話に、事実と違うところがあるでしょうか」

ツナブ殿の問いかけに、「いいえ、ありません」と、鷹陸様が床臣五の言葉でお答えになった。

このお返事は、嘘ではない。ご主人様のお話に、事実と違うと明言できそうな点はない。

けれども山士の耳にこの話は、空人様の身の上談のようには聞こえなかった。きっと「いきさつ」を語るうえで大事なことが、あまりにたくさん省かれているせいだ。

鷹陸様も八の丞も、それに気づいておいでだろうに、顔にもそぶりにも示されず、誠実そうな微笑《ほほえ》みを浮かべておられる。おふたりとも、政治的な駆け引きの真っ最中ということだ。

そう気づく前から山士も、こういう場に必要な無表情をたもって、このやりとりを聞いていた。

「それはよかった」ツナブ殿はひとり、無邪気な笑顔を浮かべていた。「〈被詮議人〉の話のとおりなら、金が届けられなかったのも、軍務に戻れなかったのも、しかたのなかったことになります。床臣五の川で溺れた人間が、どうやって知らないうちに遠い異国に流れ着いたかは謎《なぞ》ですが、覚えていないものはどうしようもありません。気を失ったまま海まで流され、そのまま海流にでものって、あなたがたのお国までたどりついたとでも考えるしかないでしょう」

いいや、それは無理だろうと、顔に出さずに山士は思った。帆を張った大きな船でひと月はかかるほどはなれた場所を、生身の人間が知らないうちに流されるなど、いくらなんでもありえない。ましてや、あれほどの荒海だ。

「そうですね。当人にわからないのでは、推測するしかないわけですが」八の丞が、腹に一物《いちもつ》あるときにしかお出しにならない穏やかな声でおっしゃった。「気を失ったまま流されるには、貴殿のお国と我らの土地は、少々はなれすぎているように思えます。もしかしたら、川を流され海に出たところで、一度、いずれかの船に拾われたのではないでしょうか。船は、拾った人間をおろすために引き返すことなどせずに、そのまま外海に出てしまう。そして、弓貴の近くまでやってきたとき、嵐《あらし》にあって沈んでしまった。〈被詮議人〉だけが生きて陸までたどりついたが、嵐で溺れた衝撃で、その航海のことをすっかり忘れてしまっている」

「なるほど。そういうことなら、ありそうだ」

ツナブ殿がぱちんと手を叩いた。床臣五の人間が何かに感心したときにとる、山士がまだ慣れないでいる行動だ。ぱちんという音の鋭さに、この時もからだがびくりとした。

「いまの理屈を示せば、罪なしという裁きの結果を勝ち取れるでしょうか」

鷹陸様がお尋ねになった。

「罪なしとまでは難しいでしょうね。あなたがたとともにこちらに戻ってすぐ、名乗り出なかったことは、どうあっても咎《とが》められることになります。しかし、それだけならば、大きな罰は科されないと思います。おそらく、罰金刑ですむのではないでしょうか」

罰金刑とは、定められた額の金を払って、罪を許してもらうことだそうだ。

「それに、理屈を示しただけでは、だめでしょう。〈被詮議人〉の申し立てが嘘ではないという証を立てなければ、むしろ醜い言い逃れをしているようで、死罪のおそれは強まります」

「どうやったら、その証が立てられますか」

山士は思わず聞いた。鷹陸様や八の丞のいらっしゃる場で、許しも請《こ》わずに客人に質問するなど、弓貴にいるころには考えられないことだったが、礼儀にかまっていられないほど、山士は切羽詰まっていた。

「いちばんいいのは、橋の上で喧嘩があったと証し立てしてくれる者を見つけることです。〈被詮議人〉が行方不明になった日に、申し立ての場所で喧嘩があり、橋から包みが落とされて、男が川に飛び込んだ。それが間違いないとわかれば、彼の話は嘘ではないと、思ってもらえるに違いありません」

それで山士は、橋のたもとに立つことになった。

ご主人様の話が本当だとの証を立てるには、当の喧嘩相手に証言してもらうのがいちばんなので、ツナブ殿は使節団を訪れる前に、その人物をさがしに行かれたのだという。手兵のような立場にあることと、ご主人様と同じく「ソナン」という名であるらしいとだけは、わかっていたのだ。

だが、そんな男は見つからなかった。「ソナン」というのは、この国ではよくある名前だそうで、男が所属しているはずの軍には、四十人もの「ソナン」がいた。全員に話を聞いたが、そうした喧嘩に心当たりがあると答えた者はいなかった。

その軍隊に入るのには、王への誓いが必要ないため、人の出入りが激しいらしい。男はもう、やめてしまったのかもしれない。

その場合でも、そんなことがあったという話を耳にした者か、橋の上の喧嘩に加勢した友人がいるかもしれないと、ツナブ殿は「ソナン」以外の人間にも聞いてまわったが、収穫はなかった。

この結果は、予想されたものだという。他人の金を川に落として失わせたのなら、「ソナン」やその友人も、罪に問われることになりかねない。正直に語りはしないだろうと思いながらも、万が一に望みを託して調べに行ったのだそうだ。

そしてやはり、成果はなかった。四十人の「ソナン」やその他の人間の中に、嘘をついてしらばっくれた者がいたのか、それとも喧嘩のことを知る者はほんとうに、だれ一人いなかったのか、わからないが、それ以上、調べようはない。喧嘩があった証を立てるのに、最も望みがある道は最初から、喧嘩相手でも、それに加勢した者でもなく、起こったことをただ「見た」人間をさがすことだ。これから本腰を入れて、その調査をしようと思うが、ひとりではできることが限られる。手助けをしてもらえないだろうか。

そう言ってツナブ殿は、使節団の人々をぐるりと見た。

「もちろんです」

鷹陸様が床臣五の言葉で即答され、八の丞がその横顔をじろりとにらみつけられた。

結局、使節団の人員のうち半数がツナブ殿の手助けをすると、おふたりの長い話し合いの末に決まった。残りの半数は、八の丞のおっしゃるところの「使節団の本来の任務」、すなわち刈里有富の進んだ物事を弓貴に持ち帰るための仕事に従事することになったのだ。

今日も星人様は、馬車工房に見学におでかけになった。鷹陸様はツナブ殿とともに、橋の近くに立つ家や店を一軒一軒訪れて、喧嘩を見た人がいないか尋ねておられる。そして山士は、数人の仲間とともに橋のたもとに立って、ここをよく通っていると思われる商人らに声をかけているのだ。けれどもまだ、「見た」という人物を見つけられてはいない。

これほど見通しのいい橋の上での出来事を、誰も見ていないとは、おかしな話だ。それに、山士が声をかけた人のうち、本気で思い出そうとしてくれる者はまれで、たいがいは悪態をついて行ってしまう。

その理由を、ツナブ殿はこのように説明された。

「やっかいごとに巻き込まれて、とばっちりを受けてはいけないと思うのでしょう。だから、覚えている者は知らないふりをし、すぐには見当がつかない者も、あえて思い出そうとはしないのです」

この説明は、星人様でさえ、換語士を介して何度も質問しなければ理解がおできにならなかった。

やっかいごと？　とばっちり？　公《おおやけ》の裁きという大事を前にして、そんなことが問題になるのか。嘘をつけと頼んでいるわけではない。知っていることを話すだけだ。一人の男が死罪から救われるかどうかがかかっているのに、「とばっちり」とかいう曖昧《あいまい》なもののために、それができずにいるのは、どういうわけだ。

わかるようでわからない、つかみどころのないやりとりを繰り返すうち、徐々に判明してきたのは、この街に住む人々が、突然の理不尽な仕打ちをおそれながら暮らしているということだった。かっぱらいや追剝《おいはぎ》、喧嘩ざたに巻き込まれることだけでなく、役人や貴族からの難癖も、いつ降りかかるかわからない。そのため誰もが、ひどく用心深くなっているのだ。

「私がこの街の督だったら、やりたいことがたくさんある」

ツナブ殿が帰ったあとで鷹陸様が、そんな言葉を漏らされた。それ以上何もおっしゃらなかったが、一同、お気持ちを理解できた。

けれども、これをもって、床臣五が交易の相手国としてふさわしくないなどと考えてはいけないと、八の丞はおっしゃった。この国が、大きな富と力をもっていることは間違いない。また、他の国からの信頼も厚い。街の秩序が、よそとくらべて悪いというわけでもなさそうだ。派路炉伊《パロロイ》の大陸ではどの国でも、裁きを経ずに首長ひとりの判断で、処刑がなされるという話だ。すなわち、秩序のあり方も、大陸や国によって、さまざまなのだ。我々の尺度だけでものを見てはならない。床臣五は、広い世界の中でずいぶん「まとも」な国であり、ここを交易の相手として選んだことは、間違いではなかったのだと。

なるほど、刈里有富では、昼間にも太陽が隠れてしまうように、正義が隠れることがあり、それが当然と考えられているのだなと、山士は思った。水がどんなに豊かでも、こんなところに長く住みたくはないものだ。それに——。

「おっしゃることはもっともだが、はたしてこの国で、空人殿は公正な裁きを受けられるのだろうか」

鷹陸様が、山士の心中にあるのと同じ懸念《けねん》を表明された。

「それは、だいじょうぶなようでございます」事務方の砂人殿が、明るい声で請け合った。「空人様の場合、いろいろとややこしい事情がございますから、公正でなかったら、どちらかの立場から文句が出ること、必定です。国じゅうが注目している裁きでもありますから、そうそうおかしなことにはならないはずだと、アイジェ殿は太鼓判を押しています」

「ややこしい事情」とはどういうものか、山士は詳しいことを聞いていないが、床臣五の人間がそう言い切るなら、きっとだいじょうぶなのだろう。

「二年半前に、ここで喧嘩を見ませんでしたか」

だから、やるべきことは、ただひとつ。喧嘩を見たと、裁きの場で話してくれる人間を見つけることだ。やっかいごとやとばっちりを恐れて、身を縮めるようにして生きている者たちの中にも、見たことを「見た」と言える人間が、まったくいないはずはない。その希有《けう》な人間を見つければ、ご主人様はこの国に命を奪われずにすむ。もしかしたら、弓貴にお帰りになることだってできるかもしれない。

そんな希望を胸に、冷たい問いと熱い怒りを腹に抱えて、山士は橋のたもとで、立ち止まってくれそうな人に声をかけつづけた。

裁きの日がやってきた。

橋の上の喧嘩を見たという人物は、ついに見つからなかった。

おそらくあの男には、死罪が下されるだろう。

それをどう捉《とら》えればいいのか、星人はよくわからずにいた。

昨夜、あの男の陪臣は、悔しそうに顔をゆがめて、ぽろぽろと涙をこぼした。星人は、自らの陪臣の顔を思い浮かべて考えた。あの者たちは、星人が命を失うことになったとき、こんなふうに泣くだろうか。

ふっと鼻から息を吐き、つまらない考えを吹き払った。そんなことは、どうでもいい。考えるべきは、あの男が死刑となったあとのことだ。

あの男が死んだら、使節団の者はみな嘆き悲しみ、星人の胸もいくぶん痛むだろう。かつては自らの手で殺そうとまでした相手だが、弓貴に危険をもたらしそうにないとわかって、殺意は消えた。都をはなれてくれたおかげで、不快感もなくなった。たまに顔を合わせるぶんには、いくぶんの好意じみたものまで感じはじめていた。

だが、あの男が死罪となって、永遠に口がきけなくなることは、弓貴にとって好事といえる。鬼絹のことなどが、床臣五に漏れるおそれがなくなるのだから。

問題は、使節団の換語士だった者が処刑されるということが、弓貴にまで、その科《とが》を及ぼさないかだ。ただただ品良く育てられた、どこぞの大きな督の跡取りのように、一人の男への愛着に気をとられている場合ではないのだ。

床臣五の役人のアイジェやツナブの語ったことと、星人自身が調べたところを考え合わせると、おそらく大きな心配はない。床臣五が寄せる弓貴への関心は、交易のことに限られているうえ、あの男はたまたま弓貴に雇われていたが、あくまで自国の人間であり、彼の不始末も自国だけの問題だと考えている。弓貴が、取り調べや裁きに横槍《よこやり》を入れたりしないかぎり、ふたつの国の関係に害を与えはしないだろう。

それゆえ星人の気がかりは、裁きの結果よりも、雪大《ゆきんた》の証言にあった。彼がほんとうに、打ち合わせ通りの穏便な話しかしないでいられるかに。

もしかしたら、あの男が死罪になるのを妨げようと、「この者は、弓貴の〈王〉にあたる人物の娘を娶っているのだ」などと言い出すのではないか。まだ会ったことのない、もうひとりの詮議官が、あの男を確実に死罪にするため根掘り葉掘り問い質《ただ》し、こちらが言いたくないことを引っ張り出しはしないだろうか。

この心配は、どちらも杞憂《きゆう》に終わった。雪大は、あの男が弓貴に現れてからのことを、嘘はつかずに多くは語らず、それでいて、もっともらしく説明した。よくよく吟味すれば穴だらけの説明なのだが、裁きをおこなう王族も、あの男を罪ありとしたい詮議官も、その内容に首をかしげたり、質問をさしはさんだりしなかった。

彼らにとって、〈被詮議人〉がどうやって海を渡ったかは、どうでもいいことのようだった。なにしろ、大金を持って姿を消したという動かしがたい事実がある。それが本人のせいではないとの証が立てられないかぎり、裁きの行方は揺るがないのだ。

ツナブの言っていた三つ目の罪についても、もうひとりの詮議官は、熱のある探り方をしなかった。使節団への質問は、「〈被詮議人〉は交易の相手国を決めるとき、意見を聞かれることはあったか。あったとしたら、何と答えたか」だけだった。

雪大は、「参考までに尋ねたところ、床臣五がいいと言った」と嘘のない回答をした。おそらく、事前に聞いていた空人自身の申し開きと齟齬《そご》がなかったのだろう。それ以上は何も尋ねられなかった。

これは星人の憶測だが、裁く側の人々も、「シュヌア将軍の息子が故国を裏切った」などという疑いを、深く追及したくないのではないか。床臣五が不利益をこうむった様子はないのだから、罪を言い立てた者が不満をもたない程度に吟味して、「罪ありという証は立てられなかった」ですませたいのでは。

本気で調べたいのであれば、弓貴を訪れた使者に詳しく話を聞いているはずだ。すると使者は、交渉の当初、弓貴の換語士らの仕事がおそまつで、その隙《すき》をついて、あれこれ得ができそうだったことを思い出すだろう。途中で急に換語の精度がよくなって、そうはいかなくなったことも。

その事実があるから星人は、空人が床臣五によって派遣された工作者ではないと確信できたのだ。

だが彼らは、そのあたりに深入りする気はないようだ。賢明な判断だろう。始まったばかりの大事な交際に傷をつけねばならないほど、空人のしたことは大きくない。それに、三つ目の罪が認められなくても、ほかのふたつは揺るがない。

「ですから、被詮議人に罪があり、死罪を下すべきということは、明白なのであります」

ツナブでないほうの詮議官の長い演説が終わった。裁きは終盤に入ったようだ。最初にツナブが、あの男に罪はないと熱弁したとき以外は淡々と、大きな論争もなく、誰もが予想する結論に向かって進んでいる。

星人は、振り返って後ろを見た。集まっている人々に、この流れへの不満はないようだ。

裁きのおこなわれている建物は、土台と主な柱が石、残りは木材でできていた。天井は、見上げていると首が痛くなるほど高く、内部は何百人かの人間が入れるほど広い。

東端に広い台があり、裁きに関わる者たちは——あの男も含めて——その上にすわっていた。残りはすべて、「立ち会い人」という名の見物人のための場所で、中央を貫く、柵《さく》で仕切られた通路によって、左右ふたつに分かれている。

台に向かって左側には椅子《いす》が並べられ、すべての椅子が身なりの良い人々によって占められている。多くは取り澄ました顔をしているが、気のせいか、不安そうに眉根を寄せたり、興味深げにほくそ笑んだり、期待に目を輝かせているようにみえる者がいないでもない。

　通路の右側のほうには椅子などなく、さまざまな髪色をした頭がぎっしりと並んでいる。重なりあっているために、ひとりひとりの身なりや顔はよく見えないが、身分の低い町人たちであることと、彼らが押し黙りながらも興奮していることは見て取れた。

　興奮といっても、抗議の声をあげたり、暴れ出したりしそうなものではない。純粋な見物人の昂《たか》ぶりだ。この裁きは町の人々にとって、きっとよい娯楽なのだ。死罪が決まれば、その日のうちに、刑が執行されるという。だが、そちらは公開ではない。見物人が立ち会えるのは、裁きが終わるまでなのだ。だからそこまでを楽しめるだけ楽しもうという熱気が、右側の見物席には満ちていた。

　星人らは、身分の高いほうの区域の先頭、台のすぐ近くの壁ぎわに席をつくってもらっていた。ただしその数は、鷹陸の督と星人とふたりの換語士の四人分だけだったので、使節団の残りの者らは、通路の反対側のどこかにいる。人が多すぎて見つけられないが。

　彼らには、何があっても声を発さず、じっとしているようにと言いつけてある。弓貴の使節団は、「たまたま雇った男」の行く末を案じてはいるが、それ以上ではないように見えなくてはならない。橋の上の喧嘩を見た者をさがすために人手を出すかどうか議論し、出すことに同意せざるをえなくなったときにも、それだけは厳守せよと言いつけた。

熱心にすぎたら、あの男が本当にただの換語士だったかが疑われる。ではどんな存在なのかと、根掘り葉掘り聞かれては、弓貴にとっておもしろくないことになりかねないし、だったらやはり故国を裏切っていたのではと、空人にも良くない結果を引き寄せる。

そう釘《くぎ》を刺しておいたのだが、あの男の陪臣が最後までおとなしくしているか、気がかりだった。裁きの結果が死罪と出たら、そのとたん、叫んだり、台に向かって突進したりしてしまうのではないか。使節団はこの町に、ひと月以上滞在している。アイジェの部下などに、弓貴の言葉のいくつか――たとえば「ご主人様」などを、理解できるようになっている者がいないとはかぎらない。

そこで星人は、使節団の武官で信頼のおける者に、山士のそばにぴったりついて、注意しておくよう言いつけた。騒ぎだしそうになったら、殴り倒してでも、おとなしくさせるようにと。

これまでのところ、振り返って見渡してもどこにいるのかわからないほど、彼らは静かにしているようだ。裁きはこのまま終わるだろう。あの男には死罪が下り、誰も見ていないところで処刑される。使節団はすみやかに港町に向かい、弓貴へと船出する。あとは嵐に耐えればいいだけだ。

この旅で、やるべきことは、やりおおせた。輪笏の督を連れて帰れなかったことだけが、失点と言えば失点になるが、こうした事情であれば、六樽様も咎めたりはなさらないだろう。

とにかく、空人が弓貴に現れたいきさつと、その後のことを深く探られることにならなくてよかったと、星人の胸は深い安堵《あんど》で満たされていた。

そうなっていたら、彼が輪笏という地を治めていたことや、その地で鬼絹という珍しい布がつくられていることなど、知られたくないことを引き出されてしまうことも危惧《きぐ》されたが、最も困ったであろうことは、どんな説明も、最後に必ずつじつまが合わなくなることだ。

川で溺れた空人が、どうやって弓貴にたどりついたかについては、どうにか納得してもらえそうな理屈をひねり出した。だが、船に拾われ、その船が弓貴近くで難破して流れ着いたなどということはありえないのだと、雪大が、ふたりきりの場でささやいた。

　空人が、海辺ではなく、人の出入りができないはずの砦《とりで》の中に現れたことをおくとしても、時の問題があるという。

「この国の人間は、我々の暮らしに興味がない。我々には我々の暦があり、きちんと日を数えているのだということにも関心がない。だから彼らは気づいておらず、今後も気づくことはないだろうが、私はこの国の暦と我々の暦が、どのような関係にあるかを突き合わせた。庫帆の港を出てからの日数を、きっちり記録したから間違いない。それによると、空人殿がこの国から姿を消した日は、我々の前に現れた日と同じなのだ」

「そんなことは、ありえない」

　ふたりきりの内輪の場でも、口にしてはならないほど失礼な物言いが、思わずこぼれた。鷹陸の督は、それを気にするようすもなく、重々しくうなずいた。

「そう、ありえない」

　新しい技術でつくった大型の船で、潮と風に恵まれてもひと月かかるほど、弓貴と刈里有富地域ははなれている。どんな手段を使っても、一日のうちに移動できるはずがない。たとえ、鷹陸の督の突き合わせに誤りがあったとしても、せいぜい数日だろうから、同じことだ。

「では、やはり」

星人は、鬼神の不思議を信じていなかった。世の中は、知恵と努力で動かしていける、それがすべてだと思っていた。

ところがあの男は、あちこちで、自然の理《ことわり》を超越している。

人の出入りができないはずの砦に現れたこと。

太陽よりもまぶしい光を放つ、戦《いくさ》道具を持っていたこと。

その光は、進む先にあるすべての物を消し去った。すさまじい道具だった。鬼からもらったという話だったが、そんなはずはない。文明の進んだ大陸のものを持ち込んだのだと、あの男が刈里有富から来た人間だと見当をつけたとき、星人は思ったものだ。

だが、ちがった。この国に来てからずっと探索に努めてきたが、あのような光を放つ道具は、現物を見つけられないだけでなく、噂話《うわさばなし》にも書物の片隅にも出てこない。

するとあれも、やはり鬼神の業《わざ》だったのだ。

そのうえあの男は、ありえない速さで、はるかに遠い土地から移動してきたとわかった。空鬼《そらんき》の力があらわれたことは、もはや疑いようがない。

けれども、鬼神の不思議をその目で見ていない床臣五の人々は、ありのままを説明すればするほど、不信の念をつのらせるだろう。

彼らとて、神をまつり、折々に祈りを捧《ささ》げている。刈里有富に、「神」は一柱しかいないそうだが、人と神との関わり方に、弓貴と大きなちがいはないようにみえる。すなわち、祀《まつ》りはするし、困ったときに願をかけるが、大事な会議や裁きの場で、理屈に割り込ませはしない。示し合わせて特例を通したいときなどに、口実に使う以外は。

だから、空人にまつわることを詳《つまび》らかにし、つじつまの合わないことは鬼神の不思議のせいなのだと、ありのままを述べていたら、弓貴はうさんくさい国だと思われただろう。そんなことにならなくて、ほんとうによかった。

裁きの段取りは、ツナブの最後の演説を残すのみとなった。それが終われば、三人の王族が協議して、罪のありなしと刑罰とを決めるのだ。

あの男は、台の端に悄然《しょうぜん》とすわっていた。白っぽい筒袖《つつそで》の上着に、脚を一本ずつぴったりくるむ——すなわち、脚の形が服の上からはっきりわかる——装束で、銀色に戻した髪を後ろでひとつにしばって垂らしている。

そんな床臣五の庶民風の格好が、実にしっくり似合っていた。

おまえはやはり、この国の人間だったのだな。

心の中で話しかけた。

空人は、星人らに一度も視線を向けなかった。気づいていないのでなく、あえて見ないでいるようだ。

やつれていた。顔色が悪く、表情に乏しい。六樽様のお城で大騒動を引き起こしたあとでも、こんな死人のような顔はしていなかった。

この男がはつらつとしているとき、どれだけ瞳《ひとみ》が輝いていたか、思い出すと胸が痛んだ。けれども同時に、自分がこの男の立場だったら、もうすぐ死ななければならないことを、受け入れられるのではないかと思った。

事の次第が明らかになってわかったのは、この男が、めったにない奇跡の恩恵を受けていたということだ。ほんとうだったら二年半前に、川に沈んで死んでいたのだ。それが、あんなに目を輝かせて、はつらつと、この二年半を生きることができた。恋をして、その相手と夫婦になって、子孫も残せた。良かったではないか。

星人の脳裏にまた、ぼろぼろと涙をこぼす陪臣の顔が浮かんだ。

良かったではないか。あんなに惜しまれながら逝《ゆ》くのだ。罪ありとされる出来事も、まったくの濡《ぬ》れ衣《ぎぬ》というわけではない。金が届かず、そのせいで大変なことが起こったのは確かなのだし、故国に帰るすべがわかってからも、帰ろうとしなかったのも事実なのだ。

ツナブの最後の演説は、最初と変わらないものだった。なにしろ彼は自分の説を、なにひとつ裏づけることができなかった。だから同じことを、ただ熱心に語るしかなかったのだ。

その空《むな》しい闘いを、ツナブは精一杯おこなっていた。まるで、自分の親兄弟が命の瀬戸際《せとぎわ》にあるかのように。

聞いていると星人は、せつないような、苦しいような気持ちになり、ふたたび胸のうちで問いかけた。

おまえはいったい、何者なのだ。仕事で関わることになっただけの他人にも、こんなに情をかけられる。鬼に助けられ、六樽様には一目で気に入ってもらえた。それはいったい、なぜなのだ。

もうすぐ死罪となる、粗末な身なりで悄然とうなだれる男を見て、どうしてこんなに胸がうずく。これは、この男がもうすぐ死ぬことへの悲しみか。それとも――。

星人は、いま自分が何を感じているのか、裁きの行方をどう捉えるべきか、よくわからないままだった。

そのとき、背後で言い争うような声がした。振り向くと、通路の後ろ、入り口あたりで、いざこざが起こっているようだった。見物人たちも振り返ってささやきあうので、建物内はざわめきだち、ついにはツナブが演説を続けられないほどになった。

役人らしき人物が、いざこざと台の上とを二往復して、入り口の騒ぎはおさまった。それでも残るざわめきのなか、黒っぽい庶民風の姿の男が、この国の武官ふたりにはさまれて、通路を進んでくる。

若い男だった。背格好はふつうだが、強い目をした、顔立ちの整った若者だ。一行が台の前にたどりつくころには、ざわめきはおさまり、これから何が起こるのか、人々は固唾《かたず》をのんで見守っていた。

台の上と下とで短いやりとりがあったあと、若者が台にあがった。誰に案内されることなく中央に立ち、ツナブの方を向くと、大きく明瞭《めいりょう》な声で言った。

「私は、あなたが探していた人間です」

そこから先は、星人の知らない言葉も出てきたので、換語士やアイジェに聞いて、細かなことはあとから理解したのだが、その場でも、大きな流れはつかむことができた。

その男は、一年前まで〈都市警備隊〉という軍にいた人間だった。その後、諸事情から商人となり、しばらく町を留守にしていた。数日前に帰郷して、ついさっき、この裁きのことを耳にした。

「それで、あわてて駆けつけたのです。私は、この裁きで問題となっている日に、橋の上で、その男と出会いました」

若者は、腕をまっすぐ伸ばして空人を指さした。

彼の話は、空人の申し開きとそっくり同じとはいかなかった。橋の上で起こったことは、喧嘩というより〈仕返し〉だった。その二十日前、若者は、空人らが非道なことをしていたのを諫《いさ》めたために、激しい暴行を受けた。一時は命もあやぶまれるほどの怪我《けが》を負ったが、なんとか回復し、その祝いをしようと友人たちと歩いていたとき、怪我の元凶と出くわした。友人たちが憤《いきどお》り、空人を取り囲んだのも無理のないことだった。だが、殴ったりはしていない。金の包みも、わざと落としたわけではない。包みの中身が金だとは知らなかったから、盗もうとしたわけでもない。

若者がそうしたことを話すあいだ、星人は、空人だけを見つめていた。この男は、見かけほど頭が悪いわけではない。彼の不品行をあぶり出すこの話が、同時に彼の罪を晴らすものであることを、じゅうぶんにわかっているはずだ。

堂々とした話ぶりで証言を続ける若者は、ツナブや鷹陸の督が懸命に探していた、喧嘩の証を立てる人間だ。しかも、当の喧嘩相手だというのだから、これほど確かな話はない。これで空人はまたしても、死の寸前まで追いつめられながら、救われたのだ。あたかも鬼神に愛されてでもいるかのように。

勝ち誇った顔をするのだろうか。それとも、いつものあっけらかんとした笑顔をみせるのか。はつらつとした明るい瞳を取り戻し、ついにこちらに視線を向けるだろうか。

それを自分は待っているのか、それとも見たくないと恐れているのか、星人には己《おのれ》の気持ちがわからなかった。

ところが空人は、精気を失ったままだった。死人のような顔に浮かんだ唯一《ゆいいつ》の変化は、ある一瞬に現れた気遣わしげな表情だけで、そのとき彼は、横目で〈告発者〉を見やった。

長身の告発者——使節団を歓迎する晩餐会《ばんさんかい》をつぶしかけた人物は、台の隅に険しい顔をしてすわっていた。裁きが終わりに近づくにつれ、目だけは喜悦に輝いていたのに、いまや恐怖に見開かれている。顔からは血の気が引き、その視線の先には、台の中央で朗々と話す証言者がいた。

少し考えて星人は、この変化の理由を察することができた。告発者は、証言者を見知っており、だから語っていることが真実だとわかるのだ。

告発者は、金を持ち逃げされたために、妹が死んだと言っていた。星人には、その因果関係がよく理解できず、アイジェも詳しい説明をこばんだらしいが、とにかくこの男の妹は、金が届かなかったせいで死んだ。

それはすべて空人のせいだと告発者は信じきっていたのだが、そうではなかった。いま語られている話によると、この証言者に暴行を加えた仲間たちも、金が届かなかった原因をつくっていたことになる。

そして告発者は、大事な金を託したのだから、空人の「仲間」といえる人間であり、なおかつ証言者を見知っている。すなわち、この男も暴行に参加していたのだ。

妹が死んだのは、自分自身の軽率なおこないのせいでもあった。

それがわかって、告発者は顔色を変えたのだ。

星人は、異国において瞬時にこれだけの推測ができた自分に満足し、つづいて証言者のことを考えた。

「こうしたいきさつで、この男が抱えていた金包みは、川に落ちました。男は川に飛び込み、すぐに沈んで見えなくなりました。そのため、助けることはできませんでした。不幸ななりゆきではありますが、私や私の友人に科《とが》のあることとは思いません」

若者は、この証言をしたことで、罪に問われることになるのだろうか。あれだけさがしても、橋の上の騒動を「見た」という人間がみつからなかったのは、それを恐れてのことだと、ツナブやアイジェは言っていた。しかしこの若者は、自らすすんで現れて、臆《おく》することなく話している。

「私はこの男に、恩も義理もありません。これまでに二度しか会ったことがなく、一度目には、命を奪われかけました。けれども、だからといって、犯していない罪により死刑になるのを見過ごすことはできません」

見物人らが「ほう」と感嘆の吐息を漏らした。この若者は、心根のまっすぐな正義漢。いまこの場では、英雄だ。迷いのない話しぶりが誰かに似ているなと星人は、隣にすわる男を横目でちらと見た。

証言者が話を終えると、ツナブでないほうの詮議官が立ち上がり、誰に向かってかわからない大声を出した。

「この者が、本人の言っているとおりの人物であるという証はあるのか」

「ある。その男は確かに、一年前まで都市警備隊にいた。まじめな勤務ぶりだった」

左側の立ち会い人席にすわっていた、武人らしい格好の男が、席を立って答えた。

右側の見物人の中からも、「そうだ」とか「ソナンは正直者だ。嘘はつかない」という声があがった。

裁きをおこなう王族らは、予期せぬ証言者が現れたことで、詮議官の演説をやりなおさせるかどうか相談し、その必要はないと宣言した。そしてそのまま、罪のありなしを決める協議に入った。

さっきまでとは別の興奮に包まれた見物人は、そう長く待たされなかった。王族を代表して、長い顎鬚《あごひげ》を垂らした男が立ち上がり、被詮議人は、金の持ち逃げの罪、軍からの脱走の罪、故国を裏切った罪にはあたらないが、故国にもどってすぐに名乗り出なかったことに対して、四千キニツの罰金刑を申し渡すと宣告した。人々は足を踏みならし、声をあげて喜んだ。少し前まで、ちがう結果を予測して、それに満足していたはずなのに、大衆は逆転劇が好きなのだ。

鷹陸の督は、上気した顔で瞳を潤《うる》ませていた。換語士のひとりは破顔し、もうひとりは呆然《ぼうぜん》とした顔つきのまま、こぶしで胸をそっと叩いた。

そんななか、空人だけが、うなだれていた。その顔はあいかわらず、血の気がない。武官にうながされて、退出するため立ち上がった。瞳は光を失ったままで、やはり星人らのほうを見ようとしなかった。ほかの何も、見てはいないようだった。

ああ、そうかと、星人は理解した。

推測したのではない。彼はこの二年間、空人のことを探り、空人のことを考えつづけた。あれはいったい、どういう類《たぐい》の人間なのかと。

だから、わかった。

死罪でも、死罪でなくても空人は、弓貴に戻ることができない。罰金刑ですんだということは、これから先、彼はこの国で生きつづけなければならないのだ。弓貴の――輪笏の地にある、彼が愛したすべてを置き去りにして。

空人の瞳に光がなく、絶望だけを宿しているのは、そのためだ。

だったら、どうして、船の上で打ち明けなかった。

星人はまた、心の中で、空人に向かって問いかけた。

そんなにいやなら、この事態を避ける手立てを、どうして講じておかなかった。方法は、いくらもあったではないか。

だがおまえは、いつものように、突っ走ったのだな。何も考えず、ただ前を向いて走っていれば、なんとかなるとたかをくくって。

だから私は、おまえが嫌いなのだ。

その感情をはっきりと言葉にして認めたとたん、星人の心がすうっと晴れた。

ああ、私は、この男が嫌いだったのだ。

そう思ったら、悲しみが訪れた。さっきまでの、もやもやとした気持ちの渦の一筋でなく、すっきりとした、穏やかな悲しみだった。

私はおまえが嫌いだが、遠くから、見ていたかったよ。おまえがこれから輪笏の地で、どんなふうに生きていくかを。

共に帰れないのは残念だ。けれども、おまえが死を免れたことは、嬉《うれ》しく思う。もはや私は、危惧していない。おまえは絶対に、弓貴にとって不都合なことは口にしない。

大事なのは、そのことだ。彼のなかでようやくはっきりと形をなした、諸々《もろもろ》の感情など、どうでもいい。

4

「今日の夕陽は、やけに大きいな」

戸口に立って、ノフシェクはひとりごちた。息子らが巣立ち、妻が先立ってから、ひとりごとを言う日が増えた。

「誰も来ないな」

半身を淡い黄金色に染めて、がらんとした通りをながめるノフシェクの顔には、落胆があった。

彼のこぢんまりとした家が面する街路は、もともと往来が多くない。あたりには飲み食いできる場所も、物を売る店も、下宿屋もない。さらに夕暮れどきには住んでいる人の行き来も絶えて、がらんとしてしまう。それは、いつものことなのだが――。

人通りが少なくても、この界隈《かいわい》の治安は悪くなかった。王宮が近いため、おかしな輩《やから》は出没しにくいし、大きな声を出せば聞こえるところに都市警備隊の詰所があり、そこの隊長にノフシェクは、時々小銭を握らせている。彼のような年寄りでも、安心して金貸し稼業《かぎょう》をやっていける場所だった。

金貸しといっても、ノフシェクは鑑札を持っている。すなわち、王宮の許可を得て、毎年の許可料を払い、規則を守ってやっている。

利息はほどほど。取り立ては穏便。けれども手続きに時間がかかり、貸せる相手も制限される。その結果、本当に金を借りたい者たちは、鑑札なしのほうに行く。だから客は、ごくわずか。つまりは儲《もう》けの少ない商売だ。

それでもノフシェクが、妻子を長年養っていけたのは、鑑札ありの金貸しにだけ許された副業のおかげだった。庶民が王宮におさめる諸々《もろもろ》の金の窓口となり、その手数料をいただくのだ。

民間の金貸しがそうした窓口になることは、古くからの習わしだった。おそらく王宮に勤める役人は、自らの立派な手で、庶民が差し出す紙幣といった汚れたものを触りたくなかったのだろう。そんな潔癖さが失われた昨今でも、おさめられた金が目減りすることなく王宮の金蔵に行き着くには、鑑札ありの金貸しに任せるほうが確実なので、この習わしは廃《すた》れることなく続いている。

ノフシェクは、罰金を受け取ることが多かった。その手の金は、こっそりとおさめたいのが人の情。静かな街区に住む彼は、選ばれやすかったのだ。

けれども、これから日没までに現れるかもしれない人物は、人目を避けるためにノフシェクのもとを訪れるわけではない。少額の罰金はどこにおさめてもいいのだが、千キニッ以上の罰金刑の場合、手続きを厳正に執り行なうため、ただ一カ所が窓口として指定される。好むと好まざるとにかかわらず、ここに来るしかないのだ。

なにしろ罰金刑が下された者は、期限までに適切に全額がおさめられなかったら、罰金に応じた日数、強制的な重労働につくことになる。三日以内という短い期限が守られたか。おさめに来た人物の身元は確かか（罰金刑を受けた当人は、金が支払われるまで拘束されたままなので、家族か縁者が持ってくることになる）。金の出所があやしいものではないか。

それらの確認に、いい加減なところがあってはいけないから、実績と信用のある金貸ししか選ばれない。すなわち、シュヌア将軍の息子のための四千キニツの窓口に指定されたのは、ノフシェクにとって名誉なことだった。

けれどもその喜びは、誰も来ないまま初日が過ぎ、二日目が暮れると、しぼんでしまった。今日は朝から憂鬱《ゆううつ》で、期限を迎えるこの夕刻には、やるせなさしか感じていない。

「いたわしいことだな」

ノフシェクは、人気のない街路に背を向けると、後ろ手に扉を閉めて椅子《いす》まで戻り、どさりとすわった。

シュヌア将軍のご子息ともあろうお方が、きつい力仕事を一年以上つづけなければならないとは、まことにいたわしいことだ。だが、いたしかたないのだろう。ご子息は、勘当されていたから、家族はいない。二年以上も前に川に流され、行方知らずになっていたため、友人や知人との縁も薄れ、四千キニツもの大金を払ってやろうという者がいないのだろう。

いたわしいが、考えようによっては、これでよかったのかもしれない。高潔な将軍の血を引いているとは思えない、不真面目《ふまじめ》で乱暴な若者だったという話だから、この荒療治で性根を入れ替え、立派な跡継ぎになってくれれば、国のためにもなるだろう。とはいえ、罰金を払えなかった者の労働は、ずいぶんと過酷なものだと聞いている。貴族のお坊ちゃんに耐えきれるだろうか。

そんなふうにやきもきして、この三日を過ごした。名誉なことでももう二度とごめんだと、心の中でつぶやきながら。

ほんとうだったらノフシェクは、一年前には引退して、暮らしやすい田舎町に引っ越しているはずだった。だが、妻の病でそのための金が乏しくなり、妻の他界で気力がなくなった。住み慣れた家で、やり慣れた仕事を細々と続けるほうが、隠居暮らしに飛び込むよりもかえって楽だと自分を慰めていたのだが、いまさらこんなに気疲れする役目を背負うことになるとは。

ノフシェクが金貸しの事務所に使っている部屋には、通りに面した窓がなかった。日没まであとどれくらいか、もう一度確かめようと腰を上げ、さっき閉ざした戸口に手をかけたとき、扉が外から叩《たた》かれた。

空耳かと思うほど、ひかえめな音だった。のぞき穴の蓋《ふた》を開けて確認すると、扉の向こうに、外套《がいとう》ですっぽりと身をくるんだ女がひとり、立っていた。

ノフシェクの胸は、高鳴っていた。この歳《とし》で、妻を亡《な》くしたそのあとで、女性を前にこんなに緊張する日を迎えるとは、ついさっきまで思いもしなかった。

顔へまともに目をやれば、火にあぶられたように頬がほてる。かといって視線を胸もとに落としたら、この場から走って逃げたくなるだろう。しかたがないから肩のあたりを見ているが、これではまるで、髭《ひげ》が生えはじめたばかりの小僧っ子のようではないか。

そんなふうに自分を冷やかしてみても、息苦しさはおさまらない。よけい苦しくなるとわかっていたが、ちらりとまた顔に目をやり、たちまち赤らみ、うつむいた。

だがこれは、懸想《けそう》とはちがう。なにしろ相手は見たところ、彼の孫ほどの年齢だ。この動揺は、恋とか愛とかのせいでなく、ただ単に、目の前の女性があまりに美しすぎるのだ。そのうえ気品に満ちている。これだけの淑女を前にしたら、男は誰でも十代に戻る。

戸内に入り、ノフシェクのすすめる椅子にすわってからも、女性は断わりを言って、頭からかぶった外套をとらずにいた。それでもその美貌《びぼう》と、高貴な家の人間であることは、召使にでも借りたであろう粗末な無地の外套の内から、こぼれ出ていた。

「シュヌア家の長男ソナンの罰金は、すでにおさめられているのでしょうか」

鈴を転がすような声で、女性は尋ねた。

「いいえ、まだです」

答える前にノフシェクは、ごくりと唾《つば》を飲み込んだ。喉《のど》がこわばって、すぐには声が出なかったのだ。そのうえ額に汗までかきはじめた。

「では、これを」

女性は、外套の下にしっかりと抱えていた包みを卓上に出し、ノフシェクのほうに押しやった。

額の汗がすうっと引いた。この仕事は、ふだん以上に厳密に執り行なわなければならない。女の色香にまどわされている場合ではなかった。

目の前の女性は、そんなことは目論《もくろ》んでいないだろう。どう見ても、育ちのいい貴族の娘だ。そのうえ、自身の美しさに無頓着《むとんじゃく》だ。長いまつげを震わせて、不安げにノフシェクを見つめている。美貌を意識している女なら、こんなとき、にっこり笑ってみせるだろう。

そのころにはノフシェクもいくぶん落ち着きを取り戻し、女性の正体に見当がつけられるようになっていた。

王都の中で広く知られた話だが、シュヌア将軍の長男には、美しい許婚者《いいなずけ》がいた。ワクサール家のチャニル嬢だ。婿方《むこがた》の不祥事に加えて行方不明により、この婚約は解消されたと聞いているが、チャニル嬢は、都屈指《くっし》の美貌とともに、気立ての良さで知られていた。許婚者が自業自得《じごうじとく》の所業から元許婚者に変わっても、苦境を見捨てることができず、こんな所にただひとり、人目をしのんでやってきたのだ。

「あなたが、罰金をおおさめになるということですね」

「はい」と女性はうなずいた。

「それではまず、金額を確認いたします」

包みを解いて、紙幣をひと束、手にとった。それでますます落ち着いた。何十年も問題なく、鑑札ありの金貸しを続けてきたノフシェクだ。ひとたび紙幣を数えだしたら、身は引き締まり、頭はきんと冷えるのだ。

「四千キニツ、そろっています」

数えおわって宣告すると、女性の顔がほころんだ。またどぎまぎしそうになったので、立ち上がり、そこまでする必要はなかったのだが、扉を開けて、夕陽がまだ遠い山の端《は》からじゅうぶん離れていることを確認した。

「期限までに、全額をお持ちいただいたわけですので」

女性の向かいの席に戻って、ノフシェクは四千キニツを包みなおした。貴族のご令嬢はご存じないだろうが、罰金の受け取りには、あとふたつ条件がある。もしかしたらこの金は、持ち帰ってもらうことになるかもしれない。

「あとは、ご署名をいただいて、この金の出自をご説明いただければ、手続きは完了となります」

「名前を、記さなくてはいけないのですか」

案じたとおり、女性は驚き、うろたえた。育ちがいいから、偽名を書いてごまかそうなど、思いつきもしないのだろう。

「それに、あの、出自というのは」

「この金が、あなたが正当に処分できるものであることを、確認しなければならないのです」

女性は困惑に眉根《まゆね》を寄せた。盗んだり、騙《だま》しとったりした金ではないだろうが、ノフシェクがにらんだとおりなら、この人は、貴族の家の未婚の娘だ。親の承諾なしに動かせる金は持っていまい。そして、親の承諾があるならひとりきりで、こんなところに来るはずがない。おそらく、自身の装身具か値の張る小物を売ってつくった金だろう。

「やましい出自の金銭ではありません。お願いです。受け取ってください」

頭を下げて、女性は言った。

「お許しください。こうしたことは、規則から、わずかもはずれることはできないのです」

ノフシェクは、どんな美人が相手でも、情にほだされたりはしない。だからこそ、鑑札を失うことなく、この仕事をやってこられたのだ。

「でも、これを受け取っていただけなかったら」

女性が、せつなげな顔で絶句した。そのためかえってノフシェクの、シュヌア家の長男に対する同情心が薄らいだ。

こんなにも麗《うるわ》しい令嬢に、こんなにも心配されている。貴族の箱入り娘にとって、親に隠れて金をつくり、ここまで持ってくることは、どれほどの冒険だったことか。

それなのに、シュヌア将軍の一人息子は、この美しい人をかえりみもせず遊び歩き、不品行から問題を起こして、行方不明になってしまった。高い身分も財産も名声もある家に生まれながら、自らすべてを台無しにした。

それでもいずれ、勘当は解かれて、地位と財産を取り戻すのだろう。名声と、美しい許婚者は失ったままになるが、それにもかかわらず、いまでもこんなに気遣われている。

そもそも、あれほどの騒ぎを起こしておいて罰金刑ですんだのは、立派な心根の若者が、自らに不利なことまで証言をしたおかげだというではないか。いまどき滅多にないことだ。こんなに運に恵まれてばかりでは、人間、堕落してしまう。いや、もともと堕落していたのか。ならばなおさら、一年くらい、うんとつらい目にあったほうがいい。それがきっと、本人のためだ。

そう思ったが、仕事に向かうときの鋼《はがね》の心は、同情のあるなしに影響されることなく、女性に書類を差し出した。

「ご心配はいりません。ここに本名をご署名いただき、この四千キニツをどうやって入手されたか、きちんと説明していただければ、罰金は受理されます」

「それは、どうしても必要なことでしょうか」

「はい、必要です」

まつげの先が震えていた。名前を記せばこのことが、いずれ親の耳に入るだろう。今度は彼女が勘当されることになりかねない。

だが、この心優しい女性が心配しているのは、自分のことではないだろう。親だけでなく世間にも知られ、貴族の社会で噂《うわさ》になれば、親族に迷惑がかかる。それに、勘当となれば、両親の心労ははかりしれない。そうしたことを慮《おもんぱか》って、苦悩に眼《まなこ》を翳《かげ》らせているのだ。

「わかりました」

不実な元婚約者を助けたいという思いが、親への気遣いにまさったようだ。チャニル嬢は意を決した様子で鉄筆に手をのばしたが、筆先が紙に触れる直前、その重さにたえきれなくなったとでもいうように取り落とし、両手で顔をおおった。

「だめ、できない。どうしよう」

そのとき、扉がドンと重い音をたてた。ドン、ドンと、同じ間隔をあけてあと二回。力の加減がうまくできない何者か――たとえば森の狐《きつね》か鼬《いたち》が、人間風の訪問を試みようと二本脚で立ち上がり、扉に拳《こぶし》を打ちつけたとでもいうような、無骨な印象の響きだった。

チャニル嬢が、外套の胸元を片手でぎゅっと握って、立ち上がった。

「すみません。私、ここにいるのを人に見られるわけには」

涙の跡の残る頰は、こわばっていた。

ノフシェクは、裏口へ案内しようと考えたが、治安のいい街区とはいえ、貴族の令嬢に裏道を独り歩きさせるのは心配だ。それに、署名なしで金を置いていかれては、あとの始末がやっかいになる。

「こちらへ」

物入れを開けるとチャニル嬢は、兎《うさぎ》が巣穴に飛び込むごとく――素早く、けれども優雅に――滑り込み、自ら扉を閉ざした。

扉といっても、竹で編んだ薄くて穴のあるものだが、静かにじっとしていれば、新参者に気づかれることはないだろう。中は、人が四、五人立っていられるほどの広さがあるから、窮屈な思いをすることもない。

表の扉がドン、ドン、ドンと、また音をたてた。さっきとまったく同じ間隔。同じ響き。無骨さよりもこの律儀《りちぎ》さが、人まねをした獣という印象を生んだのかもしれない。

ノフシェクは、金包みを蓋のある戸棚にしまうと、扉の覗《のぞ》き窓を開け、ぎょっとして、思わず一歩あとずさりした。表通りに立っていたのは、森の獣でこそなかったが、それ以上に見慣れない、奇妙な風体の男たちだった。

人数は三人。果物皿を逆さにしたようなものを頭にかぶり、手首や腰回りを紐《ひも》でしばった、ふくらみのある衣服に身を包んでいる。足もとまでは見えないが、履物もきっと、風変わりなものだろう。何より特徴的なのは、かぶりものの下にわずかに見える頭髪が、緑色をしていることだ。

なるほど。ではこれが、遠い海の彼方《かなた》からシュヌア将軍の息子を連れ帰ったという、辺境の国の人たちか。

ノフシェクは、息をひとつ大きく吸って気持ちを整え、扉を開けた。

「どうぞ、お入りください」

言葉は通じるのだろうかといぶかりながら、大きく手を広げて、客用の椅子を示した。

「入室のお許しをいただき、ありがとうございます。それでは、我ら三人、進み入ります」

小柄な人物が、あやしげな抑揚でそう述べると、後ろに何か声をかけ、怒っているようにも見える唇を引き結んだ面持ちで、ノフシェクの脇《わき》を通り抜けた。

ふわっと、いい匂《にお》いがノフシェクの鼻をかすめた。見た目と声で男と思ったが、実は女性だったのかと、思わず首をひねって後ろ姿を確認した。どう見ても、女のからだつきではない。

そういえば、辺境では男も薫香《くんこう》を使うと聞いたことがある。おそらく体臭隠しだろう。中央世界をはなれた場所では、からだも衣類もめったに洗わない国々があるという。そういう不潔なところほど、香をたくさん使うのだ。

そんなふうに、顔をしかめずにはいられないことを考えたのに、ノフシェクの頬はゆるんでいた。削ったばかりの若木から放たれる芳香に似た、すがすがしい香りのせいだ。つづく体格のいい人物から漂ってきた薫風には、この一行への好意のようなものを呼び起こされた。まったく、匂いとは不思議なものだ。

その男は、四角い布包みを胸の前に捧《ささ》げ持っていた。大きさからいって、四千キニツが入っているのだろう。

こんな大金を、外套の内に隠しもせずに持ち歩いて、よくぞここまで無事にたどりつけたと思ったが、三人とも腰に剣らしきものをさげていた。辺境の人間は、ささいなことでも刃物をふるうという噂だ。そのうえ、どんな剣術を使うかわからない。町をうろつく悪党どもも、うかつに手出しできなかったのだろう。

三人目が、最も身分が高そうだった。異国人のことなので断言はできないが、身なりや首筋から立ち上る香りが、他のふたりより上等なものに思えるし、姿勢や顔つきが指導者然としている。ノフシェクでさえ、ちらりと視線を向けられただけで、背筋がぴくんとのびてしまった。

椅子をすすめると、三人目だけがすわり、あとの二人は守るように両脇に立った。あたりには、三人の香の匂いが混じり合いつつ浮遊して、いつもの殺風景な部屋が華やいだように感じられた。

「突然の訪問となったことを、お詫《わ》びします。急ぐ話なので、挨拶《あいさつ》を省略します。重要な質問をします。ここに金を持ってくる。すると、罰金刑を受けた人物が、解放される。私たちは、そう聞きました。そのことに、間違いはありませんか」

今度も口をきいたのは、最初に入ってきた小柄な男だった。

「はい。シュヌア家の長男ソナンを解放するための、四千キニツを支払う場所が、ここであることに間違いありません」

確かに急ぐ話なので、少々先回りした答えを返した。

小柄な男は軽くうなずき、隣のふたりに向かって異国語で何か言いかけたが、着座の男は片手をあげてそれをさえぎり、ややぎこちなくはあるが、しっかりとした発声で言った。

「それではこれを、渡します。受け取ることを、してください」

隣に立つ体格のいい若者が、包みを卓上に置いた。

チャニル嬢の決断を待つより、この男たちに署名してもらうほうが早そうだ。異国人だが、大臣が面会したという相手だから、身元に問題はないだろう。

ノフシェクは、夕陽が山の端に近づいていることを考え、紙幣を数えるのは後回しにして話を進めた。

「受け取るためには、署名をしてもらわなければなりません」

相手の表情を見て、言い換えた。

「この書類に、あなたの正式な名前を書くのです。でないと、受け取ることはできません」

小柄な男が何かを言い、着座の男が低い声でそれに答えた。さらに体格のいい若者が、哀願するような目で何ごとかを訴えた。着座の男は冷静に、それにも答えを返してから、ノフシェクに向かって言った。

「書類を、見る——読む、ことができるのは、誰ですか」

署名が誰の目に触れうるのかを知りたいということだろう。

「王宮の関係者は、誰でも読むことができます」

「関係者？」

小柄な男が異国の言葉で何事かをしゃべりはじめた。「関係者」を説明しているのかもしれないが、そうだとしたら、いったい何と言っているのだろう。明確に述べがたいことを誤魔化すための言い回しだというのに。

　通常は、罰金受理の書類など、わざわざ誰も見はしない。しかしこの一件は、方々の関心を引いている。そして書類は、関係する役人なら誰でも手にとれる場所にしまわれており、その役人らに顔の利《き》く人物なら、簡単に見ることができる。そうした事情を威厳で包めば、ああ答えるしかなかったのだ。

　着座の男は、小柄な男の説明を、そう長く聞いていなかった。短い言葉で黙らせると、ノフシェクに視線を向けて、質問した。

「ほかに、ありますか。あなたが受け取る、ことをするのに、必要なこと」

　受理の条件をすべて聞いてから、どうするかの判断を下すというのだろう。指導者らしい考え方だ。

「あります。わが国の紙幣をこれだけの枚数、あなたがたがどうやって入手したかを、説明していただくことです」

　三人は、小柄な男、着座の男、体格のいい男の順に顔色を変え、表情に怒りの色をにじませた。わかりやすく伝えようとした結果、侮辱ととられる表現になってしまったかもしれない。ノフシェクはあわてて言い足した。

「これは、どなたにも説明をお願いしていることです。あなたがただけに聞くわけではありません」

　小柄な男と体格のいい男は、何事かをささやきあい、不信げな顔つきはそのままながら、怒りはおさめてくれたようだ。着座の男は半眼の無表情になったので、心のうちは窺《うかが》えないが、どう感じているにせよ、その感情にこだわるつもりはないようだ。

「わかりました。説明します。売ることを、しました。私の……小さな剣」

「あなたが私物をお売りになったということですか。どこで、ですか」

　小柄な男が街区の名前を口にした。

「そこの店。フルドウグヤという店です」

たしかにその街区には、異国の珍しい物品を扱う道具屋が多くある。価値ある品を買い叩くことで有名な店も多いので、彼らもそうされたのかもしれない。身分の高そうな人物が、はるばる海を超えて持ってきたものだ。きっとかなりの値打ちのものだったろう。

　だが、それは、いま気にすべきことではない。

「そうですか。それなら金の出自に問題はありません。あとは署名があればいいのですが、どうされますか」

　着座の男は、残された時間が少ないことをよくわかっているのだろう。長く迷いはしなかった。きつい目で、一度だけ歯を食いしばったような顔をしてから、「ショメイ、します」と鉄筆を手にした。

これで、条件はすべて整う。チャニル嬢に無理をさせずにすみそうだと、ほっとしたのもつかのま、ノフシェクは目を丸くした。男が紙面に記したのは、文字というより絵、絵というよりも複雑な文様だった。

これは、異国の文字だろうか。そうだとして、間違いなく本名が書かれているのだとしても、ノフシェクには確認のしようがない。

「私に読める文字で、書いてはいただけないでしょうか」

「これが、私の、正式なショメイです」

異国人のあやしげな発音なのに、尊大さが伝わってきた。

「しかし、これでは罰金を受け取れません」

「なぜ。あなたが言った、条件、必要なこと、全部できました。紙幣を手に入れた、どうしたか、説明しました。名前、書くこと、しました」

すごまれても、だめなものはだめだった。

「これでは、私が読めません」

「あなたが読める文字、カンケイシャもまた、読むこと、できます」

「それはそうですが、何か不都合がありますか」

小柄な男が早口でしゃべりはじめた。「不都合」を説明しているようだ。その様子を見ているうちに、ノフシェクは理解した。この異国人も、自分たちが罰金を支払ったことを公《おおやけ》にしたくないのだ。

「私が、書くこと、します」

体格のいい男が、叫んで鉄筆をとり、模様のような文字の下に筆先を走らせた。読みにくいが、「ヤマンシ」と綴《つづ》ったようだ。

「これは、あなたのお名前ですか」

着座の人物に尋ねると、黙って首を左右に振った。

「私の名前、です」と、体格のいい男が胸を張る。

「一枚の紙に、ふたりの名前を書かれては……」

異国人を追い返してチャニル嬢に頼んだほうが、事は早く進むのではと思えてきた。

「おかわりをください」

体格のいい男が、ぐいと身を乗り出した。

「なんですって」

「紙。新しい紙。別の紙。書くこと、します、私。新しく」

この従者のような異国人の署名で問題はないのだろうかと、ノフシェクが思いを巡らせる間もなく、真ん中の男が立ち上がり、体格のいい男に向かって、叱責《しっせき》するような声をあげた。そのまま低い声で言い争うので、ノフシェクは頭を抱えたくなった。するとまた、扉が鳴った。コン、コン、コンと、控え目なのによく響く、訪問に慣れた人間のたてる音だ。さらに、「ごめんください」と声までかかった。深みのある、年齢のいった男の声だ。

異国人らは、驚いた様子で顔を見合わせ、小柄な男が口を開いた。

「出口は、ほかに、ありますか」

ここにいるのを人に見られたくないらしい。体格のいい男が、素早く金包みを胸に抱え、三人の足が部屋の奥へと向かった。

ノフシェクは裏口に案内しようとしたのだが、それより早く、小柄な男が竹を編んだ扉に飛びつき、とめる間もなく開けてしまった。

「あっ」という男女の声が重なった。けれども、特に騒ぎはもちあがらず、三人はするりと中に入り込み、扉が閉まった。

それきり何も聞こえてこない。隙間《すきま》からのぞいてみると、チャニル嬢は、口をふさがれたり、羽交い締めにされたりすることなく、一人で端に立っていた。三人の異国人は反対の端で、身を寄せあっている。狭い物入れのことだから、三人とチャニル嬢はいくらも離れていないのだが、とにかく間はあいていた。

四人とも、息をつめ、口を引き結んだ緊張の面持ちだ。どうやら、ここにいることを人に知られたくないという点で、全員の気持ちが一致しているようだ。

とりあえず、そのままで心配はなさそうなので、ノフシェクは、新たな訪問者を迎え入れるべく、戸口に向かった。

今度の来訪者は、紳士然とした人物だった。初老だが、矍鑠《かくしゃく》として品がある。とはいえ、貴族ではなさそうだ。王宮か、由緒《ゆいしょ》ある屋敷に勤める上級の使用人といったところか。

ようやく普通に手続きを進められそうな相手が来たと、ノフシェクはほっとした。

「シュヌア家の長男であるソナン様の罰金をおさめにまいりました。ここに四千キニツございます」

席につくと男は、紙包みを差し出した。ノフシェクは今回も、紙幣を数えるのは後にした。たとえ少々足りなくても、物入れの中の四人が出してくれるだろう。いま必要なのは、金ではなく、正式な署名だ。

「罰金を受理するには、この金を、どのようにして入手されたかご説明いただき、署名をしていただく必要があります」

「署名、ですか」

男は眉をわずかに寄せた。

「何か、不都合なことでも?」

「さて、不都合といいますか……」男はそこで言葉を切ると、思案顔で小首をかしげたが、卓上の包みに片手を置いて、話を再開した。

「まずは、こちらの四千キニツのご説明をいたしましょう。これは他でもない、私の貯蓄です。すなわち、長年お仕えしている主人より賜った給金を、少しずつ貯《たくわ》えてきたものです。ですから、いっさい疚《やま》しいところのない金です」

「そうだとしても、その貯えを失うことで、今後の暮らしが心細いことになりませんか」

こういうことに気を配るから、ノフシェクは鑑札を持ちえたのだが、こういうことを心配するから、鑑札なしのおいしい商売ができないのだ。

男は寂しげに笑った。

「はい。この金は私にとって、もしものときの大事なものでした。けれども、もっと大事なことのために、差し出すことに決めたのですから、どうぞ、お受け取りください。そして、私の暮らしのことを案じていただけるのであれば、署名の件は、どうかよしなに取り計らっていただけないでしょうか」

男は包みから手をはなし、卓上で両手を組んで話をつづけた。

「私がこのまま主人の恩顧を失うことなく、いまの仕事を続けていれば、衣食住に困ることなく、またこつこつと貯えをつくっていけます。そして、特段のことがないかぎり、主人が私を放り出すことはないでしょう。けれども、ソナン様の罰金を払うことは、実を申すと、主人の言いつけにそむくことになるのです。お耳に入れば、私は馘《くび》になるでしょう。筋を通すことに関して、たいそう厳しい方なのです」

つまりこの男は、シュヌア家の使用人。それも、執事かそれに次ぐ地位の者だろう。実直そうな人物だ。主人の一人息子を、さぞやかわいがってきたのだろう。それでも――。

「申し訳ありませんが、私もこの手続きに臨むにあたって、厳しくあらねばならないのです。本名を署名していただかなければ、どうあっても、罰金を受け取ることはできません」

しばらく男は無言だった。それからふたたび寂しげな笑みを浮かべると、鉄筆に手を伸ばした。

「しかたありません。そもそも迷うべきではなかったのでしょう」

「いけません、そんなことをなさっては」

竹の扉が、ぱっと開いた。

「チャ……」男は驚いて立ち上がり、令嬢の名を口にしかけたが、何とか残りを呑《の》み込んだ。

「あなた様が、どうしてこんなところにいらっしゃるのです。ご両親はこのことを、ご存じなのですか」

チャニル嬢はそれに答えず、断固とした足取りで物入れを出た。

「あなたが、そんな犠牲を払ってはいけません。私が署名いたします」

「そんなことをなさったら、ご両親がどう思われるか。それに、差し出がましいことだとは存じますが、今後の縁談に差し障《さわ》るのではないでしょうか」

「かまいません」

「あなた様には、すでにさんざんご迷惑をおかけしました」

「私が好きですることです」

「早く」と、あやしげな発音の声があがった。物入れから出てきた異国人の指導者が、顔にあせりをにじませていた。「男性、女性、どちらの人でも、早く、書くことを、してください」

それから、何かをつぶやいて書類に歩み寄ろうとした体格のいい男をさえぎり、異国の言葉で叱責する。チャニル嬢とシュヌア家の執事――令嬢と顔見知りなのだから、執事で間違いないだろう――は、互いに触れあわない上品さをたもちつつ、鉄筆を取り合っていた。

誰か、この混乱をなんとかしてくれ。

ソフシェクが声に出さずに叫んだとき、ドドンと扉が鳴った。全員がはっと息を飲んで動きを止め、あっという間に物入れの中におさまった。キイッと竹の扉が閉まる。

ソフシェクは、ため息をついて戸口に向かった。

今度こそ、すんなりと署名してくれる人物が来たことを期待して扉を開けたが、そこには誰もいなかった。右を見ても、左を向いても、街路にはあいかわらず人影がない。ただ、ついに赤い太陽が、少し形を崩しながら山に接したのが目に入った。

風のいたずらだったのかと、扉を閉めようとして、足下に何かがあるのに気がついた。紙包みだ。この短い間に三回も、彼のもとに持ち込まれたのと同じ大きさの包みが、踏石の上に置かれている。

あわてて拾い上げ、胸に抱えて左右を見た。

「おーい、これを置いていった人」

右側に向かって叫び、反対側に向かってもう一回、大きな声で呼びかけたが、動くものは見当たらず、人影もない。これだけの大金を、ただ置き去りにするわけがない。どこかに隠れて、ぶじ拾われるのを見届けるはずだと思ったが、ノフシェクの目は、それらしい姿をとらえることができなかった。

夕陽が最後の名残りとばかりに、赤い光を急に強めた。こうしてはいられない。

ノフシェクは室内に入り、竹の扉に声をかけた。

「誰もいませんでした。みなさん、その狭い場所から出てきてください。時間があまりありません。この揉《も》め事に、さっさとけりをつけましょう」

ぞろぞろと、奇妙な一行が現れた。粗末な外套をはおった美しい令嬢。紳士然とした初老の男。風変わりな服装の異国人たち。

チャニル嬢とシュヌア家の執事は、礼儀にかなう距離がひらくと、ていねいに会釈《えしゃく》しあった。異国人の指導者が、そんな令嬢の横顔に、じっと視線を注いでいる。

辺境では、美醜の基準も中央世界とは違うのだと聞いたことがあるけれど、ノフシェクが知るかぎり、きれいな花は、どこで生まれた人間も美しいと讃《ほめたた》える。まさかと思うが、チャニル嬢の美貌は、異国人の心も捕えてしまったのではないだろうか。辺境には、力ずくで連れ去ることが最上の愛情表現とされる国もあるという。おかしなことにならなければいいのだが。

「おほん」と大きく咳《せき》払いすると、異国人の目はチャニル嬢をはなれて、ノフシェクを向いた。その他の人々の視線も集まった。ノフシェクは、卓上の新しい包みをぽんと叩いた。

「これを戸口に置いていった人物がいます。四千キニツのようです。けれども、みなさんすでにご承知のように、いくら金が集まっても、署名する人がいないと、罰金が支払われたことにはなりません」

「上に何か書いてありますか。署名ではありませんか」

チャニル嬢が、包みに近づき、前屈《まえかが》みになった。

そんなところに書かれても、受理するための署名にはならないと思いながら、ノフシェクも包みの上部に目をやった。すぐそばにいる令嬢の甘い匂い――体臭消しの香でなく、ご自身から自然にたちのぼるものだ――が、鼻をくすぐる。

そこには「シュヌア家の長男ソナンの罰金として」とだけ書かれていた。

「署名はありませんね」

事実を指摘すると、令嬢の麗しい顔が落胆に曇った。

「では、私が署名します」

執事が一歩、進み出た。

「いけません。あなたがお屋敷からいなくなることは、あのお方にとって、大きな痛手です。それは、国の痛手につながります。そんなことになるくらいなら、私が」

令嬢の心配は、ノフシェクにも理解できた。シュヌア将軍は、軍を動かすのに巧みな方だが、日常生活についてはそうではないという噂だ。高潔なあまり気むずかしくもある将軍を、長年陰で支えてきた従僕は、杖《つえ》にも愛馬にも愛用の剣にもまして、なくてはならない存在だろう。

「いえ、だいじょうぶです」執事の口調には、さっきまでとちがって余裕が感じられた。「この筆跡に、私は覚えがございます。まさか、こんなことをなさるとは思いませんでしたが、間違いありません」

この言葉の意味をノフシェクと令嬢が理解するのを待つためか、ひと呼吸おいてから執事は続けた。

「匿名《とくめい》とはいえ、あの方が、ここに罰金を運んでいらっしゃったのなら、私がお屋敷から追い出されるおそれはないでしょう。私が署名をしたことが、たとえお耳に入ったとしても、きっと知らないふりをしてくださいます」

ああ、そういうことか。謹厳な将軍にも、姿を見せずに罰金を置いていくだけの親心はあったのだ。それならば、執事が手続きに関与しても、責めることはできないわけだ。

ノフシェクと令嬢は安堵《あんど》の笑みを交わした。異国人らは、小声でぼそぼそと何か言い合っている。この会話を理解したいのだろうが、言葉の意味を追っただけでは無理だろう。王都の社会の内輪の事情、繊細な人間関係に通じなければ、執事の示唆《しさ》することがわかるはずはない。

彼らのことは推測をめぐらせるに任せておいて、ノフシェクは、新しい書類を出して、執事の前に差し出した。

署名が終わった。

思わず太いため息が出た。

期限までに誰も来ないなら、それはそれでしかたがない、もしかしたらそのほうがいいかもしれないと、一時は考えもしたが、これだけの人が、こんなに気を揉《も》んでいるのだ。うまくおさまって、ほんとうによかった。

だがまだ、いくつか問題が残っている。

ノフシェクは、新しい息を胸に入れ、一同を見渡した。

「罰金の受理は、期限内にぶじ終わりました」

五つの顔がほころんだ。

「ここで私から、みなさんに、お願いしたいことがあります。こちらにいらっしゃる方々は、それぞれに、罰金をおさめに来たことを公にされたくない事情をおもちです。ですから互いに、ここで見聞きしたこと、特に誰に会ったかを、他言しないと約束していただきたいのです」

もう急ぐ必要はないので、異国人たちがこの言葉の意味をしっかり理解するのを待つ。

「わかりました。お約束いたします」

執事が——署名を見ると、ヨナルアという名前だった——最初に口をひらいた。彼だけは、すでに秘密にすべき理由を失っていたが、令嬢を安心させるために言ったのだろう。

「私も、他言しないと約束します」

「約束します」「約束します」「約束します」

令嬢につづいて三人の異国人が、まるで言葉の練習をしているように、ひとりずつ慎重に発音した。

「ところで、罰金ですが、この部屋には、四倍が集まっています。それでは困りますので、みなさまには持参されたものをそのままお持ち帰りいただいて、ご本人に返しようのない、最後の包みを受理したいと思います。少々変則的な形にはなりますが、それが最もおさまりのいいやり方なのではないでしょうか」

少々どころか、かなり変則的だが、こうする以外にないように思えた。とにかく、匿名の四千キニツをそのままにされるのが、いちばん困る。返そうとすればシュヌア将軍は、自分はそんなことをしていないと言い張り、怒りだすだろう。かといって、ノフシェクが自分のものにするのは論外だ。ばれたら必ず首が飛ぶ。けれども落とし物だと届け出たら、あらぬ噂が広がるだろう。ノフシェクを中傷する噂も怖いが、真実を言い当てたものも出るだろう。そうなると、将軍は面目を失うことになる。

いや、親が子の罰金を払ったのだ。世間は悪くとったりしない。だが、ご自身は、筋を通さないではいられない方だ。勘当を解く条件が整わないのに息子のために金を出したことは、墓場まで持っていきたい秘密だろう。それが世に知られたとなったら、職を辞して隠棲《いんせい》してしまわれるかもしれない。お偉方の中で数少ない、良心をもった方なのだ。そうした事態はあってはならない。

「どなたからも異議がないようでしたら、そうしたいと思いますが、手続きの瑕疵《かし》を言い立てる者が出たときのために、こうしましょう」

ノフシェクは、卓上に置いたままだった、ヨナルアの持参した包みを開いた。

「署名をなさったあなたが持ってこられたものですから、こちらを罰金として受け取ります。代わりにあなたは、これを持って帰ってください」

ヨナルアに、匿名の金包みを渡した。

だが、こんな面倒なことをしなくても、手続きが変則的だと非難する者は現れないだろう。ここでのことは全員が、他言しないと約束した。それぞれに罰金を払いに来たことを人に秘したい事情をもつから、この約束はあてになる。異国人は、早晩、国に帰るだろうし。

「では、これから金額を確認します」

ノフシェクが、執事の持参した包みの紙幣を数えるあいだに、異国人らも話の内容を理解したようで、納得顔になっていた。

「四千キニツ、そろっています。それでは、あなたにはこれをお返しします」

蓋付きの戸棚にしまってあった包みを出して、チャニル嬢に手渡した。異国人の四チキニツは、体格のいい男が抱えたままだ。

金の始末はこれでついた。

「えーと」ノフシェクはヨナルアのほうを向いた。本名を署名しているとはいえ、わざわざ声に出して異国人に知らせる必要はないので、名前は呼ばずに話しかける。

「あなたは、こちらのお嬢さんとお知り合いのようですね。外はすでに暮れています。これだけの金を持っての独り歩きは物騒ですから、この方のお屋敷まで、送り届けていただけませんか」

「承知しました」とヨナルアは、執事らしい丁重な辞儀をした。

「近くに都市警備隊の詰所があります。ご心配があれば、そちらで護衛を頼まれるといいでしょう」

この助言で、懸念《けねん》されることはすべて解決しただろうかと、ぐるりと室内を見渡した。

辞去の言葉を述べるチャニル嬢とヨナルアは、晴れ晴れとした顔をしていた。異国人のふたりもそうだ。そんななか指導者だけが、顔をいくぶん曇らせていた。その視線は、チャニル嬢ではなく、体格のいい男が胸に抱く金の包みに向けられている。

そうだ。その件があった。

「お待ちください」

出口に向かうふたりに声をかけた。

「さきほどは、持ってこられた金額をそのままお持ち帰りいただくよう申し上げましたが、撤回させてください。もしよかったらのお願いですが、一度は手放すことを覚悟された四千キニツです。そのなかから、一割の四百キニツを、置いていっていただけないでしょうか」

ふたりは驚いて目を見開いた。けれども口調は穏やかに、チャニル嬢が返事をした。

「かまいませんが、わけをお聞かせ願えますか」

「はい。実は、こちらにいらっしゃる異国の方は、お国から持参された大事な宝を売って、四千キニツをつくったそうです」

異国人の顔が不快げにゆがんだ。そんな事情を他人に話すなと思っているのだろう。

「私はそれを、取り戻してさしあげたいのです」

異国人が、はっと刮目《かつもく》した。

「取り戻すこと、できるのですか」

やはり、本来だったら決して手放したくないものを売っていたのだ。

「難しいでしょうが、なんとかしたいと思っています。異国の方が、はるばるわが国まで、友好のためにいらっしゃったのに、揉め事と関わり合いになったために大事な宝を失ったなど、わが国にとって名誉な話ではありません。買い戻せるなら買い戻したいのですが」

「買い戻せるのですか」

今度は小柄な男が叫んだ。指導者は、固唾《かたず》を呑んでノフシェクの顔を凝視している。

「これも、わが国の名誉となる話ではありませんが、おそらくそうした道具屋は、売れると見込んだ額の数分の一、悪くすると何十分の一の安値で買い取っているでしょう。そのため、元の四千キニツを持っていっても、すでに売れてしまったとか言って、買い戻しに応じはしないと思われます。ですから、私が同行します。金に関わる物事について、私はある資格を持っています。また、道具屋の商売では大なり小なり、正規の手続きからはずれたことをおこなっているものです。店に行って、そこを突けば、買い戻しに応じさせることができるのではないかと思います。とはいえ、元値きっかりというわけにはいきません。一割くらいはどうしても、上乗せすることが必要です」

チャニル嬢とヨナルアは得心して、それぞれ四百キニツを差し出した。その受け取りが終わるころには、異国人らも話の内容を理解したようだ。さかんに辞退したのだが、ノフシェクとヨナルアとで、これはわが国の名誉の問題なのだと説得した。

道具屋の主人は阿漕《あこぎ》な男のようだったが、そのぶん脅しがいもあり、異国人の宝は、二割増しでぶじ買い戻すことができた。これで万事丸くおさまったと、ノフシェクは心の底から安堵した。

気苦労もし、一時は頭を抱えたくなるほどの混乱も経験したが、最後まで目を配って、すべてをうまくおさめられた。長年この商売をやってきたノフシェクだが、やりとげたあと、こんなにも深い満足を味わった仕事はほかにない。

だがひとつだけ、心に引っかかっていることがある。たいしたことではないのだが、道具屋に向かっているとき、異国人の指導者がノフシェクに話しかけてきた。

「お尋ねします。いました女……、女性、ご婦人、あの人は……」

チャニル嬢を話題にしたいようだが、妙に言い淀《よど》んだあと、こう尋ねた。

「美人ですか」

質問の意図を解《げ》しかねて、ノフシェクが答えられずにいると、指導者は問いを重ねた。

「あの女の人、美しいですか。国が違うと、美しいと感じること、それもまた、違うのだと聞きました。あの人は、この国で、美しいですか」

「もちろんです。とても美しい方です。あなたがたにとっては違うのですか」

「いいえ。美しいです。少し……」

ふたたび言い淀み、視線が遠くをさまよった。

「少し、なんでしょう」

「似ています。私の妻に」

だから何だというのだろう。自分の妻が美人だと自慢したいのか。

けれども男の視線は、遠くをさまよったままだった。

「それが何か？」

異国人は、ふふっと笑った。

「美しいと感じること、国が違うと、違う。しかしながら、人が違うと、違う。そのようなこともある。多くの人が美しい、そう思う人、美しい、思わない人、まれにいます。そうして、多くの人が、美しい思わない人、とても美しい、思う人」

少し考えて、言おうとしていることを理解した。

「ああ、蓼《たで》食う虫も好き好き、というやつですね」

「タデク？」

ノフシェクは、この慣用句の意味を説明した。

「はい。おそらく、それ。私には、謎《なぞ》でした。国が違うことか、タデクか、どちらなのか。謎が解けました。この国で、あの人は、美しい。タデクでした」

それから指導者は、体格のいい男に向かって異国語で何か言い、ふたりはともに、遠い昔を懐《なつ》かしむような笑顔になって、目を細めた。

あれはいったい、何だったのだろう。

5

雨が降っている。

さわさわという空気のつぶやきのような物音が、外の見えないこの部屋にまで入り込み、蝶《ちょう》の羽ばたきのような軽やかさで、頭の奥を叩《たた》いている。

雨の音はいい。心が安らぐ。安らぎたいなどと思ってはいないが。

彼が昨日までいた部屋は、たくさんの石の壁で野外から隔たっており、雨音など聞こえなかった。

それとも、聞こえていたのに気がつかなかったのだろうか。昨日と今日の境遇の差は、屋外からの距離だけではない。

その差について考えようとしたとき、ふつりと気力の糸が切れて、頭の中が空白になった。

なにも考えることができない空人《そらんと》の——ソナンの胸を、雨の音が満たしていく。おまえはもう、私から逃れられないのだといわんばかりに。

切れ間のない雨だった。

昨夜からずっと、同じ調子で、ただざわさわと続いていた。強くもならず、弱くもならず、風の音も伴わず。

こんな単調さに塗り込められると、無音の中にいるよりもなお、時がとまったように感じる。

ここは、川の底なのかもしれない。

ぼんやりと、ソナンは思った。さわさわいうのは水の流れ。ほかには何も動かず、変わらない、静かで深い川の底。空鬼《そらんき》によってずいぶんな回り道をしたが、ほんとうは、ここでずっとこうしているのが宿命《さだめ》だったのだと。

だが、時はとまっていなかった。やがてガタンと音がして、扉が開いた。

「お食事です」

扉の脇《わき》の小卓に、盆が置かれた。

これも、この部屋にきて変わったことのひとつだ。以前は、人が出入りできない小さな窓から、声もなく、粗末な食事が差し入れられるだけだった。部屋を移って——というよりも裁きが終わって、待遇が大きく変わった。

なにしろ彼は、あと二日半のうちに罰金が払われたなら、罪人でなくなる。払われなくても、死罪になるかもしれない重罪人ではすでにない。だから部屋を移されて、食事を持ってきた者は無防備に扉を開けるようになり、言葉づかいも貴族に対するものに変わった。寝台のふとんも柔らかくなり、小卓の前には肘《ひじ》掛けのついた椅子《いす》まである。

だがソナンは、椅子からはなれた部屋のすみに、片膝《かたひざ》を抱えてうずくまっていた。もう片方の脚を床に投げだし、丸めた背中を壁の角《すみ》に押し込んで。

そうしていると落ち着くので、この部屋に移る前から、一日の大半をその格好で過ごしている。

こんなだらしない姿勢でいるのはいつ以来だろうと、以前の部屋に閉じ込められた当初、ソナンは考え、苦笑した。姿勢をきちんと保つことに価値を置く世界に暮らしていたため、儀式や執務のときだけでなく、侍女の前、妻の前でも気をつけていたし、ひとりのときにも、あまり崩せなくなっていた。

だが、もう格好をつける必要はないのだ。誰の目も気にしなくていいのだ。明日のことをあれこれと思い煩《わずら》ったり、金の算段をしたりも必要ない。

思えばこれまでの日々は、気苦労の連続だった。家臣の給与をどうやって払おうか。工事の金をどんな手で節約しようか。鷹陸《たかりく》からの借金をいかにして返そうか。江口屋に預けた壺《つぼ》は取り戻せるのか。新しい水路は新しい村の畑をちゃんと潤《うるお》せるのか。あの場所でほんとうに豆は実るのか。村親は病人をきちんと治せているか。村人と面倒を起こしてはいないか。照暈《てかさ》村の村長は、突然村に火をつけて、すべてを燃やし尽くしはしないか。七の姫は彼のやることにあきれて、ため息をついたりしていないか。

そうした大きな問題のほかにも、輪笏《わしゃく》の城の御覧所《ごらんどころ》には、日々こまごまとやっかいごとが持ち込まれた。輪笏をはなれてそうした雑事を逃れたときには、自分が督らしくふるまえているか、高貴な人たちとの交際で粗相をやらかしてはいないかが、絶えず気になった。

よくもあんな日々に耐えられたものだ。どうしてあんな、柄にもない、身の丈に合わないことをやっていられたのだろう。

苦笑いは、ソナンの顔面で固まって、胸の奥からあふれそうになる叫びと涙を押しとどめた。

心がしんとした。動いたり、考えたりが億劫《おっくう》で、背中を丸めてうずくまっているのがいちばん楽だった。

それでいい。もう、格好をつけなくていいのだ。何も気にしなくていいのだ。何も考えなくていいのだ。どうせもう、何もできはしないのだから。

裁きの日を、おそれるでもなく、待つでもなく、ソナンはただぼんやりと過ごした。もう二度と弓貴《ゆんたか》には帰れないのだという思いと、タハルは死んだと告げたナーツの声がぐるぐると渦を巻き、心の中のすべてを吸い取り、空っぽにした。

だがやがて、うずくまってばかりもいられなくなった。「申し開き」をするようにと、ふたりの詮議官《せんぎかん》に呼び出されたのだ。

最初ソナンは黙っていた。申し開きすることなどなかったし、口をききたい気分でもなかった。このままでは死罪になると脅されても、それがどうしたとしか思えなかった。

けれども、固い寝台で寝つかれず、ふと頭が冴《さ》えたとき、黙ってばかりではいけないのではと気がついた。彼の裁きやその結果が、弓貴とトコシュヌコとの関係を損なう事態も起こりうる。そうさせないためには、うまい申し開きをする必要があるのではないか。

詮議官に探りをいれると、使節団にも証言を求めるつもりでいるとわかった。彼が何もしゃべらずにいても、すでにこの問題に弓貴を巻き込んでしまっているのだ。

どうしたら最も迷惑をかけずにすむだろうと、ソナンは必死に考えた。輪笏の督の空人として、どうにもできないようにみえる困難を前に、あきらめずに考えつづけたときのように。

彼が何も言わずにいたら、ソナンがいかにして弓貴までたどりついたかや、向こうで何をしていたかは、雪大《ゆきんた》らに聞くしかなくなる。弓貴としてはありがたかったこれまでの、交易以外のことへの無関心がくつがえりかねない。

それを防ぐには、ソナンが自分の口で、あるていど納得してもらえる説明をするしかないのだが、これが存外むずかしい。正直に、神らしき存在が弓貴まで連れていってくれたなどと話したら、絶対に信じてもらえないし、大騒ぎになるだろう。かといって、もっともらしい嘘《うそ》をつき、雪大らの証言に反してしまうと、かえってまずいことになる。

何を語るか、どう語るか、考えに考えておこなったソナンの申し開きは、「あるていど納得」してもらえたうえ、雪大らの証言とくいちがわずにすんだ。

裁きの場でそれがはっきりわかったとき、ソナンは心底安堵《あんど》した。そのうえ裁きの争点は、橋の上の喧嘩《けんか》があったか否《いな》かに終始した。弓貴に対する関心は、新たに引き起こされずにすんだのだ。

これでもう、ほんとうに、思い煩うことはなくなった。あとはただ、すべてをあきらめればいいだけだ。弓貴に帰ることも、七の姫に再会することも、生きることも。

心がしんと安らいだ。それから処刑の瞬間まで、あきらめだけを胸に抱いて、ソナンはしんとした気持ちでいられるはずだった。

そこに、あの男が現れた。彼と同じ名をもつ正義漢が、独り歩きの娘をからかった夜と同じく、颯爽《さっそう》と。

あの晩はただ不快だったが、今回は、強い憤《いきどお》りをおぼえた。

この男は、呼ばれてもいないのに駆けつけて、なにを得意気にしゃべっているのだ。ナーツにそんなことを知らせるな。妹を失った悲しみを怒りに変えて、なんとか耐えているのだ。そんな人間に、怒りの矛先には自分自身もいるべきだなどと、思わせることを話すんじゃない。

飛びついて口をふさいでやりたかったが、立ち上がろうとしただけで、まわりの兵にとめられるだろう。それに、この証言によって、彼の申し開きが嘘でなかったとわかることは、弓貴にとっていいことなのだ。

だからソナンは、ナーツを悲嘆から救うこともあきらめた。

裁きが終わり、この部屋に移された。待遇が変わり、運ばれた食事からは湯気がたちのぼっている。

ながめていると、ため息が出た。

食欲はなく、あれを腹に入れなければならないと思うと、うんざりした。いま彼が食べたいものは、結六花豆《ゆむか》の粥《かゆ》だけだった。

だが、そんなことは、考えるのをやめなければ。ああしたいとか、こうしたいとかの望みは捨てて、とにかくあれを食べなければ。

ソナンはよろよろと立ち上がり、小卓の盆に近寄った。

三日後には、きつい力仕事の日々が始まる。あと二日半のうちに四千キニツが支払われれば免れるのだが、あの父親が、勘当した息子のことで金を出すなどありえない。父親以外に、それだけの金額を用意できて、ソナンのために差し出す者の心当たりはない。つまりもう、決まったようなものなのだ。

それをソナンは、悲しいとも残念だとも思わなかった。そこにしか進みようのない、まっすぐな廊下なのだ。何も考えずに歩けばいい。

ただし、歩くためには体力がいる。ここで絶食などしていたら、三日後にひどいめにあうことになる。

食べずにいて、静かに死んでいけるのならそれでもいいが、人間は、そう簡単に死ねはしない。労働刑が始まれば、彼はまた貴族扱いされなくなり、言われたとおりにできなければ鞭《むち》打たれ、食べるのを拒否しても、口にものを突っ込まれるだろう。無駄に苦しくなるだけだ。

それに、彼が死ぬほどの絶望を抱えているなどと、周囲に思われてはいけない。彼と弓貴との絆《きずな》の太さを知られたら、いろいろと勘繰られて、調べられ、弓貴に不都合な結果となりかねない。あの国は、外の世界とわたりあえるだけの力を貯《たくわ》えるまで——できればあと十年くらい——、大事な取り引き相手と尊重されつつ、できるだけ注目を浴びずにいるのが最善なのだ。

それだけではない。彼はこのたび、祖国を裏切った罪などというものでも調べられた。まさかこれほどの重罪が、これほど裏づけもなく認められることはないだろうと思っていたら、やっぱり誰も本気で取り上げはしなかった。

けれども、疑う者がいたことを忘れてはならない。この疑いが蒸し返される事態になれば、弓貴にとって良くないだけでなく、父のシュヌア将軍に科《とが》が及ぶ。それだけは、だめだ。彼のような息子をもったせいで、あの人が地位を失うなど、そんなことは、あってはならない。

いまの彼に残っているのは、弓貴と父親に迷惑をかけずに生きつづけなければという義務感だけだった。自死もまた、この状況では許されない。

だから、好きなように嘆き悲しむこともあきらめた。弓貴に帰りたいという気持ちを、ちらりとも人に見せてはいけない。それには、そんな気持ちを捨てるのがいちばんだ。彼は、たまたま弓貴に流れ着いた。たまたま雇われ、生きるために換語士をした。彼と弓貴はそれだけの関係だと、まわりが思っているように、彼自身も思い込む。

湯気をたてていたものは、肉と野菜の煮物だった。匙《さじ》ですくって口に入れる。味などまるで感じないが、それで少しもかまわなかった。

三日後には、ここを出る。一年間、からだを使うきつい仕事をする。そのあとは、どこかの部隊に入って、軍歴を一からやり直すことになるのだろう。まじめに勤めて、勘当を解く条件を達成する。家に帰る。

それが、彼の前にのびる廊下だ。逃げることの許されない、歩むしかない一本道だ。

彼の予想は、いきなりはずれた。罰金が、期限を迎える夕刻になって支払われたのだ。誰が払ったのだという問いに、この知らせをもたらした人物は、答えをよこさなかった。

ソナンは、王都防衛隊を指揮するブカヤ将軍のもとに連れていかれた。彼はまだ、この隊に籍があったのだ。

ソナンは膝をつく深い辞儀をして、行方不明となったために将軍に迷惑をかけたことを詫《わ》びた。

「まあ、話を聞けば、やむをえない事情があったようだが」

将軍は、この会談そのものが迷惑なのだといわんばかりのしかめっ面《つら》をしていた。

「さすがにこのまま、我が隊においておくことはできない。どうしたものかと相談した結果、例のない措置となるが、都市警備隊に行ってもらうことになった。それでいいな」

形式的に確認された。

「仰《おお》せのままに」

ほんとうなら、あれだけの不祥事のあと、ソナンをふたたび軍務につけるなど、とんでもない話だろう。だがつけなければ、シュヌア将軍の出した勘当を解く条件——当たり前に出世して士官になる——は、永遠に満たされない。それはだめだという声が大きかったにちがいない。

とはいえどの将軍も、ソナンを引き受けたがらなかったのだろう。その結果、最も弱い立場の者に押しつけられた。都市警備隊は、軍というより雑役夫に近い扱いだから、統括するのも、将軍より低い地位の軍人なのだ。

「二度と問題を起こすのではないぞ」

ブカヤ将軍は、小さな子供を諭すおとなのように、大げさに怖い顔をつくってみせた。この将軍には、幼い頃に何度か会った。そのときのことを思い出しているのかもしれない。

「罰金が支払われても、ああした疑いで裁きにかけられ、まるっきりの罪なしとはならなかった事実は残る。新しい隊では、最も低い階級からとならざるをえない。我々としては大変心苦しいのだが、それに関するはっきりとした決まりがあって、どうすることもできなかったのだ。しかも、覚悟しておいてもらわなければならないが、同じことをしていても、出世は人より遅くなる」

正式に除隊しないまま二年が過ぎた。姿を現さないのだから、この間は無給だが、処分記録はたまっていった。裁きの結果が罰金刑では、その記録をなかったことにはできない。詭弁《きべん》で誤魔化そうとしたら、必ずあの人から異議が出る。規則どおりにいくしかないのだそうだ。一からどころか、深い穴からの出発だ。

「我々が計算したところでは、賞罰なしでふつうに勤めて、士官になるのに八年かかる」

そんなに、と驚くと同時に、ソナンは少しほっとした。父の家に帰るという、気の重くなる義務を果たす日は、先であるほどありがたい。八年間も、かつて属した貴族社会をはなれて、かつてのソナンを知らない人々のあいだで暮らせるというのは、彼にとってそう悪い知らせではなかった。

「都市警備隊にいたのでは、出世を助ける手柄は立てにくい。八年という年月を覚悟のうえで、それ以上遅れることのないように、気を引き締めて勤めることだ。くれぐれも、降格になるような不祥事を、二度と起こしてはならないぞ」

「はい。ご忠告を賜り、かたじけなく存じます。閣下のお言葉、深く胸に刻みました」

ソナンは左胸に右のこぶしをあてて、低頭した。

「うむ」とブカヤ将軍は、ソナンの態度に満足したようにうなずいた。

ソナン自身は、自分の態度に内心「おや」と驚いていた。以前の彼はこんな場合、躾《しつけ》られたとおりのやり方ですませることができなかった。唇の隅で冷笑するとか、口調に皮肉をにじませるとか、どこかで逸脱しないではいられなかった。

いまは、そんなことをする気がまったく起きない。

弓貴で身に付けた礼儀に影響されたわけではない。服装や言葉があらたまったせいか、そこはきちんと切り替えられていた。そうではなくて、父の屋敷でかつて家庭教師から教わった所作が、自然に出たのだ。

自分の中で何かが確実に変わっているのを、ソナンは感じた。


「おい、起きろ。いつまで寝てやがる」

枕《まくら》を蹴《け》飛《と》ばされた。

都市警備隊には、平隊員のための宿舎がある。低い身分の出が多い都警《トケイ》の中の、家をもたない独り者ばかり集まるわけだから、あやしげな人間の吹き溜《だま》りだといわれている。

いくらなんでもシュヌア家の息子を、そんなところに住まわせるわけにはいかないと、上流社会の人々は考えたのだろう。ソナンは下宿屋を紹介されたが、断った。警備隊の平隊員の給与で、下宿代は払えない。払えるほどの格安の部屋があったとしたら、陰で誰かが金を出す約束になっているのだ。

ソナンは、誰の援助も受けたくなかった。恩は必ず義理となって、弓貴と父親に迷惑をかけまいとする努力の枷《かせ》となる。だから、下宿屋になど入れない。罰金の四千キニツも、払った人間がわかりしだい、少しずつでも返していこうと考えていた。

宿舎は家畜小屋に似ていた。左右の壁に三段の棚状の寝台が、全部で二十ばかり設《しつら》えられ、あとは中央に長細い机がひとつと、多数の椅子があるきりだ。中は人いきれでむっとしていた。床にはものがちらばり、ほこりと酒と口臭と汗の入り混じった臭《にお》いがする。非番なのか、寝台の半数ほどに、ごろりと転がる男たちの姿があった。

ソナンが足を踏み入れると、男たちがいっせいに見つめてきた。その視線には、敵意や憎悪《ぞうお》や警戒心が感じられた。

近衛《このえ》隊から王都防衛隊にうつったときも、こうだったなと、心の中で苦笑した。あのときソナンは、売られた喧嘩を次々買ったが、いまはそんな気力がない。騒ぎを起こすわけにもいかない。

ソナンは、入り口に近い、いちばん低い寝台を与えられた。どうやらここでは、高い寝台ほど人気があるようだ。

その理由が、朝になってわかった。下の台では簡単に、他人に枕を蹴り飛ばされる。

ソナンは熟睡していた。昨夜は、こんなところで眠れるものかと懸念《けねん》したが、牢《ろう》を出てどこか気が緩んだのかもしれない。海を渡ってから初めて、ぐっすりと眠った。それが突然、枕を蹴りつけられたのだから、何が起こったかわからず、頭を起こして、呆然《ぼうぜん》と目をしばたたいた。

すると、胸倉をつかまれて、寝台からひきずり出された。

「新入りは、朝いちばんに掃除をするのが決まりだ」

そんな決まりは聞いていない。乱暴にひきずり出してから言うことでもない。そのうえこの部屋はどう見ても、誰かが定期的に掃除をしている様子はない。

だがソナンは、皮肉も抗議も胸にとどめて、質問した。

「掃除道具は、どこに」

掃除というものをするのは、これが生まれて初めてだなと、帚《ほうき》を手にしてソナンは思った。自分でするのは初めてだが、侍女や陪臣が、汚れに気づけばさっとからだを動かした。それをしょっちゅう見ていたから、どうすればいいかはわかっているし、自分が同じことをするのに抵抗はない。たくさんの目が気味悪げに見つめるなか、ソナンは床を掃いていった。

「雑巾《ぞうきん》も使え」

帚を蹴り飛ばされた。つづいて、ソナンがきれいにしたばかりの場所に、唾《つば》を吐かれた。とにかく嫌がらせがしたいらしい。

だが、直接殴ったり蹴ったりはしてこない。ソナンがどんな人物か、先に噂《うわさ》がまわっており、怪我《けが》をさせてはまずい相手だと判断されているのだろう。身を守るための喧嘩が必要ないなら、相手にしなければそれですむ。

ソナンは木桶《きおけ》をもって、裏にある井戸に向かった。

水を汲《く》むとき、掃除のためにこんなに水を使うのはもったいないと、手を止めたくてうずうずした。だが、この感覚は早く忘れなければいけない。ソナンが弓貴と関わりがあったことを、人々が意識にのぼらせる機会を極力減らし、八年後には誰も思い出せないくらいにもっていきたい。そのためには、トコシュヌコ人にはないはずのためらいを、みせてはいけない。

だが、そんな用心をしなくても、ソナンの心のうちが人に悟られるおそれはなかった。裁きを待つひと月のあいだに、彼の顔はめったに表情をつくらなくなっていた。意識して気持ちを隠そうとしなくても、心の動きを外に漏らすことはない。

宿舎の者たちが気味悪がっていたのも、仮面のようなソナンの無表情だった。

枕を蹴られなくても、ソナンは毎日早く起きて、掃除をした。最初は要領がつかめなかったし、汚れがたまりすぎていて、あまり変わったように見えなかったが、十日も続けると、家畜小屋のようだった室内がこざっぱりとしてきた。

それが嬉《うれ》しいとか誇らしいとかの顔もみせずに、ソナンはそれからもひとりで掃除を続けた。

あいかわらず、枕を蹴ったり、からんだりしてくる者はいたが、ソナンは相手にしなかった。といっても、まるで無視するというのでなく、挑発にはのらないが、必要な言葉は返す。

ほかにも、どうやら本気で友達になりたいらしい人間や、先を見越して阿《おもね》ろうとする者もいたが、ソナンは誰に対しても同じようにふるまった。

やがて周囲はそれに慣れた。やたらとちょっかいを出していた連中も、ソナンをかまうのに飽きたようで、ほうっておいてくれるようになった。ソナンは、心がしんとしたまま過ごせる簡素な暮らしになじんでいった。

ソナンは私物を、二組の下着と一組の私服しか持たなかった。捕えられたときに着ていた弓貴の装束は、使節団に返却されていた。

下着と私服は、牢の塔で与えられたものだった。出ていくときにそのまま貰《もら》ってきたわけだが、恩を着せられたと気に病む必要がないほどの、着古されたぼろ着だった。

ソナンは下着だけで眠り、目を覚ますと、私服をはおって掃除をする。近くの屋台でささやかな朝食をとり、支給された制服に着替えて宿舎を出る。

彼が配属されたのは、それほど荒れていない街区だった。平の隊員は、五人ひと組で町の見回りをするのがおもな仕事だ。五という数が中途半端《はんぱ》でむずむずしたが、この感覚も忘れなければ。

ソナンと組むことになった者らは最初、やりにくそうにしていた。そして、彼を横目でうかがいながら、商店主から金を受け取り、ソナンに分け前を渡そうとした。

商売人の小さな不正を見逃すかわりに、警備隊が賄賂《わいろ》を受け取るのは、有名な話だったので、ソナンは驚かなかった。分け前は断ったが、とがめたり、上官に告げたりしなかった。

やがてソナンは、見回りの仲間として好まれるようになった。無口で無表情でぶきみだが、分け前も取らずによく働くので、いっしょにいると楽ができる。剣の腕がたしかなので、辻《つじ》強盗相手に一戦を交えるときに、頼りになる。ソナンと組むと、怪我が少なくてすむと評判になった。

給与日になると、ソナンは屋台のつけを払い、残りは主計部に預けた。一度だけ、少しましな古着を買ったほかは買い物をせず、酒も飲まず、賭《か》け事もしないので、安月給にもかかわらず、いくらかの貯えができた。

一年が過ぎ、階級は上がらないまま、見回り組の長になった。だからといって態度を変えることはなかったが、見過ごせない大きな不正のときだけは、賄賂を拒否し、警告をしてやめさせた。

「あんたさ、何が楽しみで生きてるんだい」

一年間、彼の上の寝台で眠ってきた男が尋ねた。

「楽しみは、特にない」

「よせよ」向かいの中段から声がした。「そいつは、お貴族様だぜ。こんな場所に楽しみなんて、あるわけがない。早くおうちに帰ることだけ、考えてるのさ」

ソナンは否定も反論もしなかった。無論、肯定も。

抗弁したのは、最初に尋ねた男だった。

「だけどさ、それでも楽しみはあったほうがいいだろう。ていうか、なくちゃ、やってられないだろう」

「そのとおり。どんな時にも、人には心の慰めが必要だ」

右奥の最上段から、古参の男が口を出した。聞いていた者たちは、「心の慰め」という言い回しを気に入って、誉《ほ》めたり茶化したりしたあとで、それぞれの「心の慰め」を披露しあった。

ソナンはずっと黙っていた。

もしもひとつだけ「楽しみ」をもつことが許されるのなら、彼は思い出にひたりたかった。帰れない場所とわかっていても、遠い異国の日々を、思う存分心に浮かべていたかった。

だが、そんなことをしたら、自分を制御できなくなるだろう。

だから、楽しみなどいらない。いつか胸の中の思い出が、時の作用で干からびて、引っ張り出してもただ懐《なつ》かしいと微笑《ほほえ》むだけですむようになったら、あの土地を想《おも》うことを楽しみにしよう。だからそれまで、楽しみはいらない。

別の日に、あいつは何が楽しくて生きているのだと、聞こえよがしに言われたときには、こんなひそひそ声が続いた。

「あいつは、シュヌア将軍の息子だろう。あの将軍だって、何が楽しくて生きているのか、わからないような人だっていうじゃないか」

「ああ、なるほど。〈あの親にして、この子あり〉ってわけか」

幼い頃から、似ていない親子だと言われてきたが、不可思議で複雑な運命の末に彼がとらざるをえないでいる態度が、あの父の息子らしいと思えるものになっているようだ。

皮肉なものだなと、ソナンはまた、心のうちで苦笑した。

休みの日、彼はひとりで宿舎を出た。そのたびに、誰かにあとをつけられている気配がした。宿舎の連中が、興味本位でソナンのやることを見にきたのか。〈祖国を裏切った罪〉を言い立てた者らが、ソナンがひそかに弓貴と連絡をとりはしないか、さぐらせているのか。

どちらでもかまわなかった。ソナンは退屈しのぎの散歩のようなぶらぶらとした足取りで、町を歩きまわった。ときにその足は市場に向かったが、さまざまな品が置かれた売り場のあいだを、商品を手にとりもせず、何も買わずに、ただ歩いた。

一年と少しして、あとをつけられている気配が消えた。それでもソナンは、暇潰《つぶ》しのような散歩を、同じ調子で続けた。

ゆっくりと歩いていれば、足をとめたり手にとったりしなくても、店に並ぶ品物の移り変わりを知ることができた。強絹《こわぎぬ》が、高級品の並ぶ南の市場に出回るようになったのは、ソナンが市場歩きを始めて一年半が過ぎたころだった。

市場に出回るということは、王族や貴族のあいだにひととおり行き渡ったのだ。あれから何度も、弓貴から品物を積んだ船が来ているということで、交易は順調なのだと推測できた。

価格は目玉が飛び出るほどで、売るためというより人寄せに置かれている感があった。最初に手に入れた者たちが強絹の丈夫さを実感しはじめたら、値はさらに上がり、市場から姿を消すかもしれない。

このころソナンは、誰が罰金を払ったかを知ることができた。

執事のヨナルアとは、思いがけない人物だった。ヨナルアが四千キニツも持っていたなら、全財産に相当したのではないだろうか。ソナンのために、それをそっくり手放したのか。それとももしや、誰かの代理で罰金をおさめに行ったのか。

どうしても真相が知りたくて、人を介して、こっそりと会う約束をとりつけた。

この外出のとき、久しぶりに人につけられている気配を感じたが、誰に知られてもかまわなかった。こっそり会うのは、ヨナルアが、ソナンの父から彼に会うのを禁止されているからだ。おおっぴらにさえしなければ、それで問題はないはずだ。

会見場所は、さびれた下宿屋の空部屋だった。ヨナルアは、先に来て待っていた。

「お久しゅうございます。お元気そうなお顔を見られて、嬉しゅうございます」

そう言って相好を崩すヨナルアは、記憶にあるより老いた顔をしていた。

会わないあいだに、父も年を取ったのだろうと考えたら、少し胸が重くなった。

「お顔が精悍《せいかん》になられましたね。生まれ変わったようにまじめになられたと聞いています。でも、私は存じておりましたよ。ソナン様が、根はまじめなお方だということを」

聞きようによっては皮肉ととれるせりふだが、ヨナルアは目尻《めじり》を下げた、ほんとうに嬉しそうな顔だった。それからいつもの感情を窺《うかが》わせない執事に戻り、罰金の出所について教えてくれた。

ヨナルアは、自分自身の四千キニツを持って、金をおさめる場所に赴いたのだが、名前を告げずに罰金を置いていった人物がいた。そのため、手続きのうえで必要な署名だけして、用意した金は持って帰ることになったという。

金を置いていった人物が誰なのか、ヨナルアは目だけで語った。

その日ソナンは、市場に足を向けなかった。かといってまっすぐ宿舎に帰りもせず、あてどなく街を歩きまわった。

この都市にかつて住んでいたとき、どうして自分はあんなにも、何も考えていなかったのだろうと、他人《ひと》ごとのように不思議に思った。弓貴にいるときには、あのころの記憶を封印していたので、自分がどんなふうに生きてきたかをしっかりと思い返したことはない。晩餐会《ばんさんかい》の席でナーツに会って、捕えられてからは、心をしんとさせることで続く日々に耐えてきた。だからやはり、何事も思い返しはしなかった。

幼いころから親身になって、なにくれとなく面倒をみ、かばったり助けたりしてくれた執事の老いた笑顔は、しんとしていた心にさざなみをたてた。

「いまさら悔やんで、どうする」

自分自身を叱《しか》るようにつぶやいた。彼が底無しの愚か者だということは、たぶん、あのころすでに気づいていた。気づいていても、どうしようもなかったのだ。

それに、過ぎた日々を悔やみだしたら、きりがない。王都防衛隊にうつったあとで、少しは素行をあらためていたら、タハルのために金が必要なとき、すぐに用意できただろう。どうにかそろえた金を運んでいたとき、橋の上で落ち着いていれば、〈ソナン〉とその仲間につかまることにならなかっただろう。

弓貴においても数々の失敗をおかしたが、周囲の助けで事なきを得た。おそらく、取り返しがつかない失敗はひとつだけ。六樽《むたる》様に床臣五《トコシンゴ》に行けと言われたときのことだ。ご命令なのだから、従うしかない。行って、さっさと帰ってこようと考えたが、誰かに相談すればよかった。たとえば陪臣の石人《いしんと》に、すべてを打ち明け、どうすればいいか尋ねたら、彼ならきっと、空人の出自を聞いても驚いたりせずに、床臣五行きをうまく断る方法を教えてくれた。

だが、あのとき彼は、自分がソナンだったことを考えたくなかった。だから、人に話したくなかったし、彼が頭から締め出していれば、ソナンの過去が空人を脅《おびや》かすことにはならないような気がしていた。

逃げていたのだ、現実から。

それでもせめて、船の上で、少しでも危険を遠ざける手を打っておけばよかった。たとえば雪大に、あまり人前に出たくないと伝えておくとか。そうすれば、雪大のことだ。深く理由は尋ねずに、配慮してくれたのではないだろうか。

それなのに、なんの手立ても講じなかった。自分はきっと輪笏に帰れる。そうとだけ信じていたかった。それ以外のことを考えたくなかった。考えたら、悪いことが起こる気がして。

愚かだった。浅はかだった。悔やみだしたらきりがないほど。

だから、悔やまない。振り返らない。

けれども、同じ過《あやま》ちはおかさない。これからは、起こりうる最悪から目をそらさずに、用心する。

いまこのときの最悪とは、彼が弓貴や父親に禍《わざわい》をもたらしてしまうことだ。たとえば、強絹の真価をいち早く悟った誰かが、鬼絹のことをさぐりだし、さらにはソナンがあちらで鬼絹と関わりが深かったことまで知ってしまう。その誰かは王族とつながりがあり、詳しい話を聞き出すために、ソナンを捕えて力ずくで口を割らせる。その結果、祖国の利益となることを隠していたと断罪され、引責によりシュヌア将軍があらゆる地位を奪われる。さらに鬼絹の秘密を知ったトコシュヌコは、武力で弓貴を我が物にしたほうが利益が大きいと判断し、戦を仕掛ける。

最悪と飛躍を重ねた、ありえないような展開だが、だからといって、こうしたことが一つでも起こらないとはかぎらない。

だから彼は、目立たないことに努めた。弓貴や辺境、交易や政治に関心がないかのようにふるまった。日々、都市警備隊の仕事をまじめにこなし、かといって、ふつうの隊員が目こぼしするような、小さな不正や悪事まで取り締まったりはしない。他人と余計な口はきかず、自分の殻を守る。

二年で階級がひとつ上がり、宿舎を出ることになった。給料も少し上がったので、安下宿ならなんとかなった。三回引っ越して、家主や世話人がかまってこない、静かな部屋に落ち着いた。

これでいいのだと思う。私物をほとんど持たず、楽しみもなく、日々がただささわと流れていく。けれども、あとで悔やむようなことはしていない。大事なものを傷つける、愚かなまねはしていない。だから、これでいいのだ。

ソナンは朝、下宿屋を出るとき、石造りの建物と建物の間にのぞく狭い空を見上げるのを常としていた。

そこには時に、石の壁よりなお重たげな鉛色の雲が盤踞《ばんきょ》していた。別の薄暗い朝には、ほつれた布をぶらさげたような黒雲が流れ来て、見上げた顔にぱらぱらと雨が降りかかった。

石の壁の一面がきらきらと輝くようなまぶしい朝には、青一色のきれいな空が目に映る。すると胸が苦しくなる。こんな空しか見られなかったあの土地に、いますぐ飛んで行きたくなり、あわてて気持ちを引き締める。

そして、青い空にぽっかりと白い雲が浮かんでいるのを見た朝には、神のことを思い出した。

トコシュヌコに戻って、こちらの言葉を話すようになったソナンは、あの存在を、空鬼ではなく神と考えるようになっていた。

だが、どう呼んでも同じなのだ。

あれは、人智《じんち》を超えた存在だ。奇跡を起こせるだけでなく、人の理屈が通用しない。人間の考える偉大さとはまったく別の場所におり、神とか鬼とかの区別にも、善と悪との違いにも、縛られていない。

間近で向かい合ったからこそ、ソナンはそれを知っていた。あのときには、親しみといっていいほどの気持ちを抱いたのに、こうして思い返すと、はてしなく遠い。

なぜなら、神はもう、彼の身の上に関わることはない。はっきりとそう告げられただけでなく、知識とは別の形で知っていた。

そのうえ、神が彼を助けたのは、ただそうしたかったから。好意からでも悪意からでもないことを、あのときはっきり感じとった。だから感謝の気持ちも生まれてこない。ただひたすら、神はソナンの心から遠くへだたったところにいる。

世間体から寺院に入り、祈りの姿勢をとるときにも、ソナンの心は空っぽだった。神に何かを願う言葉はもちろん、話しかける言葉さえ、頭に浮かんでこないのだ。

それでも、青空にぽっかりと浮かぶ白い雲を目にすると、神のことを思い出す。そして、空の上で変わってしまった自分の人生について考える。

あの日、彼は死ぬはずだった。それなのに、神に命を助けられて、今日がある。ありがたいとは思えない日々ではあるが、あのまま川の底で溺《おぼ》れ死んでいたほうがよかったとは思わない。とにかく彼はここにいる。守りたいものを抱えて。

自分が底無しの愚か者だと気づきながら、どうにもできなかった日々よりも、いまはどれだけましだろうか。

なにより彼には思い出がある。いまはまだ心を乱しすぎるため、しまっておくほかはない思い出だが、神の奇跡に助けられ、本来いられるはずのない場所で、周囲に受け入れてもらった二年半は、心躍る日々だった。

楽しいことばかりではなかった。苦労もしたし、努力もした。自分にできるとは思わなかったほどの努力を。

けれども彼は自由だった。親族もなく、しがらみもなく、のびのびと好きなようにふるまえた。大きな失敗をしても、〈空鬼の落とし子〉だからしかたないと許された。あれは神の奇跡による、ずるだったのだと、いまにして思う。

人にはみんな、親がある。生まれながらの義務や責任がある。親がないと言われる者には、みなしごという境遇がある。みな好んでそのように生まれたわけではないのに、身分とか親戚《しんせき》とか、さまざまなものに縛られる。それを厭《いと》って故郷を捨て、流れ者になる輩《やから》は、トコシュヌコにも弓貴にもいたけれど、その場合、孤独を生きることになる。しがらみを捨てたという烙印《らくいん》はどこまでもついてまわり、自由と引き換えに、多くは野垂れ死にをする。

だがソナンは、嫌でたまらなかったしがらみから解き放たれたのに、その代償を支払わず、神のおかげで新しい場所にすんなりと受け入れられた。あちらにいるときののびのびとした気持ちは、ずるのおかげだったのだ。

トコシュヌコが不自由で、弓貴が自由な地というわけではない。あちらでも、礼儀作法をうるさくいわれ、新たに与えられた立場に伴う義務でへとへとだった。ただ彼は、自分以外の何ものにも縛られていなかった。

まわりにいる人々は、生まれながらのしがらみの中で、しっかりと生きていたというのに。

六樽様の娘として生まれたばかりに、得体の知れない男に嫁ぐ覚悟を固めた四の姫。実際に嫁ぎ、妻としての役目をきちんと果たした七の姫。大きな督の跡取りに生まれ、若くしてその重荷を背負い、りっぱにふるまっていた雪大。代々続く城頭の家系だと胸を張り、高齢をおして城を守ってきた瑪瑙大《めのうた》。陪臣たちや身兵や侍女、倉町の商人、照暈村《てかさ》の人々、みんなそうだ。星人《ほしんと》だけは、出自を超えた場所にいたが、自分の力でひとつひとつ、つかみとっていったのだ。

彼ひとりが、ずるをしていた。

ほんとうは捨ててはならなかった場所、やらなければならなかった仕事に戻って、ソナンはそれをひしと感じた。

この場所でも、まじめに生きている人も、そうでない人も、みんなしがらみの中にいる。ナーツは親の借金に振り回され、タハルはそれが元で死んだ。あの一家は、ソナンの裁きの過程で、娘を人買いに売ったことが世間に知れ渡ってしまったため、王都にいられなくなり夜逃げをしたと、人伝《ひとづ》てに聞いた。

そんな罪も背負って、ソナンはここで生きていく。もう、逃げてはいけないのだ。彼はシュヌア家のソナンであり、そこから逃げてはいけないのだ。

三年目に、荒れた街区に回された。ならず者や強盗相手に剣を抜くことが増え、ソナンも何度か手傷を負ったが、相手を傷つけたことは、それ以上に多かった。そのうち一人は、抵抗が激しくて、殺さざるをえなかった。それも彼の務めなのだ。

無表情で腕利《うでき》きの警備隊員は、ごろつきたちにおそれられるようになり、ソナンの見回る町は、少しだけ、住む人が安心して歩けるようになった。多くの人に感謝されたが、ソナンはあいかわらず、賄賂も謝礼も受け取らず、住人の誰とも親しくならなかった。

ヨナルアと会って、四千キニツを返すべき相手はいないとわかってから、ソナンは茶屋にも足を向けるようになった。ただし、茶屋娘らはもちろん、相客とも口はきかない。ただぼんやりと、街路をながめてすわっている。

けれども、店内の噂話には、しっかり耳をそばだてていた。残念ながら、弓貴が話題にのぼることはなかったが、それはいいことなのだ。交易が順調で、変わったことが起きなければ、話の種にはならないものだ。中央世界には、荒海を越えてあらたに結ばれた国々から、珍しい品物がどんどん入ってきていたから、強絹のような実用品は噂にのりにくい。夕光石や逢真根草《あまね》などは話題にされてもいい気がするが、量が少ないので、茶屋に集う庶民らが目にする機会はないのだろう。

茶屋にすわっているうちに、ソナンは辺境の国の名をいくつも覚えた。その中には、神から「好きなところにおろしてやる」といわれてのぞいた世界のひとつだと思われるものもあった。あのとき見たさまざまな国が、いまや海でつながったのかと思うと、これから世の中がどうなっていくのか、怖いような気持ちがした。とはいえ外海の旅はあんなにも過酷だ。つながりも、それによる変化も、ゆっくりと進むのではないだろうか。

ゆっくりと、王都も変化をみせていた。そのひとつに、街灯の設置があった。遠い大陸にある、辺境とは思えないほど立派な都市（どうやら、ソナンが〝雲の上〟から見た、黄金の塔があった街のようだ）を訪れた商人らが、夜の街路を明るく照らす街灯に感激して、その仕組みや作り方を持ち帰ったのだ。

その国の産物を使わなくても、トコシュヌコにあるもので作れそうだったので、年々悪化する王都の治安に頭を悩ませていた王族のひとりが、取り入れてみることを決めた。最初は、王宮前の広場と、そこからのびる大通りに。すると、夜のあいだの不埒《ふらち》な事件が激減した。そこで、王都の広場すべてと主だった通りに、街灯を設置することになったのだ。

この変化は、ソナンの仕事に影響した。

まず、王族の中にも街の治安を本気で心配している人がいるとわかって、隊員たちの士気があがった。さらに、夜陰に乗じての犯罪が減り、夜の見回りが楽になった。

だが、悪党たちは、すぐにこの変化に慣れた。もともと昼間でもひったくりや辻強盗をする連中だ。道が明るくなったことで、安心して小金や装飾品を身に付けて歩くようになった者たちが、次々に襲われた。すると今度は、夜歩きをする人間がその変化に対応し、用心をするようになった。そんなこんなで、ソナンが荒れた街区に回されたころ、都市警備隊における街灯への評価は、夜間に悪党を追うのに役立つが、結局のところ、仕事の危険や忙しさを、減らしも増やしもしなかった、というものに落ち着いていた。

ひとつ困るのは、広場の街灯だ。自分の家の灯代《あかりだい》を始末したい貧しい家の人々が、広場で編み物などの手仕事や、勉強や書き物をするようになった。そして、なけなしの毛糸や布、本や着ていた衣類を盗《と》られたり、金目当てとはちがう、痴漢や憂《う》さ晴らしの暴行といったものの被害にあうのだ。

そのためソナンは、夜の広場に座り込む人物を見つけたら、ひとこと注意するようにしていた。

その夜も、下宿に戻る途中、少し回り道をして立ち寄った広場に、街灯の下で本を読む人影があった。光のこぼれる場所にある花壇の縁石に腰を下ろして、広場に近づくソナンの足音も耳に入らないのか、顔を上げることなく読みふけっている。その無防備な背中に、ソナンはいらだちをおぼえた。

最安値の下宿屋が並ぶ貧しい地区のこの広場は、物騒な事件がよく起こる。そうした悪事を取り締まるのはソナンらの役目ではあるが、住んでいる人も、もう少し用心をしてほしいものだと思いながら、ソナンは時々回り道して、様子を見にきていたのだ。

そうしたら、今夜もやっぱり、こんなうかつな人間が。

ソナンはまだ、制服を着ていた。帰宅中だが、この人物に注意するのも仕事のうちだ。さっさとすませて帰ろうと、広場に足を踏み入れた。

読書にふける人物は、この街区の住人らしい格好をしていた。少し寒い時分だったが、上着はなく、簡素な木綿の上下を着て、髪は頭のうしろで無造作にひとつにくくっている。

あと十数歩というところまで来たとき、その髪が緑色であることに、ソナンは気づいた。

6

驚いて、足がとまった。

動けないまま、これからどうするか考えた。

踵《きびす》を返して立ち去るべきか。弓貴《ゆんたか》の人間と話しているのを、人に見られるのはまずい。これまでの用心が、すべて無駄になってしまう。

一方で、引き返すのも、やはりまずいのではと思った。

あとをつけられている感覚がなくなって、すでに久しい。今日も見張られてはいないだろう。けれども、制服を着たソナンは目立つ。近所の者がどこかから、ああ、いつもの警備隊員だなと、ながめていないともかぎらない。その場合、広場にひとりでいる人間に近づきかけて、足をとめ、注意もせずに引き返したら、奇異に思われ、へたをすると噂《うわさ》になる。緑の髪の人間を、露骨に避けた警備隊がいたと。

それも、まずい。

だが、長く迷ってはいられなかった。こんなところで不自然に、じっとしているのがいちばんまずい。

ソナンは瞬時に心を決め、前に進んだ。いつものように声をかけ、すみやかに退散する。それが最も目立たないと考えたのだ。

そばまで行くと、さすがに相手は顔を上げた。

若い男だった。十七か十八くらいではないだろうか。顔立ちからいっても、弓貴の人間なのは間違いなさそうだが、身なりはすっかりトコシュヌコ風だ。新たな使節団の一員というわけでなく、こちらに住んでいるのだろう。商人だろうか。それとも、六樽《むたる》様に派遣されて、勉強にでも来ているのか。

そんなことを考えながら、話しかけた。誰かが聞いていても、密談などしていない、いつもどおりの注意なのだとわかってもらえるように、いくぶん声を張り上げた。

「夜にひとりで、こんなところにいては、物騒だ。家に帰ったほうがいい」

若者は、本を閉じて立ち上がりかけたが、途中で急に足の力が抜けたかのように、すとんと尻餅《しりもち》をついた。見開いた目はソナンを見つめ、口が半開きになっている。と、急にその口を閉め、目は見開いたまま、本を胸元に突っ込むと、上体を前に傾けながら両手を地面にぺたりとつけ、その手を支えに器用に小さく跳《と》んで、ひざをそろえてすわりなおした。

そこでとまらず、上体をさらに前へと倒す若者の動きを、ソナンは片腕をつかむことで阻止した。この男が、〈尊礼〉をしようとしていると気づいたのだ。

それは、まずい。非常にまずい。

「どうした。立ちくらみか」

さらに声を張り上げながら腕を引き、若者のからだをひっぱり上げた。

目を見張ったままの若者の唇が動いた。「督」とつぶやいたようだ。まさか、輪笏《わしゃく》の人間なのか。

「だいじょうぶか。そういえば、顔色が悪い」

大声を出しながら、顔を近づけ、耳元でささやいた。

「〈立ちくらみ〉だと言え」

「だと言え」の部分は弓貴の言葉をつかった。若者ははっとして、自分の足でしっかり立つと、従った。

「立ちくらみです。申し訳ありません」

少したどたどしいが、悪くない発音だった。

「とにかく、ここにいるのは良くない。家は近いのか」

「はい。近くの下宿屋に部屋を借りています」

「この広場は夜、ひとりでいると危ない場所だ。家に帰りなさい」

「はい。帰ります」

利口そうな若者だ。さっきはあんなにあわてていたのに、こちらの気持ちをすぐに察して、よけいなことは言わないでいる。これでもう、だいじょうぶだ。あとは、抱えている腕をはなしてこの男と別れ、自分の下宿に戻ればいい。

腕をはなそうとした。

できなかった。そのうえ頭が、はなさないでいる理由をひねり出した。

「まだ、ふらついているようだな。心配だ。家まで送ろう」

制服を着た警備隊員のやることとして、おかしなことではないはずだ。いや、少しおかしいかもしれないが、目立つほどではないだろう。そうであってくれと、祈るような気持ちだった。

若者は一瞬とまどった顔をしたが、すぐに応じた。

「ありがとうございます」

そして、腕をとられたまま道案内をはじめた。

広場を出て、北に向かう道を進んだ。若者は、ふらつく真似《まね》をしているのか、それとも、腕をつかまれているせいで歩きにくいのか、おぼつかない足取りだった。

ふたつめの角を曲がり、両側に背の高い石造りの建物がびっしりと並ぶ、狭い路地に入った。右手の四軒目の戸口で、若者は足をとめ、ソナンに腕を抱えられたまま、トコシュヌコ風の礼をした。

「ご親切に、お送りいただき、ありがとうございました」

「ここか」

ソナンは薄汚れた石壁を見上げた。このあたりに多い、最安値の下宿屋のひとつのようだ。

「はい。この建物の、階段を二つ上がったところが私の部屋です。ありがとうございました」

さあ、手をはなせ。自分の下宿に戻るんだ。

頭の中で命じてみたが、からだは動こうとしなかった。若者は、すぐ間近にあるソナンの顔を、とまどったように見つめている。

ソナンはもう、腕をはなすべきだった。それはよくわかっているのだが、こんな機会は二度とめぐってこないだろう。路地に人影はなかった。それに、これだけ暗いのだ。誰もふたりを見ていない。この手の下宿屋に門衛はいないから、廊下で誰にも会わなければ——。

「部屋まで送る」

言いながら、若者のからだを中に押し込んだ。

若者の腕をとったまま、階段を上がった。誰にも会わずに、部屋の前にたどりついた。若者が腰袋から片手で鍵《かぎ》を取り出して、扉を開けた。じゅうぶん開ききるのを待たずに、ソナンはしっかりと抱えていた腕をついにはなすと、若者を突き入れながら自分も中にすべり込み、扉を閉めた。

室内は暗かった。窓から入る星明りで、低い寝台と、小さな机と、椅子《いす》が一脚あるのが見えるていどだ。あとは部屋のまんなかに、黒いかたまりのような人影がひとつ。

人影は、突き入れられて、そこに転がり込んだのだが、すぐにくるりと向きなおってきちんとすわり、床に頭をつけようとした。今度こそ尊礼をするのだろうと見ていると、途中ではっと動きを止めて、あわてたように立ち上がり、弓貴の言葉で言った。

「すみません。〈お忍び〉中でしたね」

それから、机の上にあった角灯《ランタン》に火をつけた。

〈お忍び〉

その言葉をソナンは、角灯に照らし出されても色のない、質素な室内をながめながら、口の中で転がした。

弓貴には、領民は、督に会ったらひざまずいて尊礼をしなければならないという規則があった。それが空人《そらんと》の行動を縛るので、なんとかしろと陪臣の石人《いしんと》に命じた。すると、背蓋布《はいがいふ》をつけていない督は〈お忍び〉中なので、尊礼をしてはならないという、新しい規則をつくりだした。

そこに至るまでの苦労や、規則が浸透するまでの我慢を思い出して、胸がじんわりとした。

「おまえは、輪笏の人間なのだな」

問いというより、自分の中で確認するための言葉だったが、直立した姿勢に戻っていた若者は、元気よく答えた。

「はい、我が督」

「私はまだ、輪笏の督なのか」

「はい、もちろんです。督が帰っていらっしゃらないので、空大様《そらんた》が代理をつとめておられます」

「空大とは?」

初めて聞く名前だった。

「もちろん、督のご嫡男《ちゃくなん》です。まだ幼くていらっしゃいますので、代理といっても実際には、城頭様をはじめとするお城の方々が、輪笏を支えていらっしゃいます」

ゴチャクナン。

ああ、そうか。ナナは子供を産んだのだ。男の子だったのだ。空大という名がつけられたのだ。

頭ではそう理解できたが、気持ちがついていけず、ソナンはただ「そうか」とつぶやいた。それから、名前にまつわる弓貴の慣習を思い出して、もう一度「そうか」と言った。父親の名前が空人で、督の嫡男なら、空大と名付けられるに決まっている。

二度目の「そうか」のあとで、ソナンは部屋にひとつしかない椅子に腰をおろした。それ以上、自分の足で立っていられなくなったのだ。

「おまえもすわれ。話がしづらい」

若者は、「はい」と答えて、寝台にちんまりと腰かけた。

「子供は、ぶじに生まれたのだな」

「はい。ご令室様も、お健やかでいらっしゃいます」

それが聞けただけでも、広場や戸口で別れずに、この部屋に入ってよかったと思った。だが、ほかにも聞きたいことが山ほどある。何から聞いていいかわからないほど。

「お城の皆様にも、お変わりはないようです」ソナンの混乱をみてとったのか、若者は自分から口を開いた。「申し遅れましたが、私は投戸荷《なとに》村の家人《いえんと》と申します。輪笏の城から派遣されて、この国に勉強に来ています」

「輪笏の城に、そんな金があるのか」

だとしたら、予想もしなかった朗報だ。

家人という若者は、今度は「もちろん」とは言わなかった。

「私は、詳しく存じているわけではないのですが、まだたくさんの借金があるようです。しかし、先のことを考えて、無理をしてでも人を育てることにまず金を使おうというのが、お城の方々の一致したお考えで、そのため私も、このようにありがたい機会をいただけたのです」

「そうなのか?」

信じがたい話だった。あの城頭が、そんなことを言うとは思えない。もしかしたらこの若者は、輪笏は輪笏でも、どこかよそにある、同じ名前の別の土地の話をしているのではと疑った。

「はい。村親はいまや、二村にひとり配置されていますし、城の金で都へ勉強に行く者も、年ごとに増えています。督がいらっしゃったら、きっとそうなさるからと、勘定頭様がおっしゃっていました。城頭様も、督がお留守のあいだは、督ならどうなさるかを考えて、そのように輪笏を動かしていかねばならないのだと、口癖のように仰《おお》せです」

「あの者たちが、そんなことを」

胸がつまって、それ以上、何も言えなくなってしまった。口を開くと、言葉ではなく嗚咽《おえつ》がこぼれそうで、片手で顔を押さえたら、よけいに泣きたくなってきた。

だめだ、我慢しろ。

ソナンと空人が同時に言った。弓貴のことで感情に溺《おぼ》れてはいけないと、ここ数年で我慢が習い性になっているソナンがたしなめ、領民にみっともない姿を晒《さら》してはならないと、空人の記憶が命じる。

だが、涙が勝手にこぼれはじめた。それを隠そうとして前屈《まえかが》みになったら、嗚咽が漏れた。一度漏れると、もうとまらなかった。

ぎゅっと押し込め、考えまいとしていたあの世界が、目の前に大きくひろがった。それも、思い出の中の姿でなく、彼があの地を離れてからの年月を、彼と同じだけ過ごした、生きていまも動いている世界として。

みんな、元気だった。それに、この若者――家人がここにいるということは、心配していたいろいろなことが、それなりにうまくいっているのだ。「無理をして人を育てる」といっても、何かが破綻《はたん》していたら、そんな金はどうやってもひねり出せはしなかっただろう。

そのうえみんなは、彼を忘れていなかった。恨んだり、怒ったりもしていなかった。彼のことを考えていてくれた。

それが、嬉《うれ》しくて、思いがけなくて、せつなくて、涙はいくらでも流れ出る。嗚咽のせいですわっていられなくなり、床の上にずり落ちて、うずくまった格好でしゃくりあげた。

どれくらいそうしていただろう。胸の奥からの奔流が、ようやく穏やかな流れになり、尽きない泉のようだった涙が溢《あふ》れるのをやめ、呼吸が走ったあとていどまで落ち着いた。

何度か大きく息を吸って吐き、さらに呼吸を落ち着かせると、濡《ぬ》れた両手を上着の裾《すそ》でざっとぬぐい、ぐちゃぐちゃの顔を肩口で拭《ふ》き、椅子にすわりなおした。思いきり泣いたせいか、胸の中がさっぱりとしていたが、家人に対してはやはり気まずく恥ずかしい思いがして、寝台のほうをそっとうかがった。

家人は、驚いたそぶりをみせない穏やかな顔で、あいかわらずちんまりとすわっていた。

若いのに、よくできた人物だと、ソナンは思った。嗚咽する督を前にじっとしているのは、並大抵のことではなかろうに、騒がず我慢してくれた。ありがたいことだった。横でおろおろ慌《あわ》てられたり、「だいじょうぶですか」と声をかけられたりしたら、ソナンはよけい混乱して、どうしようもなくなっていただろう。

家人は、そっとしておくのがいちばんいいと判断して、静かに見守っていてくれたのだ。よくぞこんな人物を見つけ出し、勉強させる者に選んだと、城頭たちを誉《ほ》めたい気持ちになったとき、また少し泣きたくなったが、今度はこらえることができた。

ソナンが落ち着いたのを見ると、家人は黙って布を差し出した。弓貴でよく使われている小手拭《こてぬぐ》いだ。木綿を平織りした模様のない実用品だが、ていねいで細かい弓貴の織りであることにかわりはない。

思わずぐっと握り締めてから、その布で顔を拭いた。

拭き終わると、あらためて家人を見て、これからのことを考えた。聞きたいこと、こちらから言っておきたいことは山ほどあるが、この部屋にそう長くはいられない。万が一、入るところを見られていたら、何をしているのかと思われる。できるだけ早く退去する必要があった。

そこでまず、こうした機会に絶対に言わなくてはならないことを、言っておくことにした。

「帰ったら、みんなに伝えてくれ。私はもう、輪笏には戻れない」

できれば、はっきりと言葉にしたくないことだったが、そんな甘えは許されない。

「はい」と家人は、今度も動揺せずにいてくれた。「お城の方々からも、そのようにお聞きしています」

「そうか」

急に捕えられたため、雪大《ゆきんた》や山士《やまんし》になんの言伝《ことづ》ても頼めなかった。彼らは状況を理解してくれているようだと、裁きのときにわかったが、トコシュヌコで起こったことが輪笏の城の者たちに、どう伝わり、どう受け取られたかは不安だった。

なにしろ督が、実は異国の人間で、外聞の悪い罪で捕まり、裁きにかけられ、そのまま輪笏に戻らなかったのだ。怒っているか。あきれているか。何がなんだかわからずに、混乱してはいないか。まさか、帰らないでいることを、裏切りのようにとってはいないか。

なるべく考えないようにしていたことだから、はっきりとそうした懸念《けねん》を心に浮かべはしなかったが、ぼんやりと思っただけで、心が絞られるように苦しかった。

部屋に入ってすぐの家人とのやりとりで、そうした不安は解消されたが、いまの言葉で、さらに安心することができた。雪大は、必要なことをきちんと伝えてくれたのだ。瑪瑙大《めのうた》らも、弓貴の人間らしく、冷静にそれを受けとめて、しっかりと城を守っている。何も心配することはなかったのだ。

そう思ったら、ソナンの胸にまた熱いものがこみあげた。

「六樽様が、代替わりをお認めにならないため、空大様は代理というお立場ですが、しかるべきお歳《とし》になられたら、正式に、次代の督になられることと存じます」

ソナンには、「うん」とうなずくのがせいいっぱいだった。

「それから……」家人は、口をきゅっと引き結ぶと寝台を降り、突然また、床にひざをつけて頭を下げた。「お詫《わ》び申し上げます。こちらで督をお見かけしても、決して話しかけてはいけない。知らないふりをするようにと、城頭様からも、六樽様のお城の方々からも、固く言いつけられておりましたのに、あまりに突然、あまりに間近にいらっしゃったので、うっかりしてしまいました。申し訳ございません」

「いいのだ。おまえはすぐに、こちらの言葉で、うまく話を合わせてくれた。あれでよかったのだ」

ソナンは、家人をもとのようにすわらせてから、厳しい顔をつくった。

「しかし、あそこで本を読んでいたのは感心しない。あの広場は、ほんとうに危ないのだ」

「申し訳ありません。私は、輪笏からただ一人、刈里有富《カリリアフ》にまで送っていただいた人間です。いくら甜《てん》の実の菓子が売れ、赤が原に豆が実ったからといって、お城の収入が大きく増えたわけではありません。金のやりくりが厳しいなかで、無理してつくっていただいた費用で、こうして暮らしているのです。灯《あかり》の油を買う金を、書物を買うのにまわせたら、それだけ多くの知識を輪笏に持ち帰ることができると考え、あそこに出向いてしまいました」

そうか。甜の実の菓子は、ちゃんと出来て、売れたのか。赤が原に結六花豆は実ったのか。

いま聞いたことを胸の内で嚙《か》みしめてから、空人は口を開いた。

「金を節約しようという心がけは立派だが、身を危うくしては、元も子もない。おまえの何よりの使命は、これまでに貯《たくわ》えた知識をもって、ぶじに輪笏に戻ることだ。それをいちばんに考えなくては」

どの口が言うかと、ソナンは心中、自分を嘲《わら》った。

「はい、申し訳ありません」

「この街は、六樽様の都とは違う。昼間でも、路地裏の独り歩きが危ないこともある。気をつけるように。それに、ずいぶん痩《や》せているが、ちゃんと食べているか。食べるための金を惜しんで、本を買ったりしても、だめだぞ」

「はい」と家人はうなだれた。

「そうだ」ソナンは腰袋をさぐって、持っていた小銭をすべて取り出し、傍らの机の上に置いた。「これをやる。油代や、食べ物を買う足しにしてくれ」

「いいえ、だいじょうぶです」家人の年に似合わない落ち着きが、この部屋に入って初めて崩れた。「すみません。輪笏の城から、きちんとした額をいただいているのに、私がつまらない始末の仕方をしたばかりに、ご心配をおかけしました。申し訳ございません。ほんとうに、だいじょうぶです」

ソナンは思わず微笑《ほほえ》んだ。

「遠慮するな。私はまだ、輪笏の督なのだろう。だったらこれは、輪笏の城から与えられた金の一部だと思えばいい」

少し考えてから家人は、「はい」と素直にうなずいた。

「では、私はもう行く。ここには二度と来ることはない。道で会っても互いに知らないふりをしよう。帰ったら、輪笏のみんなに伝えてくれ。私は元気だ。みんなも元気でいてくれと」

もっと気のきいたことを言いたかったが、何も思いつかなかった。それに、きちんと考えだしたら、伝言は果てしなく長くなる。

最後にこれだけはと、王都の中でも特に危険な場所を早口で教えて、立ち上がったとき、家人に渡された小手拭いを握ったままなのに気がついた。

このまま持って帰りたかった。小さな布だ。どこかに隠しておけば、人に見られることはないだろう。つらいときにひとりの部屋で、この布を取り出してながめることができたら、どんなにいいか。

宿舎で聞いた「心の慰め」という言葉が、頭をよぎった。

だが、だめだ。そういう甘えが、これまでの我慢を無に帰して、「最悪」を招き寄せてしまうのだ。

ソナンは小手拭いを机の小銭の横に置き、部屋を出た。背後で家人が立礼しているのを感じたが、振り返らなかった。

それからも、以前と同じ頻度でその広場に立ち寄った。家人の姿を見かけることは、二度となかった。

半年後に一回だけ、あの路地に入って、通りがかりに建物をちらと見上げた。家人の部屋の窓には明かりがあった。

それだけで、ぽっと胸に灯がともった。いまも家人が、あの部屋にいるとはかぎらない。勉強の期間が過ぎて、すでにこの街を去り、別の人間が住んでいるのかもしれない。

それでもソナンは、あの部屋で小手拭いを握り締めたときと同じく、自分の中につっかえ棒が立てられたような、少しだけ強くなれた心地がした。

やがて、王都の反対側の街区に担当替えとなり、下宿を移った。あの界隈《かいわい》に足を向けることはなくなったが、胸の灯はともったままだった。この灯があれば、十年でも二十年でも、いまの暮らしを続けていけるとソナンは思った。

新しい下宿に移ったころ、茶屋で初めて彼《か》の地の噂を聞いた。

最初は弓貴のこととはわからなかった。いつのまにか渾名《あだな》がつけられていたのだ。

奇跡の半島。

そう呼ばれる土地のことを、店主と常連客とが話していた。

「ほんとうだよ。一年中、雨がまったく降らないんだ。ほんとうに、ただの一滴も」

このせりふが、ソナンの耳をひきつけた。

「雨が降らなきゃ、からからの砂漠になるんじゃないかい。そんなところに、人が住めるとは思えないなあ」

店主は懐疑的だった。

「それが、畑もあれば、大きな町もあって、けっこうな数の人が住んでいるっていうんだよ」

話し手は、商人のようだった。

「食べ物がとれるだけじゃない。綿や絹をつくってて、どちらも品《しな》がいいんだそうだ。それがいま、港にどんどん届いてるんだ。うちなんかには入ってこないが、よその国に高値で売って大儲《おおもう》けしている豪商様が、ごろごろいる」

そこから話は弓貴をはなれて、世の不平等への嘆きに転じた。新しく取り引きを始めた国からの荷は、大きな船を持っている豪商だけが扱える。儲けるのはそいつらばかりだと商人が言えば、相客たちが「そうだ、そうだ」と同調し、話はさまざまな不公平の例へと拡散していった。

それ以降、辺境の国々の奇抜な風習や見事な景観についての噂にまじって、「奇跡の半島」に驚く声を聞くようになった。

考えてみれば、雨の降らない土地に、あんなにも多くの人が町や村をつくって暮らしているのだ。聞けば驚いて当然だ。ソナンは、住みはじめてから雨が降らないと知ったので、そんなものかと思ったが、はなれた地にいる人々が、あの半島のあり方を「奇跡」と呼ぶのも無理はない。

ある時、ある茶屋に、雨の降らない「奇跡の半島」でどうやって人が暮らせるのかを、訳知り顔で解説する男がいた。半分くらいは間違っていて、どこか別の国の話と混ざっていたが、高い山脈から流れてくる川に頼っているのだという点は押さえていた。

そうした話を、ソナンは眉《まゆ》ひとつ動かさずに、そ知らぬ顔で聞くことができた。家人《いえんと》に会って、泣くだけ泣いて、胸のつかえがなくなった。詳しい話は聞けなかったが、輪笏では物事がつつがなく進んでいそうだとわかり、心配もなくなった。彼はもう二度と、あの場所には帰れない。その運命さえ呑《の》み込めば、あの地のことを思って胸を絞られることもなくなった。

弓貴を想《おも》うことはもう、ソナンを混乱させたりしない。それどころか、下宿の部屋にひとりきりでいるときに、思い出をひとつ引っ張り出して過ごすことが、何よりの楽しみになっていた。

ある日には、七の姫のやわらかさを想った。別の日には、照暈《てかさ》村に初めて足を踏み入れた刹那《せつな》を胸に浮かべて、にんまりした。また別の日には、瑪瑙大の頭上を飛び越えたことを回想して、眉尻を下げた。

不思議なもので、実際にそうしたときには涙がにじんだ。金のなさに切羽詰まっての行動だった。瑪瑙大の気持ちをわかっていながら、言うとおりにできないことが悔しくて、心がきりきり痛かった。それなのに、いまになって思い返すと、頰が緩む。彼と瑪瑙大の大真面目《おおまじめ》な対立が、おかしく思えて笑ってしまう。

とうに過ぎ去った、結果的には害を与えることのなかった出来事とは、そうしたものなのかもしれない。もしかしたら瑪瑙大もいまごろ、あのときのことを人に話して聞かせるのを、大いに楽しんでいるのではないか。

督のとんでもなさを数え上げて、笑っている輪笏の人たちの姿が目に浮かんだ。もう二度と会うすべのない人たちだが、元気でいるなら、それでいい。見守ることすらできないが、ときどき聞こえる噂話で、ぶじがわかれば、それでいい。長い廊下をただ歩くような日々も、つらくはない。

そう思っていた。

ソナンが予想したように、やがて強絹《こわぎぬ》は市場から姿を消し、一度だけ現れたときには、とんでもない値がついていた。

一方で、逢真根草《あまね》をあちこちで見かけるようになった。水ではなく、草を運ぶことで渇きに備えられるこの草は、船旅や陸の長旅に重宝する。引く手あまたの人気の品となっていたのだ。

けれども、強絹とちがって、人気が出ても品薄になる気配はみせず、値段もそこまで高くない。

どうしたことかと、売り買いの場の話に耳を傾けた。すると、逢真根草が弓貴以外の地でも栽培されているとわかった。ソナンの行った市場の品は派路炉伊《パロイ》産なので、等級としては中の下。値段もほどほどなのだという。

これを聞いて、思わず顔がこわばった。産地によって等級が細かく分かれるほど、あちこちで作られているとは、弓貴は早々に、逢真根草の種を盗み出されてしまったのかと。

だが、下宿に戻ってひとりになり、落ち着いてよく考えているうちに、そうではないと気がついた。どこかに盗み出されたのであれば、その地だけが新たな産地になるはずだ。ところが、短い間に多くの土地で作られるようになっている。これは、逢真根草の種自体が、商品となったためではないだろうか。

ソナンは逢真根草の畑を見たことがなかったが、一本の細い茎でも、噛めば渇きが癒《い》えるほどの水を含む草だ。栽培するのに、たくさんの水が必要だろう。すなわち弓貴においては、畑を広げることが難しい。

また、生きた草を交易の品とするのだから、種や根が混じらないよういくら注意を払っても、それには限度があるだろう。どんなに気をつけても、きっとそのうち、他の地域でも栽培されるようになる。だったらそうなる前に、種を高く売ってしまおうということになったのではないか。

きっと、そうだ。上《かみ》の丞《じょう》か下の丞か、もしかしたら庫帆《くらほ》の督が、そう進言したのだ。

そんなふうに、六樽様のお城の人たちの打った手を想像できたことが、ソナンは嬉しかった。

こうしてソナンは、市場や茶屋や屋台や路上で話を拾い、都市警備隊の仲間の雑談に耳を傾け、弓貴のことだけでなく、世の中の大きな動きを捉《とら》えていった。

新しい船の出現で、それまで容易に行き来できなかった世界がつながることになった当初は、新しく見つけた土地をめぐって戦も起こったが、荒れた海をはさんで多くの兵を送るのは難しい。きちんと統治された国を相手にする場合、戦は労力に見合わない手段とわかり、以後は、いかにして交易の相手国に選ばれるかの競争になった。それもひととおり定まって、どこの国がどこの国と取り引きし、どんな品が新しく世に出回るようになったかが知れ渡り、世の中はいくぶん落ち着いた。いまはそれらの品々が、中央世界の内外で活発に取り引きされ、良い品を多く商える国は、富をどんどん増やしていた。

トコシュヌコは、そうした国の筆頭だった。どこの国からも羨《うらや》まれる価値ある品を数多く、独占的に仕入れており、強絹もそのひとつだが、目立ちすぎる位置にはない。悪くない成りゆきだと、ソナンはほくそえんだ。

中央世界の中には、独占的な取り引きの約束を結んだとたん、ひどい買い叩《たた》き方をする国もあった。だがそんなやり方では、最初のうちはぼろ儲けできても、相手国に見限られ、他の国からも信用を失い、商いの輪からはずされて、落ちぶれてしまう。新しい世界では、武力ではなく商いの力――すなわち、船と信用をどれだけ持っているかが浮沈の鍵を握るのだ。

トコシュヌコは、もともとどちらも有しており、がめつくなる必要がなかったため、適正な取り引きをして信用を増大させていた。隣国のニケクスピも同様で、互いに大いに繁栄し、もはや国境ぞいの小さな土地の取り合いにかまける暇をもたなかった。

けれども、王都の治安はあいかわらずで、ソナンらの仕事の厳しさは変わらなかった。

茶屋で商人が嘆いたように、外海を越えて取り引きできる船を持つのは豪商のみ。繁栄の中、そのおこぼれの小商いで儲けている者も多くいたが、世のあり方が変わったことで没落した家も数かぎりない。富者はますます富むが、貧者はますます貧しくなり、わずかな金を得るために辻《つじ》強盗を働く輩《やから》が、捕まえても捕まえても現れる。

それでも、以前より治安が悪くならないのは、王都全体としては富んでいっているおかげなのだろう。

ある日ソナンは、四つくらいの男の子を助けた。親からはぐれて裏道に迷いこんだところを、たちのよくない男らが、退屈しのぎになぶっていたのだ。小突くていどのなぶり方だが、幼子のことだ。ほうっておいたら命を失うほどの怪我《けが》を負っていたかもしれない。ソナンは男らの無頼をやめさせ、子供を家まで送り届けたが、こんないたいけな子を面白半分に痛めつけるほど荒《すさ》んだ心の人間がいることを悲しんだ。昔から変わらない、王都の裏の顔ではあったが。

泥と血で汚れているのに甘い匂《にお》いのする、温かくてやわらかな幼児のからだは、命そのものに思えて、親の手に引き渡すとき、別れがたい思いがした。「こんな子供に、こんなひどいことをするなんて」と母親が流す涙を見て、助け出せた喜びより、後ろめたさを感じていた。親族が感謝を込めて差し出す礼金を断って、帰途を急ぐソナンの胸は、罪悪感でいっぱいだった。

かつての彼はどう考えても、あの男たちの同類だった。幼子をなぶりものにしたことこそなかったが、あのままだったら、いずれそうしていてもおかしくなかった。

どうして自分はああだったのだろうと考えてみたが、わからなかった。

どうして今、こんなに胸が痛むのだろうという疑問には、すぐに答えが見つかった。心のどこかでソナンはいつも、空大《そらんた》の――我が子の年を数えていた。もうすぐ四つになるはずだ。さっき痛めつけられていたあの子も、同じ年頃。だからあの子の小ささは、見たことのない空大の小ささなのだ。あの子の温かさは、この手に抱いたことのない空大の温《ぬく》もり。あの子のやわらかさは、一指も触れたことのない空大のやわらかさ。そして、あの子にあんなひどいことをした者は、道をひとつ誤った自分だったかもしれないのだ。

いや、道はすでに誤っていた。神の奇跡に助けられなかったら、誤ったまま死んでいた。

そんなやりきれなさを抱えていたとき、人を殺《あや》めた辻強盗を切り殺した。抵抗をやめないために、生きて捕えることができなかったのだ。年に一度はあることだったが、殺してみると、相手はまだ十五、六の若者で、死に顔はあどけなかった。

そうしたことが影響したのかもしれない。ソナンはこの時期、大きな決断をした。

あとから考えれば、この時期でよかった。少し後に、王宮の人々が弓貴に大きな関心を寄せることになり、ソナンにまた、尾行がつくようになったのだから。

そうなる前のこのときは、見張られている感覚がなくなって久しかった。だからソナンは、いまだったら、こっそり家人を訪れても、気づかれるおそれはないと考えた。

その考えは、以前から頭の隅にあったのだが、衝動に身をまかせて突っ走ってはいけないと、ずっと抑えつけてきた。けれども、じゅうぶんに用心して一度だけなら、危険を冒す価値があるように思えて、さんざん吟味した結果、行くことに決めた。

広場での邂逅《かいこう》から一年が過ぎていた。おそらくもう家人は輪笏に戻り、あの部屋には知らない人間が住んでいるだろう。けれども、弓貴と刈里有富のあいだの船旅は、長く、つらい。そのうえ一年にそう何度も、船が行き来しているはずはない。すなわち、家人がまだこの国にいるというのも、まったくありえないことではないのだ。

扉を叩いて、知らない人間が顔を出したら、それはそれであきらめがつき、頭の隅の衝動を抑えつづける必要がなくなる。出てきた相手に、訪ねる先を間違えましたと謝って、さっさと立ち去り、それで終わりだ。

けれども、もしも家人がまだいたら、今度こそじっくりと話をしよう。私服で暗くなってから行けば、出入りを見とがめる者もいないだろうから、夜明け前まで滞在できる。

用心のため半日歩きまわって、絶対に誰にもあとをつけられていないことを確かめた。さらに日没を待ってから、ソナンは家人の下宿に向かった。

頭の中には、家人に会えたら言いたいこと、聞きたいことがきちんと整理されていた。懐《ふところ》には、この一年で貯えた小銭があった。何のために蓄えたわけでもなく、遊びに使わないぶん、安月給でも自然に貯《た》まってきたものだが、もしかしたら心のどこかで、この日のことを考えていたのかもしれない。

暗くなってから、街灯がぽつんと灯《とも》る広場の横を通り過ぎた。路地に入り、部屋の窓に明かりがあるのを確かめた。

きょろきょろと不審な動きをすることなく、自然な足取りで下宿屋に入ったが、周囲に人目のないことは、しっかりと確かめていた。

階段をのぼり、かつて入った扉の前で足をとめた。

家人が、まだこの部屋にいるはずはない。知らない誰かが現れるだけだと、自分に言い聞かせてから、戸板を叩いた。

誰何《すいか》する声もなく、扉が開いた。何かにおびえるように、少しだけ。

隙間《すきま》から顔をのぞかせた人物の顔は、陰になってよく見えなかったが、背の高さからいって、家人でないのは確かだった。

部屋の明かりは、相手のからだの輪郭だけを見せていたが、むこうからこちらの顔はよく見えるだろう。覚えられないうちに退散しようと、ソナンは落胆に沈む心を押し隠して笑顔を浮かべ、言い訳を口にしようとした。

そのとき、扉がさらに少しだけ開いた。彼が通れるぎりぎりくらいに。同時にささやき声がした。

「どうぞ、お入りください」

弓貴の言葉だった。

わけのわからないまま、それ以上声を廊下に漏《も》らさないためだけに、ソナンは室内にすべりこみ、扉を閉めた。振り返ると、弓貴の言葉を話した男は、目の前でひざまずいていた。すぐに頭を深く下げたが、額を床につける寸前で止めた。角灯《ランタン》の光で、その髪が緑なのがわかった。

男は、深い礼をおえると立ち上がり、ソナンに椅子を差し出した。

「どうぞ、おすわりください」

男は岸士《きしんし》と名乗った。彼は、家人と交代で勉強に来た人間と交代した者。すなわち、輪笏から勉強のため派遣された人間として、三人目にあたるという。

家人は帰国に際して交代の者に、ほかに安い下宿が見つかっても、ここに住みつづけなければならないと申し渡したそうだ。督がまた、いらっしゃることが絶対にないとは限らない。だから、夜はできるだけ出かけずに、窓から見えるように明かりを灯《とも》しておくこと。督がいつらっしゃってもいいように、室内を整えておくこと。督は〈お忍び〉中なので、いらっしゃっても尊礼はしないこと。この部屋以外で姿をおみかけしても、知らないふりをして、会釈《えしゃく》ひとつ送ってはいけないこと。

そうしたことが、油代の小銭とともに三代目まで申し送りされたのだという。家人との別れに際してソナンは、ここを再訪しないと明言したのに、「もしも」に備えて、それだけの心配りを続けてくれていたのだ。

岸士は、家人より五つか六つ年上のようだったが、同じように聡《さと》い男で、空人の質問に要を得た答えを返して、そうしたいきさつを説明した。

では、ソナンの準備はなにひとつ、無駄にならずにすむのだ。からだが軽くなるような安堵《あんど》を感じた。それから、弛緩《しかん》した顔を督らしく引き締めなおすと、岸士にまず、この地でどんなやり方で勉強しているかを尋ね、その答えに基づいて、より良い方法を進言した。

家人と会ったあとで、もっと時間があったらそうした話がしたかったと、何度も何度も思ったのだ。この街で生まれ育ったソナンには自明なことを、弓貴から来た人間は知らずにいる。彼のひとことで、同じ期間で仕入れられる知識の量を、二倍、三倍にできただろうにと。

それをようやく果たして、二度目の安堵の吐息をついたソナンは、つづいて家人にしたより詳しく、王都内の危険について忠告し、弓貴と気候の異なるこの地で、病を避けるすべも話して聞かせた。

「ほかに何か、わからなくて困っていることはないか」と尋ねると、まだトコシュヌコに来て日の浅かった岸士は、こちらの風習や言葉について、いくつかの質問をした。いずれもこの地の人間にとっては、そんな疑問を抱けることが不思議なような、しごく当たり前のことだったが、知らない土地で暮らしはじめた者にとって、その手の謎《なぞ》がいちばんやっかいだということを、ソナンはよく知っていた。土地の者に尋ねても、ほんとうにわからないのだということがわかってもらえず、ちゃんとした答えが返ってこないことが多いのだ。岸士は、ソナンの話すひとことひとことに深くうなずき、「ああ、そうだったのですか」と嘆息した。

岸士のため――ひいては輪笏のために渡せる知識を渡しおえたソナンは、晴れ晴れとした気持ちで、用意していた金包みを差し出した。これについても、家人からの申し送りがあったのかもしれない。岸士は、遠慮をせずに、すぐに素直に受け取った。

それからソナンは、輪笏の様子を尋ねた。

家人と同じく農村の出身だった岸士は、政《まつりごと》の進捗《しんちょく》をつぶさに知ってはいなかったが、ソナンが下町の噂話だけから世の動きをつかんだように、村で聞いた話と、刈里有富に旅立つ前に城の重職者たちと面会したときのやりとりから、だいたいのことを心得ていた。

赤が原では、他の畑と変わりなく豆が採れ、税もおさめられるようになったのだが、借金を返すのにまわすばかりで、いまも城の金繰りは厳しいようだ。

甜の実の菓子は、二年に一度しか作れないため、大きな収入源とはいえないが、一《いっ》時《とき》の潤《うるお》いにはなっている。そのうえ、評判がよく、贈れば必ず喜ばれるので、都や鷹陸《たかりく》など義理のある相手への贈答品として役立っている。岸士も、出港前に都と庫帆に少しのあいだ滞在したが、そこで会った人に輪笏の出身だと告げると、決まってこう言われたという。

「甜の実がとれるところではないか。羨ましいな。菓子か実を食べたことはあるのか」

岸士は、どちらも食べたことがなかったので、そう答えたが、誇らしい思いがしたという。

鬼絹について、岸士は何も知らないようで、その話題は出なかった。ソナンもわざわざ尋ねなかった。話が出ないということは、輪笏の内でも秘密がまだ保たれているということなのだ。

ただし岸士は、三つの村で出入りが厳しく制限されるようになり、畑作以外に何かをやっているようだが、近在の者もそれが何かを知らずにいるという話を耳にしていた。また、城はいまでも金繰りが苦しいといわれる一方で、城勤めの者が、証書ではなく鉅《おお》で俸給を受け取るようになり、取りっぱぐれを心配する必要のなくなった商人たちが喜んでいるとも聞いていた。水路に問題が生じたために豆の出来がひどく悪か

った村に対して、税を減じる沙汰《さた》がすみやかに下ったこともあり、城の金まわりには
ここ一、二年で、ゆとりが生まれているのではないかと、岸士は推測していた。

「だからといって、お城からいただいた金や、ただいま督からありがたくも拝領した金子を、無駄に遣ったりはいたしません。心して節制し、残ったぶんは次の者に託す所存でございます」

そう言ってから岸士は、眦《まなじり》を決して付言した。

「もちろん、節制しすぎて、この身をあやうくするようなことはいたしません」

七の姫と空大については、元気でいるということしかわからなかった。岸士の身分では、このふたりに謁見《えっけん》する機会はもてず、姿を見たことも、声を聞いたこともなかったのだ。

だが、元気でいるならそれでいい。

最後にソナンは、輪笏への伝言を岸士に託した。

ほんとうは、一人ひとりに長い手紙を書きたかった。けれども文字にしたものは、人に見られるおそれがある。岸士がどんなにしっかり守ろうとしても、下宿屋でも路上でも船の上でも、盗まれたり奪われたりを防ぎきることは不可能だ。だから、決して書き留めないよう念を押して、岸士が覚えていられるよう短くまとめた言葉を託す

だけにした。

その結果、一年前に家人に伝えたことと大差なくなった。

空大にだけは、父親らしい訓辞とか、心の支えになるような一言を贈るべきかと、ずいぶん考えたが、まだ見ぬ我が子のまわりには、説教好きがたくさんいる。いまさら言うことがあるとは思えなかった。それに、親が子に諭す言葉は、ソナンのこれまでの行状からかけはなれたものばかりだ。恥ずかしくて、口にできるものではない。七の姫の産んだ子なら、すでに彼より賢いのではないかと思うし、どうしてもまだ、自分が父親だという実感がない。だから、城の者たちに、空大を支えてくれていることへの感謝を述べるにとどめた。あとは、「輪笏は私の最愛の地だが、帰りたくても帰れない運命《さだめ》となった。離れた地から、みんなのことを思っている。どうか、元気でいてくれ」と結んだ。

「一語も違《たが》えず、皆様にお伝えします」と岸士は約束したが、そこまで大事にされるほどの名文ではない。いっそ、もっとうまい言い回しに改変してほしいくらいだった。

ソナンはそれからも、無口で無表情でまじめな警備隊員として過ごした。それについてとやかく言う者はもはやおらず、ソナン自身さえ、もとからこんな人間だった気がしてきた。それに、岸士に言うだけのことを言ったあとでは、何かを我慢したり、無理しているという感じがなくなった。人からみれば何の楽しみもない生活だろうが、彼には弓貴の思い出がある。心残りのなくなった、ただ温かいだけの思い出が。

ソナンはどこの街区に配属されても、同じように、不正をおこなう商人を、取り締まりすぎないていどに取り締まり、危険な場所もくまなく見回り、辻強盗や泥棒を捕えた。そうした手柄はいくら積み重ねても出世の助けにならないから、勘当の解ける条件である士官への出世まで、八年かかるという見通しに変わりはなかった。

それも、あと四年。

勘当が解けて生家に帰るときを、恐れるでもなく待つでもなく、ソナンは淡々と日を過ごした。裁きの前に似ているが、あのときほど心が死んではいない。むしろ、べた凪《な》ぎの船旅に似た毎日だった。野盗との斬《き》り合いで傷を負っても負わせても、ソナンにとっては同じ一日。心が波立つことはない。

ゆっくりと、しかし確実に近づいている陸地に足を下ろすまで——すなわちシュヌア家に戻る日まで——凪ぎの航海が続くのだと思っていた。

そこに、嵐《あらし》が来た。

7

嵐はまず、ブカヤ将軍の呼び出しという形でやってきた。

王都防衛隊を指揮する将軍が、どうして都市警備隊の一隊員を呼び出すのかと、いぶかりながら、迎えの者について王宮に入った。

重厚な石造りの建物に足を踏み入れると、背中がひんやりとした。そうだった。ここはこういう場所だったと、近衛《このえ》隊にいたころの記憶が蘇《よみがえ》る。王宮の長い通路はあいかわらず、彫り込まれた石像が通る者どもをにらみつける、重苦しい場所だった。

息がつまる思いをしながらひたひたと歩いた末にたどりついたブカヤ将軍の執務室には、部屋の主以外にも、三人もの将軍と一人の准将《じゅんしょう》がいた。ソナンは最敬礼をしたあとで、威圧的な制服を着て豪華な椅子《いす》にゆったりと腰掛ける五人の前で、ひとり直立することになった。背蓋布《はいがいふ》をつけた貴人の群れを前にした、村人にでもなった気分だ。その一方で、うるさ型の親戚《しんせき》にとり囲まれたような困惑も感じていた。四人の将軍はいずれも、子供のころに会ったことのある顔見知りだ。

ただひとり初対面となる准将が、最初に口を開いた。自分は都市警備隊の長であると身分を明かし（警備隊には、閲兵式などの軍隊らしい行事がなかったので、拝顔するのは初めてだった）、ソナンの日頃の精勤にねぎらいの言葉をかけてから、しかつめらしい顔で宣告した。

「しかしながら、より大切な任務のために、しばらく隊をはなれてもらうことになった」

それだけ言うと、自分の役目はすんだとばかりに、着座のままで椅子をずらして、わずかに奥に引っ込んだ。

ソナンは視線をブカヤ将軍に向け、こうまで大仰にして持ち出される話が何なのか、それが明かされるのを待った。

将軍は、言いにくそうに、「あー」とか「うー」とかうなったあとで、切り出した。

「実は、ふたつの理由から、君に海を渡ってもらうことになった」

ソナンの心臓がどくんと跳ねた。海を渡る。すなわち、外海に出られるのなら、途中で行方不明になったふりをして、ひそかに弓貴《ゆんたか》に戻ることができるのでは。

だが、ばれたら結果は甚大《じんだい》だ。そんなことをしてはならない。

わずかのあいだに地上から天空、天空から深い穴へと激しく動いた内心を、ソナンは表に漏らさなかった。息を乱さず、顔色も変えず、お偉方の言葉を拝聴する平民の無表情を保っていられたのは、四年間も訓練のようにつづけてきた我慢のたまものだろう。

ところが、次のせりふを聞いたとたん、驚愕《きょうがく》が顔に出た。

「行き先は、『奇跡の半島』と呼ばれる地。ユンタカという国だ」

将軍たちは、ソナンの驚きを当然のこととして受け入れたようだ。ブカヤ将軍など、おもしろがっているような目で、話を続けた。

「君とは因縁のある土地だ。それも、国を裏切ったという疑惑が生じて、裁きの場に立つことになった、極めてやっかいな因縁だ」

そこで大きなため息をついて、ソナンの罪悪感を刺激してから、表情をきゅっと引き締めた。

「その件では無罪になったとはいえ、君にあの国との関わりを生じさせることは、本来ならば、あってはならない。これまでにも、交易を差配する文官のなかには、あの国との話し合いの場で君に換語をさせたがる者がいたのだが、我々は断固として拒否してきた。けれどもこのたび、のっぴきならない理由から、一度だけ例外をつくることとなった。我々にこの決断を後悔させないよう、心して任務に臨んでもらいたい。新たな疑いの生まれる隙《すき》を、決してつくらないように」

海を渡る。けれどもその行き先は、弓貴だった。それ以外の地に向かうのなら、行方不明になってこっそりあの地に向かうという夢も抱けるが、まさにそこに行くのであれば、夢どころか、悪夢のような試練となる。

ソナンは、「嵐が来る」と指さされた巨大な黒雲を見る思いだった。

おそらく彼は厳しく見張られ、うっかり通行人と口をきくこともできないだろう。誰に会ってもそ知らぬふりで、初めて訪れた地にいるつもりでいないといけない。弓貴にいながら、徹底してトコシュヌコの人間であらねばならないのだ。

寒気がするほどの緊張に襲われたが、この運命は避けえないことも理解していた。受け入れるしかない、やりとげるしかないのだ。嵐は耐えれば行き過ぎる。

「はい。自分の立場は重々承知しています。心して、隙のないふるまいをいたします」

ソナンの応答に、近衛隊のムナーフ将軍が破顔した。

「なるほど、噂《うわさ》はほんとうだった。しっかりとした、良い若者になったではないか」

うるさ型の親戚に囲まれた気分が戻ってきた。

「実は、こうした次第になったのには、ふたつの理由があるのだが、ふたつとも、わが国の利益に大きく関わるものなのだ」寸評を機に話を引き取ったムナーフ将軍は、肘《ひじ》掛けに体重をのせた前のめりの姿勢になって、問いかけた。「君が気を失って流れ着いたとかいう辺境の地では、コワギヌという、とても丈夫な絹がつくられている。そのことは知っているな」

嘘《うそ》はつくべきでない。それに、強絹を乗せた船で二カ月も旅したのだ。知らないというのは不自然だ。

「はい、存じています」

ムナーフ将軍は、そうだろうという笑みを浮かべてうなずいた。

「あの絹は、有用かつ貴重なもので、多くの国が欲しており、仕入れたら仕入れただけ高値で売れる。しかし、いかんせん、扱える量が少ない。いくら独占的な取り引きをしていても、雨の降らない小さな国の中でのみつくられているのだから、そもそもの量が限られているのだ。そこで、わが国が治める地でもこの絹をつくれるように、繭《まゆ》をつくる虫を譲ってもらえないかと働きかけてきたところ、このたび、そうしても良いという返事が来た」

ソナンはこれも、まったくの無表情で聞くことができた。あたかも、弓貴という国に縁はあったが、たまたま流れ着いた地にすぎず、特段の思い入れはない。ましてや商売や政治のことに関心はないというふうに。かつての彼を知っている将軍たちの目に、それはありそうな態度に映っただろう。

弓貴が、強絹の虫を国の外に出すことにしたというのは驚きだが、まるっきり予想していないことではなかった。逢真根草《あまね》のことを考えると、次に打つ手はそういうことになるのだろう。まさか、こんなに早くそうするとは思わなかったが、鬼絹の増産が順調ならば、虫を盗み出される前に強絹の秘密を高く売るというのは、うなずけるやり方だ。

「その最終的な交渉に、交易大臣の特使が向かうことになった。この交渉は、たいそう重要なものとなる。これまでのように、よその言語を介しての換語では事足りない。そしてわが国には、あの国の言葉に長《た》けた者が、君しかいない。それが、君にあの国に行ってもらう、ひとつめの理由だ」

ムナーフ将軍が口を閉じて背もたれに身をゆだねると、治安隊を指揮するクラシャン将軍が語り役をひきついだ。

「わかっていると思うが、正確な換語を心がけてもらいたい。特使には、あちらの言葉がいくらかわかる者も同行する。君の換語に少しでも、取り決めをわが国に不利なほうへと導くような歪《ゆが》みがあったら、その場で逮捕されることもあるのだと、よく心得ておきなさい」

治安隊は、小規模な集団ながら、泥棒相手の下世話な仕事に従事する都市警備隊とちがって、〝高尚な〟任務を負っている。国事犯を狩り出すことだ。すなわちクラシャン将軍は、貴族のあいだでさえも恐れられている軍人だった。

けれどもソナンは、この場にこの人物がいることに、脅威を感じてはいなかった。クラシャンは若い頃、シュヌア将軍の子飼いの部下で、いまでもかつての上司を敬愛している。あの裁きのとき、ソナンにかけられた「国に対する裏切り」という疑いがあっさり無罪になったのも、この将軍が最初から否定的な見解を示していたおかげだといわれていた。いまの話も、警告というより、心配ゆえの忠告だろう。

「換語以外の場でも、あちらの国の文官や武官と少しでも口をきいたら、密通とみなされかねない。そうしたことをわきまえて、一挙手一投足に慎重であってほしい」

「お言葉、深く胸に刻みました。あらゆることに慎重に臨み、歪みのない換語をおこないます」

ソナンは本心から約束した。強絹を巡る交渉は、どちらかが相手を引っかけようとしているものではない。双方に利益となる取り決めの、条件を詰めるための話し合いだ。正確な換語をすることに、葛藤《かっとう》や心の痛みが生じることはないだろう。あとは、懐《なつ》かしい地で懐かしい人々に会いながら、口をきくことも笑みを交わすこともできないという試練を我慢できればいい。そしていまのソナンには、それくらいの我慢をやりとおす自信があった。

問題は、ふたつあると言われた理由のもうひとつだ。いま聞いたことだけでは、これほどややこしい立場にあるソナンが、海を渡ることにはならないはずだし、四人もの将軍が集まって、彼にこの任務を申し渡すこともなかっただろう。そもそも、軍人が交易のことにこれほど関心を寄せ、口を出すのはおかしな話だ。

「さて、ふたつめの理由だが」ソナンの心を読んだかのように、王都防衛隊のブカヤ将軍が話しはじめた。「四年前に、君が都市警備隊に移るとき、私が言ったことを覚えているだろうか。もろもろの事情から、どんなにまじめに勤めても、士官になるのに八年はかかると」

「はい、覚えています」

忘れるわけがなかったが、そんな大事なことも失念しかねない軽薄な若者像が、四人の将軍には刻まれているのだろう。

「それはよかった。その八年も、君が以前のような降格になる愚かなまねをしないまま、ぶじに半分が過ぎ、安心していたのだが、実は、あと四年も待てなくなった。シユヌア将軍が、お倒れになったのだ」

ソナンは小さく息をのみ、将軍たちの顔を順に見た。いずれも憂《うれ》い顔ではあるが、深刻というほどではない。命があやういわけではなさそうだ。

クラシャン将軍が、多くの貴族をおそれさす厳しい視線をソナンに向けた。

「幸いすぐに回復されたが、医者の見立てでは、いつまた同じことが起こってもおかしくないそうだ。そして、次に倒れたときには、命にかかわることになりかねない」

話の先行きが見えてきた。

「シュヌア将軍のこのご不調の原因は、心労にあると医者はみている。あの方をそこまで弱らせる心労といえば、君のことをおいてほかにない。そこで我々は、どうやったら君を、あと四年待たずに正当に士官に昇進させることができるか、知恵を出しあった。その結果が、ふたつめの理由だ。ここまで話せば、この任務をやりとげることの大切さが、君にもわかるね」

「はい」

どんなによく理解したか、どれだけ深くやりとげる覚悟をかためたか、口にすべきだと思ったが、この場では何を言っても軽々しく響く気がして、ソナンはただ、うなずくというより詫《わ》びるように、無言で深く頭を下げた。

ブカヤ将軍がまた、「あー」と「うー」を繰り返してから、口を開いた。

「本当だったら、君をあの国に関わらせることは、したくなかった。君が少しでもしくじったら、あと四年がかえって延びるだけでなく、多方面におもしろからざる影響が及ぶ。けれども、こうした特殊な任務にでもつけないかぎり、急な昇進は果たせない。今回のことは、我々としては賭《か》けなのだ。そのことも、じゅうぶんに心得ておいてもらいたい」

行きの一カ月の船旅のあいだに、ソナンはもともとかためていた覚悟を、腹の底まで落とし込んだ。

いま向かっているのは、かつて住んでいた地などではない。まったく知らない土地なのだと、毎日自分に言い聞かせ、向こうでは心をもたない、換語をおこなうだけの絡繰《からく》り人形になれと命じた。

時間はたっぷりあったので、ソナンはこのたび「最悪」から目をそらさず、さまざまな事態を心に描いて、自分がどうすべきかを考えた。

最も怖いのは、七の姫に会うことだった。そうなっても、見とれてはいけない。目をわずかに細めるだけの反応もしてはならない。近くに小さな男の子がいないか、探してはいけない。礼儀にかなった挨拶《あいさつ》だけをするのだ。それも、弓貴の挨拶でなく、トコシュヌコ人らしい挨拶を。

考えるだけでなく、そうする自分を頭に描いた。実際にそうなっても平気なように、何度も何度も、心が擦り切れてしまうまで。

ほかにも、六樽《むたる》様に拝謁《はいえつ》することになったらとか、輪笏《わしゃく》から瑪瑙大《めのうた》や陪臣たちが会いに来たらとか、雪大《ゆきんた》が「空人《そらんと》」と叫んで抱きついてきたらどうするかなどを考えた。

いずれも、ありそうにないことだ。弓貴の慣習からいって、六樽様が異国人の前におでましになることは考えにくい。また、弓貴の人々は、ソナンの立場を理解しており、刈里有富《カリリアフ》に派遣する家人《いえんと》らにも良い忠告をしてくれていた。ソナンがトコシュヌコの換語士として現れても、うまく対応してくれるはずだ。

それでもあえて最悪を考え、それに備えた。

この旅には、シュヌア将軍を敵視する勢力も人員を送り込んで、ソナンの言動に目を光らせている。彼が疑わしい態度を示せば、彼らは喜び、それを利用するだろう。そうなったら、痛手を負うのは父の健康だけではない。シュヌア将軍のためを思って画策した四人の将軍も立場を失う。

大きな試練に重い責任。巨大な砂袋が背中にのせられているような気分だった。

その一方で、試練が大きく責任が重いほど、かつての軽薄な自分がおかした過《あやま》ちを、つぐなえるのだという気がした。彼がどんな試練に耐えても、タハルは生き返らないが、この任務をぶじにやりとげたなら、本来とっくについているはずだった地位につき、本来いるべき家に帰ることになる。

帰りたいわけではないが、そこからしか何も始まらない。ずるではない、ソナンのほんとうの人生は、この旅を乗り越えたところにあるのだ。

やることのない船の上での一カ月は、長い。こうした理屈を、頭だけでなくからだじゅうにしみわたらせるのに、ソナンはじゅうぶんな時をかけることができた。さらに、数限りない「最悪」を思い描いて、心が絞られるような苦しさに耐えながら、何があっても動じないよう肝を鍛えた。そのおかげだろうか、本物の嵐にあったときにも、ソナンは悲鳴をあげずにいることができた。

そうして彼は、トコシュヌコの人間として、弓貴の地に立った。後ろでひとつにしばっただけの銀色の髪を、弓貴の乾いた風になびかせて、トコシュヌコの服装に身を包み、トコシュヌコの履物をはき、トコシュヌコの男たちに見張られながら。

一行の中で、最も厳しくソナンを見張っていたのは、特使派遣隊の隊長であるティリウ中佐だった。特使とその随員は、交易に関わる文官で、ソナンを巡る騒動にあまり関心をもっていない。強絹の虫を貰《もら》う取り決めをぶじに結べるよう、きちんと換語をしてもらえればそれでいいという態度だった。あとは、シュヌア将軍を敵視する勢力と、守りたいという勢力が半々という構成だが、ティリウ中佐はそのどちらでもなく、中立派とみなされていた。それだから隊長に選ばれたのであり、同じ理由で、ソナンが剣の誓いを立てて近衛隊に入隊したとき、最初の上官となっていた。

貴族の子弟が初めて軍務につくときの配属は、無作為のようにみえてその実、細心の注意が払われている。たいがいは、親の政敵でも味方でもない中立の、優秀な士官のもとできっちり鍛えてもらえるよう配慮されており、そのころ大尉《たいい》だったティリウは、どちらの条件にもかなっていたのだ。

ソナンはあまりにやる気がなかったため、さすがのティリウにも鍛えようがなく、ついには隊を追い出されることになった。つまりは頭痛の種でしかない部下だったわけだが、出来の悪い子ほどかわいいという。ティリウ中佐は、ソナンが更生しつつあるのを喜んで、その仕上げの手助けになるならと、断ろうと思えば断ることのできたこのやっかいな任務を引き受けたのだ。

再会のとき、ソナンは気まずくてしかたなかったが、ティリウのほうは上機嫌だった。それからも、慈愛に満ちた視線をソナンに注いでいる。

ただしその慈愛は、幼子に対する母親と同種のものだった。すなわち、ちょっと目をはなしたら転ぶのではないか、変なものを口に入れてしまうのではないかと、片時も目を離せないでいる慈愛だ。その結果ティリウ中佐は、シュヌア将軍の政敵以上に厳しい監視役となっていた。

ティリウは何度か、ソナンを自分の船室に招き、隊長用の豪華な食事と酒を相伴《しょうばん》させた。ソナンは礼儀正しく、わずかに口をつけるにとどめた。その様子に目を細めつつ、ティリウは回顧談に興じ、ソナンには恥じ入るしかない逸話を懐かしそうに語るのだった。

あるとき、しんみりと言った。

「君はほんとうにとんでもなかったが、私も、ほかの指導のやり方があったのではないかと、後悔しているのだよ。君はまだ子どもといっていい年齢で、そのうえひどく世間知らずだった。君が近衛隊にいられなくなったのは、私の責任でもあると思う」

「いいえ、そんなことはありません。すべては私自身の責任です」

あのころの自分は、誰がどんな言葉をかけても耳をかさなかったように思う。どうしてそうだったのかは、わからないが。

中佐は、ソナンの否定を受け流して、酒杯を干すと微笑《ほほえ》んだ。

「だから、楽しみなのだよ。今回の任務をぶじに果たせば、君はおそらく士官に昇進するだけでなく、近衛隊に戻ることができる。その日が楽しみなのだよ」

この人は裏切れない。

そう思った。

思っていた。

弓貴では、異国人は、庫帆《くらほ》の港町の限られた地区から先に立ち入れないのが通例だが、話し合いの重要性に鑑《かんが》みて、一行は都まで案内された。交易の約束を結んだときの使者らと同じ扱いとなったわけだ。

全員が押し車に入れられてのことなので、広く景色を見ることはできないし、現地の人間と口をきく機会もない。味気ない旅となったが、ソナンにとってはありがたかった。

とはいえ、景色を存分にながめられても、ソナンは平然としていられただろう。弓貴の大地を目にし、弓貴の乾いた風を肌に感じたら、血潮が騒ぐくらいのことはあるだろうと思っていたのに、旅路の覚悟がきいたのだろう。心はしんと動かなかった。六樽様のお城を目にしたときにも、感傷や感慨を覚えることなく、歩みを進めることができた。

さらに弓貴の人間は、ソナンが予期していたように、彼の立場を慮《おもんぱか》る対応をしてくれた。さすがに庫帆の港では、驚いたり、彼のほうを見てひそひそとささやく姿も見られたが、都に着くころには誰かの指示が行き渡ったのだろう。礼儀正しく敬遠するという態度が徹底されていた。

顔見知りがいないわけはないのだから、まったくのそ知らぬ顔をされるのでは、芝居がかっている。かといって旧交を温めようと話しかけてこられては、疑いの余地を見いだそうと目を光らせている連中を喜ばせることになる。かつてここにいたことはあるが、今では関わりのなくなった異国人という立場でいさせてもらえるのは、最も望ましい対応だった。

四年のあいだに都には、異国人向けの宿舎が建てられていた。都までめったに来ない客人のためとしては、ずいぶん立派な建物で、弓貴の人々のもてなしの気持ちが感じられた。あるいは、トコシュヌコに対する負けん気が。

造りはすっかり刈里有富風で、床と壁は石組み、天井と屋根は、弓貴の気候に不必要なまでに堅牢《けんろう》な板張りだった。各部屋の戸口にはぶ厚い木の扉もついており、弓貴の木材事情からするとかなり贅沢《ぜいたく》な仕様といえた。食堂や厠《かわや》も刈里有富の様式となっており、身分の高い者らには個室、ソナンらには寝台のある大部屋が用意されていた。家屋の周囲には、緑の生える庭まであり、異国人に故郷を遠くはなれた地でも心地よく過ごしてもらおうという心づかいが感じられたが、そのまわりには高い塀がめぐらされていて、よそ者を封じ込めたいという意図もみてとれた。ひとつしかない門の脇《わき》には番小屋があり、勝手な出入りは許されていない。特使らはそれを、辺境にありがちなことと受けとめていた。

一行は朝、一人一台の押し車で六樽様の居城に向かい、強絹の虫についての話し合いをおこなった。そのあとには、晩餐《ばんさん》や観舞の宴など、歓迎の儀式がもよおされたが、ソナンはどれにも出席せず、ひとりで――正確には、二、三名の見張りと、弓貴側の護衛とともに――先に宿舎に戻った。

やはり六樽様は、儀式にも交渉の場にもお出ましにならず、一行の誰も高貴な女性の姿は、ちらとも目にしていなかった。彼らはそれもまた、辺境の国にありがちなことと気にとめなかった。

話し合いの場でソナンは、換語士として、特使の発言を弓貴の言葉にして伝え、弓貴からの返事をトコシュヌコの言葉にして特使に告げた。弓貴側の発言者は、勘定の宰《つかさ》だったり、庫帆の督だったり、八の丞《じょう》だったりしたが、いずれの人物の場合も、弓貴の換語士がトコシュヌコの言葉にして投げ返した。この換語士は、特使がしゃべったことを、弓貴の言葉にして八の丞らにささやくこともおこなっている。すなわち、常に二重の換語がなされていた。話がきちんと伝わっていることを、互いに確認するためだ。ソナンは正確な換語に努めたし、弓貴の換語士は、かつて彼とともに海を渡ったひとりだったが、四年のうちにずいぶん腕を上げていたので、二重の換語で話が混乱することはなかった。むしろ、意味は同じながら異なる表現で相手の意図を確認でき、言葉の壁が低くなる。

そのぶん、条件のせめぎあいは厳しかった。けれども、強絹の虫を譲るという結論に揺るぎはないので、険悪な雰囲気に陥ることはなく、その日の話し合いが終わると特使らは、なごやかな顔で接待を受けにいった。ソナンは、弓貴にいながら弓貴を感じないですむ刈里有富風の宿舎の部屋で、また一日がぶじに終わったとほっとして、疲れたからだを横たえた。

話し合いの中でわかったのだが、弓貴は逢真根草の種を渡すとき、トコシュヌコが栽培した逢真根草を、十年間にわたって毎年四百荷、譲り受けることを条件のひとつとしていた。良い取り決めだとソナンは思った。畑を広げる余地のない弓貴に、いま以上に逢真根草を収穫することはできない。そのため戦備《いくさぞな》えにしかならなかったが、よそから貰うことで、陸の旅や船の旅、各督領のふいの水不足への備えにも回せるようになった。どこの土地でも重宝される逢真根草だが、割れない水瓶《みずがめ》ともいえるこの草を、最も必要としているのは、ほかならぬ弓貴なのだ。

今回の交渉で弓貴は、四百荷を八百荷に増やすことを要求し、トコシュヌコは五百がせいいっぱいだとこれを退け、すったもんだの末、六百二十で手を打った。

ほかにも、外海を越える船を三隻《せき》、紙を五百荷、派路炉伊《パロロイ》のどこかの国の特産の、非常に硬い金属で出来た鑿《のみ》二百本、鶴嘴《つるはし》百丁、質のいい木材を毎年五百荷と要求が続いた。特使は、なんだかんだと理由をつけて、数量を半分前後に削ったうえで、了承した。

虫と引き換えに船まで渡すというのには驚いたが、弓貴側は、絹とは少々ちがう強絹の虫の、育て方や繭から糸をとる方法、織り方の指導もすることになっていた。そのぶんが大きいのだろう。

さまざまな品目のうち、弓貴が最も欲しているのは鑿と鶴嘴だと、ソナンは庫帆の督らの様子から見当をつけることができた。その金属をソナンはこれまで、市場で見かけたことも、噂で耳にしたこともなかった。あまり出回っていないものなのだろう。とはいえ、どんなに珍しくても、しょせんは大工道具。それを船以上に熱心に欲しが

ると は、尋常ではない。

もしかしたら、人の手では決して穴があけられないといわれているあの岩盤を、穿《うが》つことのできる道具だろうか。だとしたら、弓貴の人々がこれほど欲しているのもうなずける。

彼らはその金属への熱望をうまく隠していたので、気がついたのは各人のしゃべり方の癖をよく知っているソナンだけだった。そしてソナンは気づいたことを、特使に注進しなかった。彼に求められているのは、正確な換語だけなのだ。尋ねられてもいないことを、わざわざ教える必要はない。

四日間の話し合いで、トコシュヌコから弓貴に寄贈する物品の数量が定まった。ここまでは、市場でものを買うときの値決めにも似たやりとりだったが、つづいて交易の条件の見直しに話が移ると、場はさらに緊迫した。

特使は、弓貴が他の国とも直接取り引きしたいと言い出すのをおそれていた。弓貴は、そこに触れるぎりぎりまで話をもっていっては、ひらりと向きを変えるという話術を使い、トコシュヌコ側をはらはらさせたが、最終的に、商売でなく勉強のために弓貴の人間が、刈里有富の他国に滞在する自由を認めさせるなどの、小さな妥協をいくつかもぎとり、矛をおさめた。

小さくみえても、おそらくは、先を見越した大きな布石なのだろう。決め事を文書にして取り交わしおえると、トコシュヌコ側だけでなく、弓貴の人々も満足そうな顔をしていた。

その宵は、祝いの宴が催されることになっていたが、ソナンはいつものように、日の高いうちに城を出て、見張り二人と三台の押し車を連ねて宿舎に向かった。翌日は、朝から夕刻まで送別の催しがつづき、翌々日の早朝に、一行は都を発《た》つ。

もちろんソナンは、その催しにも臨席しない。彼の役目は終わったのだ。明日一日、宿舎を出ずにのんびり過ごし、あとは押し車で旅をして港に行けば、船旅の試練が待っているだけだ。

嵐は終わりつつある。そう思うと、からだの芯《しん》でなにかがふわっとほどけて、心地よい安堵《あんど》に包まれた。

そのとき急に、押し車がとまった。

体勢を崩したソナンは、窓がわりの簾《すだれ》の枠に肩と顎《あご》を打ち付けた。痛みに顔をしかめつつ、いったい何が起こったのかと、簾のすきまから外をのぞくと、旅衣《たびごろも》の数人と護衛とがもめていた。どちらも殺気だっており、六人の護衛のうち四人はすでに、剣を抜き払っていた。

大きな声が重なり合って、すぐには何を言っているのかわからなかったが、やがて旅衣の男の声がひときわ高く響いて、ソナンは青ざめた。

「輪笏《の》の督がおられるはずだ」

息を呑んで耳をそばだてると、重なる声が聞き分けられるようになった。護衛の者らは、「それ以上近づくな」「近づいたら斬《き》るぞ」と脅している。対する声は、「お願いします」「我らの窮状を、督にお伝えしたいのです」と哀訴している。

血の気が引いて、思わず押し車の出入り口になっているほうの簾に手をかけたが、そこでソナンは躊躇《ちゅうちょ》した。車を出れば、後ろの車に乗る見張り役に、何と思われるか。トコシュヌコのソナンとしては、ここでじっとしているべきだ。

そのとき、刀が肉を切るにぶい音がした。悲鳴のような叫び声も。

驚いて、ソナンは車を飛び出した。

目の前に、旅衣の男がひとり、うつぶせに倒れていた。右手に白いものを握っていた。からだの下から赤黒いものがちらりとのぞいたと思ったら、見る見るひろがり、血だまりとなった。

「どうした。だいじょうぶか」

何も考えられないまま、ソナンは男に駆け寄り、頭と肩を抱き起こした。とっさにかけた言葉はトコシュヌコのものだったが、男にとってはどちらでも同じだったろう。その瞳《ひとみ》は、ソナンの顔に焦点を結ぶことなく、虚《うつ》ろに空を映していた。ソナンの両腕の中のからだは、骸《むくろ》のようにずしりと重く、ソナンの喉元《のどもと》を熱いものが込み上げた。

そのとき、〝骸〟が身じろぎした。瞳は虚ろなまま、唇と右手がわずかに動いた。ソナンは驚きつつも、とっさに男の口に耳を寄せ、右手に自分の右手を添えたが、それきりだった。男のからだはがくんと急に重さを増して、今度こそ、本物の骸になった。

そのあいだに、他の旅衣の男たちは、警護の者に押さえつけられていた。「とくー、とくー」と叫んでいたが、すぐに口もふさがれたようで、静かになった。

「何をしている」

後ろから声がした。見張りのひとりが押し車を出て、彼の背後に立っていた。もうひとりは、押し車に乗ったまま、こわごわと顔だけのぞかせていた。

ソナンは事切れた男をそっと地面に横たえると、立ち上がった。

「人が、斬り殺されたので」

「それがどうした。この国の人間どうしのいさかいだ。関わりあいになることはない」

「はい」と答えてソナンは、上着を引っ張って服の乱れを直した。べっとりとついた血のしみは、どうにもならなかったが。

「だいたい君は、換語士としてここにきたとはいえ、本来は軍人だろう。人が斬られたくらいで騒ぐことはない」

「軍人だからこそ、目の前の刃傷沙汰《にんじょうざた》に、ついからだが動いてしまったのかもしれません。申し訳ありません」

そこに、弓貴の警護の者が近づいてきた。

「けが、ない、ですか」

片言のトコシュヌコ語で問いかける。

「けがはない。だいじょうぶだ。ありがとう」

ソナンもトコシュヌコの言葉で答えた。

「いったい、なんの騒ぎだったんだ」

見張りが不快げに尋ねた。ソナンはそれを弓貴の言葉にして伝えたが、警護の者はあいかわらずの、片言のトコシュヌコ語で答えを返した。

「オシグルマ、身分、高い人、乗ります。貧乏人、頼むことする、金が貰える、そのこと願って、オシグルマに、群がること、します」

ソナンは思わず、その男の顔をまじまじと見た。吊《つ》り目で眉《まゆ》が太く、精悍《せいかん》な顔立ちだが、からだつきは武人らしくない。刀は鞘《さや》に入ったままで、返り血を浴びてもいないから、旅衣の男を斬ったのは、この人物ではないのだろう。

「ふん」と見張りは鼻を鳴らして、野蛮な辺境の地にいることへの不平を漏らしながら、押し車に戻った。猜疑心《さいぎしん》の強い見張りがあっさり納得したのは、いまの説明が、トコシュヌコの王都でありがちな話だったからだろう。

だが、六樽様の都でそんなことが起こるはずがない。弓貴にも貧しい人々はもちろんいるが、彼らは押し車を見かけたら、群がるどころか、身を隠す。ソナンがここを離れてからの四年間で、国情がそれほど変わったとは思えないし、なにより彼らは「金をくれ」と叫んでいたわけではない。吊り目の男は、真っ赤な嘘をついたのだ。

押し車に乗る間際《まぎわ》、ソナンは振り返って男に目をやったが、遺体を片づけるために、すでに背中を向けていた。

揺れる車の中で考えた。ソナンの立場を理解し、それを守ろうとする弓貴の人々の配慮は、彼が思っていた以上のものだったのかもしれない。吊り目の警護の男は、ただの手兵ではなさそうだ。トコシュヌコの事情をあるていど知っていなければ、見張りを納得させるあんな嘘が、とっさにつけるはずがない。そのうえ、たどたどしいながらトコシュヌコの言葉を使った。もしかしたら、船に乗って刈里有富に行ったことがある者かもしれない。

おかげでソナンは換語をせずにすんだ。見張られている当人があいだに立った話では、弓貴側の説明がどんなに納得できるものでも、見張りはあやしんで、警戒を解きはしなかっただろう。へたをしたら、斬り殺された男から何か受け取ってはいないかと、からだを探られたかもしれない。

そんなことになっていたら――。

ソナンは右手で胸を押さえた。血に濡《ぬ》れた布地の下に、紙のこすれる感触があった。からだをさぐられなくて、ほんとうによかった。だが、これから、どうすればいい。

頭がぐらぐら揺れていた。押し車の床が床に感じられず、宙に浮いている気がする。まるで、嵐の中にいるようだ。激しい風雨の音こそしないが、そのかわりに、耳の奥で「とくー、とくー」という声が渦巻いている。

一カ月の船旅のあいだに鍛えたはずの胆力は、すでにどこにもなくなっていた。両手が細かく震えていた。

それでも、腹の底まで固めた覚悟は残っていた。彼は自分に言い聞かせた。何も考えるな。心のない絡繰り人形になれ、と。

どんなにつらくても、そうしなければならないのだ。かつてのあやまちを償うために。彼や彼の父親を思って奔走してくれた人々を裏切らないために。父親を心労で死なせないために。弓貴と床臣五《トコシンゴ》との間に結ばれた絆《きずな》を、あやうくしないために。

だが——。

「とくー、とくー」

あれは、輪笏の者たちだった。彼が都にいることを聞きつけて、やってきたのだ。旅衣を着ていたが、畑の者のようだった。どうやって領境を越えたのだろう。簡単なことではなかっただろうに。刀をもった護衛にも、臆《おく》せず向かった。ああして斬られることも、きっと覚悟のうえだったのだ。彼らがそうまでしてソナンに——空人に訴えたかったことは、きっとこの紙に書いてある。

右手が燃えるように熱かった。それでいて、首筋は凍えそうに寒かった。頭のねじれはさらにひどくなる。

どうしてこれを、受け取ってしまったのだろう。そんなことはすべきでなかったのに。

けれども、瀕死《ひんし》の男が渡そうとしたものを、受け取らないでいることなど、彼にはできなかった。死にゆく男が、まさに死力を尽くして右手を動かし、差し出したのだ。

唇だけで「これを」とささやきながら。受け取りを断ることなど、誰だってできないだろう。

けれども、読まないでいることなら、まだできる。読まなければ、何も起こらなかったと同じことだ。幸い、見張りにみつからなかったのだから、このまま押し車の隅に残していけば、吊り目の賢い男がきっと、処分してくれる。

どうせなら、賢い男だけでなく、もう少し武道に長けた者も警護につけてほしかったと、ソナンはぐらぐらする頭で考えた。もっと腕のたつ者なら、あの男を斬り殺さずにすんだのではないか。大きな怪我《けが》をさせずに、押し車に近づけないよう、とどめることができたのではないか。

しかしそれでも、彼らはこの紙を、ソナンに――空人に渡そうとしただろう。あの者たちは、切羽詰まった形相だった。命懸けだった。実際、命を引き換えにした。そうまでして彼らが訴えたかったことが、この紙には書いてあるのだ。読まなければならない。しかし、読んではならない。

からだも心も、よじれて引きちぎれそうだった。ぐらぐらが、さらにぐわんと大きくなった。

ちがう。いまの揺れは、からだが本当に傾いたのだ。押し車が、大通りをそれて細い道に入るところで、いつも車は傾いた。その場所にさしかかったのだ。つまり、あと少しで宿舎に着く。そうなったら、この紙を読む機会はなくなってしまう。持って降りたら、いつ見つかるかわからない。宿舎の中には、ひとりでこっそり読めるような場所はない。

あせりが迷いを振り切った。胸元から紙を取り出す。八つに折り畳まれていたものを広げて、一読した。

「なんだと」

思わず野太い声が出た。弓貴の言葉で。

その紙には、洞楠《ほらなん》が、水路の出口をふさぎ、輪笏に水を流さなくなったと書かれていたのだ。

旅衣の男たちは、赤が原に新しくつくられた村の者たちだった。隣の督領、洞楠から引かれた水路のおかげで、彼らの暮らしは順調だったのに、今年の豆を植えようという時期になって、洞楠が突然、水を止めた。畑は干上がり、村人は飲み水にさえ困っている。洞楠は、「督と督との話し合いで、水路の水を止めることは絶対にしないと約束したが、その期限はすでに過ぎた」と言って、ふたたび水を流す対価として、法外な金額を要求してきた。輪笏の城に、そんな金は払えない。このままでは、村は消滅し、自分たちは干からびて死ぬしかないと、小さなていねいな文字が訴えていた。ソナンは怒りのあまり、紙をぐしゃりと握り潰《つぶ》した。それから、握ったままの拳《こぶし》をみぞおちにあて、深くゆっくり息をした。何度も何度も。

落ち着かなければ。宿舎に到着するまでに逆流した血をおさめて、平然とした顔で押し車を出なければならない。

それだけを考えて、大きく息を吸って吐き、怒りや驚愕を意識から投げ捨てていった。少し気持ちが落ち着くと、くしゃくしゃになった紙を広げて、服についていた生乾きの血をなすりつけ、文面を読めないように汚してから、細かくちぎった。簾の下から少しずつ捨てようかとも考えたが、残りの道のりはもうわずか。それに、道に落とせば見張りの者に見られるおそれがある。結局、押し車の隅に隠すように置くだけにした。

車を降りたソナンは、汚れた服と顔を洗いたいと見張りに言って、裏手の水場に直行した。

雨の降る国から来た人間が不便を感じることがないようにと、そこには大きな瓶《かめ》に水が蓄えられていた。ソナンは、トコシュヌコの人間らしい無造作な水使いで、ざぶざぶと顔を洗い、怒りや動揺からくるほてりも洗い落とした。

月が昇るころ、特使らが戻ってきたが、ソナンの胸の中の嵐に気づいた者はいなかった。ほろ酔いのティリウ隊長も、不穏な気配を嗅《か》ぎつけることなく、上機嫌で個室へと消えた。

その夜ソナンは、一睡もせずに考えた。身は寝台に横たえて、両目を閉ざし、寝息のようなゆっくりとした呼吸をしながら。

これがいちばん難しかった。考え事は、ときに激しい怒りを呼び込んだ。ことに、洞楠の督のことを考えたときには。

怒りにからだがわななきそうになるたびに、ソナンは両手をぐっと握って、息を整えるのに集中した。

洞楠の督の紅大《べにんた》が、ろくでもない人間だとは知っていた。しかし、督は督なのだ。その地位に対する矜持《きょうじ》はもっていると思っていたし、督と督とが二人きりで話し合ったことは、書面にした約束よりも確かだという陪臣らの言葉を信じていた。

それが、あっさり裏切られた。紅大と空人の話し合いでは、期限の話など出なかった。洞楠の池から輪笏の赤が原へは、ずっと水を流しつづける。止めることはしないと約束し、その約束の対価も払った。それを、彼が異国から帰らないのをいいことに、嘘までついて無茶な要求をしてくるとは。

それにしても、どうして赤が原の村の者たちは、都まで来て、あんな無茶をしなければならなかったのだろう。輪笏の城には知恵者が揃《そろ》っている。要求に応じる金がなくても、何とかしようがあるだろうに。どうして瑪瑙大らは、手をこまねいているのか。

いや、そんなはずはない。彼らはきっと、村を救おうと奮闘している。都に訴え出て、六樽様に裁定をお願いするとか。だが、それならどうして、あの者たちが命懸けで、訴えの手紙を届けようとすることになったのか。

考えれば考えるほど、わからないことだらけだ。わからなすぎて、どうしていいか、わからない。

だが、物事のありさまがはっきりしても、やはり彼は、どうしていいかわからないだろう。なぜなら、弓貴に関することで動くことは許されない。何もすることはできないのだから。

それでも考えているうちに、ひとつだけ、やってもかまわないのではということが見つかった。

朝が来た。ソナンひとりを置いて全員が、送別の儀に出かけていった。

もてなし好きの辺境の国が、交渉がまとまった祝いを兼ねた盛大な別れの宴を催すのだ。これまでにも増して豪華な料理や酒がふるまわれ、美しい踊り子の舞いも見られるというので、誰も残りたがらなかった。そして、交渉がまとまったいま、宿舎に閉じこもっているソナンに見張りが必要だとは、誰も考えなかったのだ。

ひとりになると、ソナンはすぐに番小屋に向かった。昨日の吊り目の警護の者が、いるという予感があった。もしいたら、輪笏で何が起こっているかを教えてくれるかもしれない。あれは絶対に、ただの手兵ではない。いろいろなことをわきまえている。

そうでなくても少なくとも、昨日取り押さえられた輪笏の者たちがどうなったかは、知っているはずだ。

番小屋の戸を開けると、予感通り、吊り目の男はそこにいた。だがソナンは、別の人影に目を引かれた。

広くもない番小屋の片隅に、後ろを向いてすわっている男。まるで、人目を避けたいとでもいうように、背を丸めてうつむいているが、吊り目の男以上に、ただ者ではないという気配がした。威圧感があるといってもいい。しかもこの背中、しゃんと伸ばせば、見覚えがあるもののようだ。

「雪大?」

人影が、立ち上がって振り向いた。

「やはり、来たか」

雪大の、初めて会ったときから変わらない優しい瞳には、再会の喜びが読み取れた。けれども彼の声音には、諦観《ていかん》とも呼べそうな哀《かな》しげな響きがあった。

それも含めてたくさんの質問と感慨が、喉で詰まって、ソナンは口をぱくぱくと動かすことしかできなかった。雪大は反対に、冷めた口調で、挨拶なく、どうして鷹陸《たかりく》の督である彼が、手兵のような格好をしてこんな場所にいるかの説明もしないまま、輪笏で何が起こっているかを語りはじめた。何かに急《せ》き立てられているかのような早口で。

大略は、昨日の書状のとおりだった。洞楠の督が、約束の期限は過ぎたと主張して、池から水路への出口をふさいだ。そして、ふたたび水を流す条件として、新しく拓《ひら》いた畑で採れる結六花豆《ゆむか》の総量を越える対価を要求したのだ。半分を渡してさえ、村人は食べていけなくなる。そんな条件がのめるはずはなかった。

洞楠のこの不可解な仕打ちの裏に、何があるのかさぐってみると、洞楠の領民が、よそに水を流すことについて、大きな不満をもっているとわかった。輪笏に流していた水は、それまでほとんど使われていなかった池のものだ。洞楠はこの取り決めで何の損もしていないのに、自分たちのものであるはずの水を使ってよそ者が、畑を広げ、新しい村まで作ったと聞いて、妬《ねた》ましくなったようだ。妬みは憎しみを産み、この取り決めをした督への不満につながった。もともと人望のない督だ。このままでは、領内が不穏になりかねないと危惧《きぐ》した洞楠の城の者たちは、この不満を消すには、水路を閉じるのがいちばんだと考えた。それにより布灯《ぬのとう》づくりがやりにくくなるが、さほど大きな損失ではない。

「しかし私は」

しかし私は、そうならないよう、紅大としっかり話をつけたとソナンは言いたかったのだが、雪大はみなまで言わせず、話をつづけた。

「輪笏の者たちは、督と督との話し合いで、水はけっして止めない約束になっていたはずと主張したが、洞楠の督に、その約束の期限は過ぎたと言われれば、反論のしようがない。本来ならあってはならないことだが、督と督との約束について揉《も》め事が起こった場合、六樽様におさめていただくことになる。しかし、その願いが出せるのは、督だけだ。いくら空人殿の息子で、督の代理となっていても、空大《そらんた》殿ではだめなのだ。そのうえあの子はまだ幼い」

「幼くて、何が悪い。それでは、跡継ぎが小さいうちに督が死んだら、それまでの約束を勝手に踏みにじっていいことになるではないか。そんなのは、おかしい」

「話をきちんと聞いてくれ。問題は、幼さでなく、空大殿が代理でしかないことなのだ。正式に跡を継いだ督ならば、あたかも約束をした当人のようにふるまうこともできるのだが」

「それはつまり、私が生きているのが問題だということか。生きていては、いけなかったのか」

家人《いえんと》に「督」と呼ばれたときには嬉《うれ》しかった。二度と帰れないとわかっているのに、輪笏のみんなは、彼のことをまだ督と思ってくれている。それは大きな慰めだったが、そのせいで、こんな大事が引き起こされるとは。

「だったら、私は、死んだことにしてくれ。実際、弓貴の人間である空人は、死んだのだ」

「ところが、そうはいかないのだ」

雪大は、にがりきった顔をしていた。

「六樽様がおみとめにならない。そもそも、洞楠のこんな無茶がまかりとおるのも、六樽様が輪笏の代替わりをお許しくださらなかったからなのだ。床臣五で起こったことについて、精一杯ご説明申し上げ、ご理解いただこうとしたのだが、だめだった。

なんとかご了承いただけたのは、輪笏の督が弓貴を留守にしていることと、そのあいだ、空大殿を督の代理にすることだけで、あとは、輪笏についての話には、頑として耳を傾けてくださらない。六樽様がこれでは、今度の揉め事に、他の督領は口を出せない。輪笏の城の者たちも、八方駆け回って助けを求めているのだが、誰にもどうにもできずにいるのだ」

「では、では……」

ソナンは必死で考えた。彼は、赤が原まで引かれた水路に、水が流れるのを見たことがなかった。けれども、心の目では何度もながめた。家人らに話を聞いて、そこに新しく築かれた村で、多くの人が暮らしはじめたのも知っていた。豆が豊かに実ったことも話に聞き、その情景を思い描いて楽しんだ。

その土地が、からからに干からびてしまうなど、それも、醜い嫉妬《しっと》が理由でそんなことが起きるなど、絶対にあってはならない。

「では、私が死ねばいいのだな。いますぐ死ねば、空大は正式な督になれる」

そう言いながら、どうやって死ぬのがいいかを考えた。ここで雪大の剣を借りては、弓貴とトコシュヌコのあいだの問題になる。国と国との絆に傷をつけず、ティリウ隊長にも、トコシュヌコで待つ人々にも迷惑をかけないようにするには、宿舎の中で、事故にみえるよう死ぬしかない。どうすれば、そんな死に方ができるだろうか。

考えつづけるソナンに、雪大が言った。

「確かにそれはひとつの手だが、確実なやり方ではない。まだ、まともに話をすることもままならない幼子を、正式な督に就けたからといって、洞楠の無茶を退けられるとはかぎらない」

命を投げ出しても事が好転しないのでは、死んでも死にきれない。

「では、では、私が文書をしたためよう。紅大との取り決めに、期限など設けはしなかったと、はっきりと書き記そう」

「それは、貴殿が死なないぶん、さっきの方法よりましだが、うまくいくかどうかわからない点では同じことだ。文書の力は、督の言葉より弱いのだ」

ではは、どうすればいいのだ。

ソナンは——空人は考えた。必死になって、考えた。必死になりすぎて、息をするのも忘れていた。苦しくなって、ぶはっと息を吐いてから、叫んだ。

「では、私が洞楠に直談《じか》判する」

言ってから、そんなことができるのかと、血の気が引いた。勝手に宿舎をはなれたら、とんでもない騒ぎになる。弓貴と床臣五の交際に響くだろうし、決まったばかりの取り決めが、ご破算になることもあるかもしれない。ティリウ隊長は責任を問われ、トコシュヌコの将軍たちにも大変な迷惑がかかる。これは、ソナンに関わるみんなに対する裏切りだ。人として、踏み外してはならない道を踏み外すほどの裏切りだ。

自らの発言に呆然《ぼうぜん》とする空人に、雪大が落ち着き払った口調で言った。

「塀の向こうに、馬がつないである」

さらに、空人から目をそらして、ひとりごとのようにつぶやいた。

「誰かが勝手に乗っていっても、日没までは気づかれることはないだろう。異国人の一行も、日が沈むまで帰ってこないことだし」

そうか。日没までに帰ってくればいいのか。だが、そんなことが可能だろうかと考えた空人は、雪大のそらした視線の先にあるものを見て、可能なのだと悟った。それだから雪大は、挨拶の言葉も省略して、あんなに急いで話をしたのだ。

雪大の視線の先、番小屋の机の上には、薄茶の布が畳んで置かれていた。襟の形からみて、武人用の旅衣だ。そばには板状のものが入った布袋もある。

「ここに、着替えと、領境を越えるための許可証がある。これも、誰かがこっそり持っていっても、日が沈むまでは気づかれることはないだろう」

雪大が言い終えるより早く、空人は服を脱ぎはじめた。

「あちらで事がうまく運ばなくても――ものごとを途中で差し置いてでも、絶対に、日が沈むまでに帰ってこい。万が一にも遅れたら、大変なことになる」

「わかっている」

答えながら旅衣をはおった。あちこちの紐《ひも》を結ぶ時間ももどかしく、両足がはやくも小さな上下動をはじめていた。袖口《そでぐち》は馬の上でも結べるからそのままにして、布袋をひっつかむと、空人は番小屋を飛び出した。

8

風が痛い。

向こうから来る風ではない。じっとしている大気を割って、馬がしゃにむに突き進む。その仕返しに、空気が顔を殴りつける。

目尻《めじり》に涙がにじんでいた。何の涙か、よくわからない。鼻にぶつかる乾いた風のせいなのか。それとも、帰りが間に合わなかった場合への、恐怖がもよおしたものなのか。

恐れるな。だいじょうぶだ。急げば間に合う。きっと間に合うと、空人《そらんと》は自分に言い聞かせた。

雪大《ゆきんた》が用意してくれていた馬は、駿足《しゅんそく》だった。わずかな合図で飛ぶように走った。まわりの景色がぶれてしまうほどに。

それでも、街道の左右に連なる畑が緑色をしていることはとらえられた。

その半分以上は、結六花《ゆむか》畑だ。それがもう、土色よりも緑がまさって見えるほどに茂っている。赤が原では、水を止められ、地面はからからに干からびて、豆を植えることもできずにいるのに。

間に合うのだろうかと、空人は考えた。都に戻る期限のことではない。洞楠《ほらなん》に水を流させることができたとして、今年の栽培に、間に合うのだろうか。

疲れて脚の運びがゆるみかけた馬の腹に、一蹴《ひとけ》りを入れて、空人は歯をくいしばった。だいじょうぶだ。きっと、だいじょうぶだ。弓貴《ゆんたか》で暦が大事にされ、決められた日に農事がおこなわれるのは、秋に水が乏しくなる時期までに実りのときを迎えるためだ。気候は温暖で、夏と冬の気温の差が中央世界ほど大きくないのだから、水さえあれば、ひと月やふた月、植える時期、採り入れの時期がずれても、問題ないはずだ。

恐怖をひとつ、理屈で振り払ったが、空人は歯を食いしばったままだった。風が痛くても目を見開いて、考え事をつづけた。全力疾走する馬の上で、鞍《くら》の動きに合わせる律動にのってしまえば、あとは考えるしかやることがない。目尻の涙は、すでに風に乾いていた。

今日の日没までの帰還も、きっと間に合うと、空人は自分に請け合った。馬の脚はこんなに速い。それに、間に合わなかったときの害がどれだけ大きいかわかっているはずの雪大が、これだけの用意をしてくれていた。きっと、間に合うと踏んだのだ。雪大の判断は信用できる。

だが――と空人の胸に、黒雲のような不安が湧《わ》いた。ほんとうに、信用していいのだろうか。そもそもは、陪臣の話を疑うことなく信じてしまったために、こんなことになったのではなかったか。

督と督とがふたりきりでした約束は、文書にしない。それでも、文書以上に確かな決め事になる。

そんな話を、どうして真に受けてしまったのか。

花人《はなんと》が、自信たっぷりに語ったからか。石人《いしんと》も、後でこの話を裏づけた。性格のまったく異なるふたりだが、優秀であることでは一致していた。彼らの言うことは、これまで常に正しかった。だから、疑いもせずに受け入れた。

どうかしていた。いまだったら、誰が何といおうと文字に残しただろうに。どうして、あんな話を真に受けたのか――。

考えというより後悔が、空人の胸をかきむしった。

きっと、弓貴という土地になじみすぎていたせいだ。この国は、理屈を通すようにみえて、その実、最後の最後で、大事なことを情緒に頼る。荒海に守られていたため、国と国との厳しいせめぎあいを知らずにきた。だから、いざとなったら絶対的な君主である六樽様に持ち込めばいいと、あやふやなやり方を放置してきたのだ。中央世界の仕組みや駆け引きを知っていたはずの彼が、その危うさに気づかなかったとは、うかつだった。

馬が頭を振り上げて喘《あえ》いだ。ソナンは、馬体をはさむ両脚をかためて、馬の速度をたもつようにしたまま、手綱《たづな》をゆるめた。

そう。気づけばこのとき、彼は空人でなく、ソナンだった。中央世界のあり方を標準とみて、そこからはずれた〈辺境〉は、どこか劣っていると捉《とら》えてしまうトコシュヌコの考え方に、いつのまにか染まってしまったソナンだった。

「違う。そうではない」

顔にぶつかる風に向かって、弓貴の言葉を吐き出した。そうやって、空人に戻ろうとした。

いや、ソナンだろうと、空人だろうと、どちらでもいい。誰であろうと、物事をただまっすぐに見つめればいいのだ。よく考えろ。今回の問題はほんとうに、弓貴の政《まつりごと》のやり方がおかしかったから起こったのか。

文書にしないほうが確かとは、中央世界の考え方からすると不思議だが、弓貴の秩序の一部として、きちんと機能していた。その秩序に裂け目を入れたのは、空人だ。人ありえない場所から、ありえない力によってやってきた、〈空鬼《そらんき》の落とし子〉だ。人の世の理《ことわり》からはずれた存在だったため、輪笏《わしゃく》の督が、死んだわけでも行方不明になったわけでもなく、ただ、どうしようもない事情によって帰ってこないという、前例のない事態を引き起こした。

本来なら起こりえないことだから、そういう場合にどうするか、定まっていなかった。その隙《すき》を、紅大《べにんた》につかれたのだ。

そして空人は、紅大がろくでもない人間だとわかっていながら、用心を怠った。悔やむべきは、そのことだ。

結局やっぱり、空人が悪い。だから、彼が解決しなければならないのだ。それに、みんなに反対されながら、無理をして荒れ地に畑をつくることを決めたのは、空人だ。このままでは、その決断が間違っていたことになる。たくさんの借金をして、たくさんの人に苦労をかけたあげくに、何にもならなかったことになる。

いいや、誰が悪いとか、誰が間違っていたとか、そんなことは、どうでもいい。とにかく、このままではいけないのだ。赤が原の村人たちは、彼を信じて、生まれ育った村を出た。草も水もない荒れ地で、穴を掘り、土を運び、長く苦しい工事に汗を流し、ほこりにまみれた。工事の途中で死んだ者もいる。そうしてやっと、新しい村の暮らしがはじまったのだ。あの場所は、すでに彼らの故郷なのだ。だからこそ、命を賭《と》して、空人に救いを求めたのだ。このままにしてはおけない。絶対に、畑に水を流さねばならない。

馬が口から泡を吹いた。馬体は激しく発汗しており、乾いた弓貴の風を受けていながら、鞍のまわりは、まるで船上のように蒸していた。

それでも空人は、脚の運びをゆるめさせはしなかった。馬が倒れてしまっては元も子もないが、もうすぐ領境にたどりつく。

境守りの番小屋の前で、馬はどうと倒れ込んだ。その寸前、地面に飛び降りた空人は、雪大のくれた木札を突き出して、「早く通せ」とわめいた。

「それに、馬を替えたい。いちばんいい馬をよこせ」

境守りらは、空人の騒々しい到着と銀に輝く髪に驚いて、呆然《ぼうぜん》と突っ立っていたが、いったん木札に目をやると、ばたばたと動き出し、すぐに立派な馬を連れてきた。雪大のくれた通行証は、かなりの威力があるもののようだ。

「帰りにまた、その馬に乗る。今日の午後だ。それまでじゅうぶんに休ませておいてくれ」

言いながら空人は新しい馬に飛び乗って、言いおわる前に踵《かかと》を入れた。

最初の馬ほどではないが、今度の馬も駿足だった。ただし、脚の運びに癖がある。タタータ、タタータというのが普通の馬の律動なら、この馬はタタータタ、タタータタと、最後の着地に乱れがある。それにからだを合わせるのに、しばらくは全神経をつかった。彼の動きがわずかでもずれれば、馬の走りの負担になる。輪笏に着くのが遅れてしまう。

ああ、どうして馬は、一歩ずつしか走れないのだろう。地面を行くのはもどかしい。大きな鳥にでもつかまって、飛んでいきたい。

新しい馬の動きに慣れると、空人はまた、考え事に没頭した。

紅大は、いつ、今回の無茶を言い出したのだろう。トコシュヌコの下宿屋で会った岸士《きしんし》は、赤が原の新しい村の暮らしは順調だと言っていた。だから、岸士が弓貴を発《た》ったあとのことなのだ。

しかし、ごく最近というわけでもないだろう。雪大にまで話が行って、六樽《むたる》様に裁定をお願いするなど、打てる手はすべて打っているようだ。それだけのことをするあいだに、かなりの日数が過ぎただろう。それほど待ってもどうにもならなかったからこそ、あの殺された者たちは、督が都に現れたという噂《うわさ》を頼りに、万難を排して都に出たのだ。

彼の乗る押し車をつきとめるのは、きっと大変だっただろう。どれだけの無理をしたことか。どれだけ必死だったことか。その甲斐《かい》あってあの者たちは、最後の最後で間に合った。空人に窮状を訴える、あれは最後の機会だった。

だが、もしもあの者たちが間に合っていなかったら？　あるいは護衛に退けられて、空人に近づくことができずに終わっていたら？

その場合、彼は何も知らないまま、帰りの船に乗ることになっていたのか。洞楠が勝手に水を止めたことは、六樽様のお城の人たちも知っていたはずだ。どうして、そのうちの一人くらい、こっそりと空人の耳に入れようとしてくれなかったのか。雪大か、輪笏の城の者たちかが、この一大事を空人に伝える手立てを、考えてくれてもよかったではないか。

ああ、どうして、街道はあの山をぐるりと回り込むのだろう。まっすぐに突っ切ることはできないのか。遠回りなどしている場合ではないのに。癖のある馬に合わせているせいか、空人の考え事はひとつところにとどまらず、あっちこっちに転がった。

ほんとうは、考えるまでもなく、わかっていた。あの山をまっすぐ突っ切ることはできない。光の矢は使い果たした。ずるはもう、できないのだ。

それに、弓貴の責任ある人たちは、彼の立場を承知していた。彼自身にとってだけでなく、弓貴の将来にとっても、彼をトコシュヌコのソナンとしてのみ扱わねばならないこと、輪笏の督であったと悟られてはならないことを、じゅうぶんにわかっていた。だから、水路の件を教えようとはしなかったのだ。それは正しい判断なのだ。彼が知ってしまったとわかって初めて、雪大が現れ、特使らが出払った一日を使えるようにしてくれた。

たぶん、空人が無茶をするのをおそれたのだ。そして、とめだてしてもどうせ動いてしまうだろうから、害のない形で動けるように手助けするのが最善だと考えたのだ。

そうだとしても、その配慮には、どれだけ感謝してもしたりない。彼一人の力では、宿舎を抜け出せたとしても、都を出ることさえできずに終わっていただろう。

輪笏に入る領境で、また馬を替えた。ここでは、木札を見せるまでもなかった。輪笏の側の境守りらが、「督」と叫んで、倒れた馬と空人のそばに駆け寄ったのだ。

新しい馬で走り出すと、行く手に懐《なつ》かしい風景が広がった。

「ああ、輪笏だ」と、空人の胸は高鳴った。涙が出るほどあせっていたのに、間に合わないのではという恐れが肌を粟立《あわだ》て、周囲に目をやるゆとりなく馬を急がせていたのに、輪笏の景色の中へと入っていくことが、彼の血潮を熱くしていた。


「督？」

畑に立つ渦人《うずんと》の手から、柄杓《ひしゃく》がぐらりと落ちかけた。すぐにつかみ直したので、中の水は、わずかにこぼれただけですんだ。

だが渦人は、無意識につかみ直した柄杓のほうを見ていなかった。視線は、街道を疾駆する馬上の人物に釘《くぎ》付けだ。自分の見ているものが、にわかには信じられずに、大きく目を見開いていたが、やがてその目の下の日に焼けた皮膚が紅潮した。

「督だ。督が帰っていらっしゃった」

お衣装は、かつてしょっちゅう見かけたときとは違っている。ずいぶん簡素で飾り気がない。その一方で、頭に妙なかぶりものをしていらっしゃる。きらきら光る絹糸を束ねたようなもので、おぐしをすっかり覆《おお》っておられるのだ。絹糸の束は、馬の尾と同じように、後ろにすうっと流れている。

だが、あれはまちがいなく督だと、渦人には確信できた。あんなふうに馬上で腰を浮かしていらっしゃるお姿を、あんなにしょっちゅうながめていたのだ。今日はまた、えらく急いでいらっしゃるが、騎乗のご様子は、以前と少しも変わらない。

懐かしさに目を細めたとき、右手のほうから声がした。

「あんた、督だよ。督が帰っていらっしゃったよ」

女房が、叫びながら走ってきた。渦人は、手の中の柄杓を、水をこぼさないようていねいに、水桶《みずおけ》に戻した。

そのあいだに、督と馬とは遠い後ろ姿になってしまったが、その距離からでも、目の迷いや錯覚ではない、あそこに督がおられると、渦人にはまだ見てとれた。

「ああ。帰っていらっしゃったな」

「あたしには、わかってたよ」大あわてでやってきて、まだ息を切らせているというのに、女房はやけにとりすました調子で言った。

「督はきっと、帰っていらっしゃるって、わかってたよ。いくら村役が、そんなことはないって言っても、あたしには、わかってたんだよ。あの方は、輪笏に困ったことがあったら、きっと帰っていらっしゃるって」

「ああ。帰っていらっしゃったな」

渦人のほうは、それしか言葉が出なかった。

「きっと、赤が原に水が来なくなったことで、帰っていらっしゃったんだよ。そういえば、今朝は奇妙に胸が軽かった。あれはきっと、このことの予兆だったんだよ。あたしには、予感があったよ」

そう語る女房の得意気な様子がおかしくて、渦人はふふっと笑った。女房は、まるで自分が大手柄でも立てたように、胸を張ってしゃべりつづけた。

「あたしには、わかっていたよ。いくらお城のお偉い方や、村役や村親が、督はもう二度と帰ってはいらっしゃれないって言ったって、あの方は、普通のお人じゃないんだよ。空鬼に守られていらっしゃるんだよ。何があったって、輪笏の一大事には、きっと帰っていらっしゃるって、あたしには、わかっていたよ」

城が見えてきた。馬はまた、口から泡を吹いている。

「あと少しだ、がんばれ」

馬と自分を叱咤《しった》した。

城門が近づくと、空人は声をかぎりに叫んだ。

「開門、開もーん。門を開けろ」

もうひと走りというところで、馬が倒れた。馬体につぶされかけたが、間際《まぎわ》で横に転がって、なんとかよけることができた。

空人は立ち上がって、肩で息をしながら、門までの残りの道を自分の足で走った。もう一度、「開門」と叫ぼうとしたとき、門が開いた。その向こうには、驚いた顔の手兵たちの姿があった。

何人かが飛び出してきて、よろける空人を支えた。門を入ったところで、竹筒に入った水が差し出された。「そんなことは後回しだ」とわめきたかったが、喉《のど》がかすれて声が出ない。

竹筒をつかんで、中身を一気に飲み干した。すると目の前にあと三本、竹筒を差し出す腕が現れた。ひとつずつ、つかんでは飲みを繰り返しながら、空人は前進をつづけ、西の庭をつっきって、西の広間——つまりは、屋根のない板間——の前にたどりついた。そこからが、城の建物ということになる。

「瑪瑙大《めのうた》はどこだ。石人。花人」

やっと、大きな声が出せた。

それからも、思いつくかぎりの名前を呼んでいると、背蓋布《はいがいふ》の裾《すそ》をなびかせて、手兵頭の家大《いえんた》が走ってきた。

「空人様、私はここに。皆も、すぐに参ります。ああ、でも……」

そこに数人が雪崩《なだ》れ込んできた。身兵頭の月人《つきんと》に、暦頭に詮議頭《せんぎがしら》。七の姫の侍女に、勘定方の役人に、なぜか都の菓子職人の指人《ゆびんと》までいる。みんな口々に、「督」とか「空人様」とか言っている。

その後ろから、瑪瑙大と山士《やまんし》が現れた。みなそれぞれに、四年分の年をとった顔をしていたが、瑪瑙大だけが記憶とまったく変わらなかった。

「瑪瑙大。私は紅大と、期限の話などしていない」

そこまで言って空人は、はたと困った。

それで、これからどうすればいい。

馬の上で、あんなにもさまざまなことを考えたのに、輪笏の城に着いてからどうするか、まったく考えていなかったことに、いまになって気がついた。雪大が間に合うと踏んだのだから、行きさえすればなんとかなると思い込んでいたようだ。

いちばん大事なことを考えもせずに突っ走るとは、ソナンから空人に戻ったとたん、あのころの愚かさも取り戻してしまったのか。

絶句する空人に、瑪瑙大が、かつて見慣れたあきれ顔で小言を述べた。

「なにをあわてていらっしゃるのです。どうかもう少し、落ち着いてくださいませ。それに、お願いですから、お召し物をあらためて、おぐしを整えていただけませんか。すぐに、お帰りのご挨拶《あいさつ》の場をもうけますから。お話は、それからということで」

「そんな暇はない。私は、日が沈む前に、都に戻らなければならないのだ。絶対に、戻らなければならないのだ」

今度は瑪瑙大が絶句した。

「だから、日が高いうちに、ここを発たねばならない。それまでに、水路の問題を解決するには、どうしたらいい」

ぐるりとまわりを見渡しながら、全員に向かって問いかけると、話が長くなるきらいのある詮議頭が口を開いた。

「その件でしたら、そもそもは、この春の豆を植える季節のことでございましたが」

空人は、片手を上げて話を制した。

「何が起こったかは、すでに聞いている。その説明はいらない」

「では、洞楠の督をこちらにお呼びしたことも、ご存じでいらっしゃるのですか」

そう問いかけた瑪瑙大は、空人が首を左右に激しく振ると、「実は、大きな声では申せませんが」と摺《す》り足で近づいてきて、耳元でささやいた。

「昨晩、輪笏にとって大恩のある、さる高貴なお方からの使者が来まして、どんな口実を使ってもいいから大至急、洞楠の督を輪笏の城に呼び寄せるようにとのご指示がございました。理由はわかりませんが、大至急と言われるのですから、お言葉に従うことにして、勘定頭に花人と石人をつけて、洞楠に向かわせたのでございます」

やはり雪大は、空人が輪笏に着いたあとのことも算段していてくれたのだ。督を他の領に呼び出すなど、簡単にできることではないが、あのふたりの陪臣が行ったのなら、なんとかなったに決まっている。

「では、紅大はいま、こちらに向かっているのだな」

それならば、到着を待たずに迎えにいこう。それでずいぶん時間がかせげる。

「いえ。こちらを発ったのが日の出の頃でしたから、勘定頭らは、まだ洞楠に到着してもいないと存じます」

そうだった。輪笏の城から洞楠の城に行くには、いったん他の督領に出て、大きくまわり道しなければならない。どんなにうまく事が運んでも、今日じゅうに紅大を輪笏に連れてくるのは無理なのだ。

だが雪大は、このあたりの地理に詳しくない。輪笏も洞楠も、鷹陸《たかりく》から見れば小さな土地で、しかも隣りあっているのだから、すぐに行き来できると思い込み、急げば間に合うと踏んだのかもしれない。どちらにしても、これより早く手配することは無理だったのだが。

空人は、深い穴に飲み込まれたような気分だった。結局どんなに急いでも、最初から間に合うはずがなかったのだ。ここまで走ってきたことは、無駄だったのだ。

しゃがみこんで、顔を両手でおおいたくなったが、ふんと腹に力を入れて、両足を踏ん張った。

あきらめるな。あきらめるわけにはいかないのだ。絶対に、このままにはしておけない。どうにかしなければならないのだ。

だが、どうすればいい。知恵を借りたい陪臣らも、ここにはいない。時はどんどん過ぎていく。

「それより、ご令室様にお会いになられましたか」

「ナナに？　いや、会っていない」

七の姫がどうしたというのだろう。ひどく気になったが、それについて聞いている場合ではない。

「その話は、あとでいい。馬を集めろ。速く、長く走れる馬を、できるだけたくさん、できるだけ早く」

これからどうするか、空人は心を決めた。

「山を越えて、洞楠に直談判《じか》に行く。馬が集まった数だけ、供をせよ」

街道をたどらず、赤が原を突っ切って、領境にある山を越えれば、洞楠の城は、そのすぐ先だ。馬を全速力で走らせて、着いたらすぐに終わらせて、洞楠の城からまっすぐ都に向かえば、日没までに帰れないことはない。

手兵らがいっせいに、馬屋に向けて走りだした。督の無茶な命令にもすぐに従う習慣が、四年の間に失われてはいなかったようだ。いや、彼の逸《はや》る気持ちが伝わったのか、あのころよりも機敏に動いた。瑪瑙大だけは憮然《ぶぜん》として、ふたたび小言を繰り出したが。

「空人様。お出かけの前に、お召し替えだけはなさってください。そんな格好では、よその城どころか、倉町の番小屋でさえ、お訪ねになることはできませんよ。おぐしも、染める暇はありませんが、せめて髷《まげ》に結っていただかないと」

「そんな悠長なことを言っている場合ではない」

にらみつけると、「悠長なことではございません」と瑪瑙大も、負けずににらみかえしてきた。

「街道を通らず、予告もしないで洞楠に入っていくなど、領境で矢を射掛けられても文句の言えないおこないです。境をぶじに越えられても、果たして城に入れてもらえるかどうか。時間がないため、その方法しかないとおっしゃるのであれば、せめて督らしい格好をなさってくださいませ。そんなお姿では、混乱を招くばかりで、うまくいくこともいかなくなってしまいます」

言われてみれば、そのとおりだ。

「わかった。馬の準備をするあいだに、着替えをする。私の衣装を持ってきてくれ」

「ここに、用意してございます」

七の姫の侍女のひとりが、畳んだ衣服を両手で捧《ささ》げて進み出た。山士がそれを空人に着せようとすると、瑪瑙大がまた口を出した。

「ほかの者に任せなさい。おまえも督といっしょに行くのなら、自分の服装を整えなさい」

それから、まわりに向かって声をはりあげた。

「山を越えて馬を走らせる自信のある者は、身分の高い順に、三十名ほどお供せよ」

それが、条件にかなう馬の数なのだろう。

「その者たちは、できるだけ立派な衣装に着替えなさい。ただし、時間はかけずに。それから、重いものは身に付けないように。軽くて、馬で速駆けしたあとでも正装に見える衣装が望ましい」

人々がばたばたと走りまわるなか、督を含めた重職者が、屋根のない広間で並んで着替えをするという前代未聞《ぜんだいみもん》の光景が、輪笏の城では繰り広げられた。遠い遠い先の時代に、年老いた城頭が城の案内をすることがあったなら、いちばんに語られる逸話になるだろうと、空人は頭の隅で考えた。その結末は、笑えるものとなっているのか。それとも、長い時を経てもなお、聞く者の胸が痛む話となるのか。

全員が機敏に動いたおかげで、時をおかずに出発できた。

道中、空人は、手兵頭、身兵頭と鞍を並べて相談した。馬を疾走させながらの相談だから、乗り手の息は切れ切れだし、速度を落とさず横並びになるのに四苦八苦しながらのことになる。部屋の中でするような長い話はできなかったが、山をどこで越すかが、まず決まった。

池のある茅羽《かやば》山より東にいくぶん寄ったあたりに、山並みが低くなっているところがある。そこなら馬で越えやすいし、洞楠に入ってすぐ、城へとつづく街道に出られる。何よりいいのは、そこには洞楠側の番小屋があった。

無人の領境を勝手に越えては、戦をしかけに来たと思われかねない。紅大と話をつけることはおろか、面会さえも叶《かな》わなくなる。番小屋にこちらの意図を示して、できれば城まで先導させるのがいちばんいい。だから、その場所を目指すとして、洞楠の手兵らに、どう話を持ちかければいいか。向こうの城に着いたあと、空人はどのようにふるまえばいいか。

身兵頭の月人は、その手のことを考えるのが得意でないので、山越えの場所を決めたあと、手兵の中の知恵者と交代させた。そうしてあれこれ話し合い、決めるべきことを決めたあと、山士と馬を並べるいとまがとれた。彼には、トコシュヌコでいきなり別れることになったことを詫《わ》びたかったが、残された時間はいくらもない。話せるうちに聞いておかねばと、胸にわだかまっていたことをまず尋ねた。

「さっき城で瑪瑙大が、七の姫について何か言いかけたが、あれは何の話だったのだ」

「はい。ご令室様は、ご主人様が、都に、いらっしゃったと、お聞きになって……」

馬を早駆けさせるのがほかの者ほど得意でない山士は、胸を大きく波打たせながら懸命にしゃべった。無理せずゆっくり話せと言ってやりたかったが、早く続きを聞きたい気持ちのほうがまさって、いたわりの言葉をかけることができなかった。

「会いに行っては、いけないと、上《かみ》の丞《じょう》様から……、輪笏に使者が、来たのですが、遠くから、お姿を、拝見するのなら……、ご令室様と空大《そらんた》様の、おふたりだけなら、許されるのでは、ないかと」

山士の馬が遅れはじめた。空人が、自分の馬の速度を落としたいのを我慢していると、口を結んで馬を走らせるのに集中した山士が、なんとかふたたび追いついた。

「それで、ナナは都に来たのか」

「はい。遠くから、見るだけならば、かまわないと、都の、方と、話が、ついたので……。ご令室様は、空大様に、どうしても、父親の姿を、見せたいのだと……、一日だけでも、見せたいのだと、おっしゃって」

では、気づかないうちに空人は、息子に姿を見られていたのか。

六樽様のお城の中で、自分がどんな起居《たちい》振る舞いをしていたか、考えてみたが、うまく思い出せなかった。トコシュヌコの人間としてはきちんとしていても、弓貴の礼儀しか知らない人間の目に、みっともなくうつるしぐさがあったかもしれない。

「あちらで、七の姫様を、お見かけには、なりませんでしたか」

「見ていない。ナナはいつ、都に来たのだ」

「昨日の、夕刻には、お城に、お入りに、なったはずです」

昨日の夕刻。そのときにはもう、空人は城にいなかった。

「入れ違った。入れ違いになったのだ」

出発するのがあと一日早ければ、遠くから姿を見るという七の姫の願いは叶っていただろう。反対に、あと一日遅かったら、道中ですれ違っていた。その場合、わずかな間でも、七の姫と空大は、押し車の中から空人の姿をながめることができただろう。そして、さらにあと一日遅かったら、すなわち出発せずにいてくれたら、輪笏の城で、話をする暇はとれないまでも、顔を見合うくらいはできていた。

だが、入れ違った。会えなかった。

言葉もなく顔を歪《ゆが》める主人の横で、山士は、何も言わずにまっすぐ前を見据えていた。

紅大は、その名の文字と正反対の顔色になって、尻餅《しりもち》をついたまま、わなわなと震えていた。それでますます空人は怒りにかられて、腹の底から炎のように吹き出たせりふを投げつけると、その声は雷《いかずち》のように轟《とどろ》いた。

「答えろ。私たちは、期限の話をしたのか、しなかったのかっ」

雷など見たことも聞いたこともない人々も、その迫力にたじたじとなった。

「落ち着いてくださいませ。まずは、城内へとお入りいただけませんか。歓迎の宴を、すぐに催しますから」

洞楠の城頭が、督をかばうように身を乗り出して、へこへこと頭を下げたが、空人はそれに答えず、また一歩、紅大につめよった。

「答えろっ」

領境の番小屋でも、この迫力で押し切った。輪笏の督の一行が、予告なく、街道でもない場所で領境を越えるのを認めさせ、途中で面倒が起こらないよう、先導させることまでできた。そのうえ、督の行列らしく粛々と馬を歩ませるのでなく、全速力とはいかないまでも、それなりの速さで駆けさせることを了承させた。

それだけの話をつけるあいだに番小屋から、早馬が城に向けて出されていた。空人らはそれに気づいたが、さすがに留め立てできることではない。

だが、結果的にそれが良かった。番小屋からの知らせを受けて紅大は、どこかに逃げてやり過ごそうとしたらしい。しかし、まさか空人がそんなに早く番小屋の手兵らと話をつけて、馬を走らせてやってくるとは思っていなかったのだろう。正門からゆるゆると馬列が出てきたところに、輪笏の一行が到着したのだ。

出会い頭に空人が一喝すると、紅大は鞍からすべり落ち、さらに馬を飛び降りた空人がつめよると、尻餅をついたままのけぞった。

飛びかかって首を絞めてやりたかったが、空人は拳《こぶし》を握ってその思いを押し殺し、紅大の正面に威儀を正してすわった。

「失礼しました」

督が同等の督に対してする礼をした。紅大は目を白黒させているが、背後で洞楠の手兵らが、殺気をいくぶん鎮《しず》めたのがわかった。

「洞楠殿と私と、ふたりきりでした取り決めについて、勘違いなさっていることがあると知り、あわてて駆けつけましたため、ご訪問する際にとるべき手順をずいぶんと省略させていただきました。どうか、ご容赦くださいませ」

さっきより深く頭を下げた。

「いや、それは、その……」

意味のないことをつぶやきながら、紅大も地面の上にすわりなおし、空人と同じ姿勢をとった。そこでまた空人は、腹に響く大声を発した。

「なにしろ、ことは多くの人間の生き死にに関わります。いますぐはっきりさせなければ。洞楠殿、いま一度お尋ねします。私たちの取り決めでは、輪笏に流していただく水は、決して止めないことになっていた。その約束は永続的なものだった。期限が過ぎたとおっしゃったのは、洞楠殿の勘違いですね」

ほんとうは、「この嘘《うそ》つき」と殴りつけてやりたかったが、道中に手兵頭から、そんなことをしてはだめだと諭された。洞楠の督が最低限の体面を守れるよう、逃げ道をつくってやらねばならないと。

「勘違い」とはかなり苦しい話だが、走る馬の上ではほかに考えつかなかった。

「洞楠殿。勘違いですね」

言葉は穏やかだが、空人の顔は、殴りつける寸前の憤怒《ふんぬ》を表していた。紅大は、こずるい人間でも、肝が小さい。激怒する空人を前に、嘘をつきとおす度胸はなかったようだ。

「いや、それは、……はい。勘違いでした」

空人は、紅大をいま一度にらみつけてから、ごく浅い礼をした。

「申し訳ありませんでした。私が長く留守にしていたため、勘違いをご指摘できずにおりました」

輪笏側があやまるいわれはいっさいないが、そうしたほうが丸くおさまるとの忠告をいれた。

「こちらの落ち度もなかったわけではありませんから、今回のことは、すべてなかったことにいたしましょう。ただし、二度とこのような勘違いが起きないよう、確認だけは、この場でしておきたいと存じます。洞楠殿。鳴撫菜《なぶな》が池から輪笏の水路に流す水は、決して止めたりしないことを、あらためてお約束いただけますね」

紅大が、口をもごもご動かした。

「洞楠殿？」

ふたたび声に怒気が混ざった。演技ではない。穏やかに話すほうが演技で、その無理をやめればこんな声になる。

「それは、その……」

「我々の取り決めを、はっきりと思い出していただくのが難しいようでしたら、いまここで私の口から、どのようにしてその取り決めに至ったのか、すべてお話しいたしましょうか」

「いや、いい。覚えている。お話しいただくには及ばない」

そうだろう。洞楠側の人間も多数いるなかで、自分だけ私腹を肥やしたときの話を、語ってほしいわけがない。

「では、あらためて約束していただけますね」

「は、はい。約束する。します。水は止めない。二度と止めない」

これだけの言質《げんち》をとれば、あとは瑪瑙大らに任せてだいじょうぶだろう。

「それを聞いて安心しました。弓貴が、荒海をへだてた異国と行き来を始めた今日《こんにち》では、いずれの督領も、近隣と手をたずさえて共に栄える道をさぐることが、これまで以上に重要になっていることは、ご存じと思います。我々の良き関係を今後とも、継続させていきましょう」

紅大はきょとんとしているが、この場にいる洞楠の重職者らは、意味を理解しただろう。彼らは、輪笏に秘密の特産品があるという噂を、すでに耳にしているはずだ。その特産品を強絹《こわぎぬ》のように、よその国に売るべく量産することになったなら、輪笏に近い洞楠は有利な位置にあるといえる。輪笏と悶着《もんちゃく》を起こしている場合ではないのだと、空人は釘を刺したのだ。

ほんとうは、鬼絹が輪笏の外で作られるようになった段階では、六樽様のご指示に従うことになるだろうから、輪笏に選り好みはできないのだが、いまの指摘で洞楠は、輪笏に対して慎重にふるまうようになるだろう。

「では、急ぐので、これで」

それだけ言うと空人は、最も疲れの少なそうな馬に飛び乗り、走り出した。督から督への辞去の言葉として、あまりに簡素なものだったが、あとの者がなんとかするだろう。

手兵頭は後始末に残ってくれたようだが、山士をはじめとする数騎が、「都までお供させてください」と叫びながらついてきた。馬を並べて語るべきことがあるのはわかっていたが、空人は、まるで彼らから逃げるように、前へ前へと馬を走らせた。

ここからなら、街道をひた走れば、遠回りせず、山越えもせず、都に向かえる。けれども、すでに日は天頂より西にある。馬の走れる最高度の速さで進まなければならないのだ。振り返ったり、後ろに声をかけたりしたら、馬脚がにぶる。そんなことはしていられない。

「すまない、山士」と心の中であやまりながら、空人は飛ぶように馬を走らせた。背後の蹄《ひづめ》の音と彼を呼ぶ声は、だんだんと小さくなり、やがて聞こえなくなった。

ほどなくして、速歩で進む十数頭の隊列とすれちがった。全速力で疾走していた空人は、すれちがった後で気がついたのだが、その一行は、輪笏から使いに出された花人たちだった。

「ご主人さまぁ？」というすっとんきょうな声が後ろから聞こえてきたが、空人は今度もまた、振り返らずに、前へと進んだ。

日が沈むまでに都に、宿舎に戻らなければならない。絶対に間に合わせるのだ。

それだけを念じて、木札を振りかざし、領境で馬を替えながら、ひた走った。

間に合わなかった。

都への入り口を守る出城に着いたとき、すでに日は暮れていた。

ほんとうは、心のどこかでわかっていた。輪笏まで行って帰るだけでも、ぎりぎりなのだ。洞楠に行くと決めた時点で、こうなることは避けられないと。

だが、行かないことなどできなかった。

それに、日は沈んだが、特使らは、まだ宿舎に戻っていないかもしれない。雪大か誰かのはからいで引き留められ、城でいまも接待を受けているということも考えられる。最後の別れの宴なのだ。交渉がうまくいったことに浮かれた特使が酔い潰《つぶ》れ、まだ帰途につけずにいることだって、あるかもしれない。

そんな希望を抱きながら、馬を引いてそっと宿舎に近づいたが、彼が目にしたのは、絶望的な光景だった。

明け放たれた門の左右に篝火《かがりび》がたかれ、宿舎の敷地のすぐ内側で、ティリウ隊長が腕組みをして、仁王立ちになっている。篝火のまわりにいる弓貴の手兵らは、異国人が外に出ないよう見張りつつ、宿舎に帰ってくる人影はないか、きょろきょろとさがしている。

空人は、石塀に身を寄せて、考えた。

どうしよう。どうすればいい。

逃げるというのが、いちばんに頭に浮かんだことだった。彼はまだ、雪大が用意してくれた通行証を持っている。このまま都を出て、どこかに姿をくらまそう。

どこかといっても、行き先は輪笏しかないが、まさか輪笏の者たちは、逃げてきた空人を突き出したりはしないだろう。町をはなれて、どこか人目につかないところ――たとえば照暈村《てかさ》にでも隠れたら、トコシュヌコに頼まれて六樽様が捜索の手を差し向けられても、見つからずにすむのではないか。

逃げたかった。だが、それがどれだけの大事を弓貴とトコシュヌコで引き起こすか、空人にはわかっていた。

逃げるわけにはいかない。宿舎に戻るしかない。

ただし、弓貴の服装のままでは、まずい。

空人は、馬を連れて引き返し、道を曲がって宿舎の裏手に出た。そこで馬を台にして、塀を乗り越え、音をたてないように用心して、裏庭に飛び降りた。

宿舎の裏側はひっそりとしていたが、彼の服は、門のすぐ脇《わき》にある番小屋の中だ。どうやって、トコシュヌコの人間に気づかれずに番小屋に近づくか、物陰に隠れて思案した。人々は門の前にたむろして、外のほうばかりうかがっているが、忍び寄っている途中に誰かがひょいと振り返ったら、おしまいだ。

そのとき、「空人様」とささやき声がして、物陰から手兵がひとり、腰をかがめてそばに来た。

「空人様のお着替えは、こちらにあります」

水場の脇に案内された。

そこで空人は、元の服に素早く着替えた。そのあいだに手兵は、半分解けかけていた空人の髷をすべて解いて、梳《と》かしてくれた。空人が髪を後ろでひとつにしばったとき、あの吊《つ》り目の男と、もう一人、別の手兵がやってきた。

「これから、どうなさるおつもりですか」吊り目の男が尋ねた。「我々は、〈換語士のソナン〉がどこに消えたか知らないと、床臣五《トコシンゴ》の人々に答えております。門を出入りした者は誰もいないと」

「床下にでも入って、ずっとそこで寝ていたことにしようと思うが」

「それは通りません。あの方々は、お帰りになって、あなた様がいないと知ると、宿舎の中を床下まで、余さずさがしまわられました」

ティリウ隊長がそうしていないと期待したのが甘かったようだ。

「では、残る手はひとつだな。心配するな。このことが国と国との問題にならないように、おさめてみせるから」

空人は、手兵らと打ち合わせをすると、宿舎の横の庭に出て、門のあたりにいる人々から見えないぎりぎりまで表に近づき、手兵の手を借りて、塀にのぼった。

そこで、言い忘れていたことがあるのを思い出し、下にいる吊り目の男に小声で告げた。

「塀の向こうに馬をおいてきた。あとで、持ち主に返してくれ」

吊り目の男はうなずくと、大きな声で叫んだ。

「誰だ。そこにいるのは」

それを合図に空人は、塀の内側に飛び降りた。わざと肩から落ちて、「うわっ」と悲鳴をあげる。

どやどやと人が集まってきたので、顔を上げて、打った肩と腕をさすった。

「貴様」いきなり襟首をつかまれた。ティリウ隊長だ。「今まで、どこに行っていた」

空人は、昼間に見た紅大を頭に浮かべた。彼はいい見本を示してくれた。あの顔をなぞって、あたふたしてみせてから、ふてくされたように、ぷいと横を向いた。

「答えろ」

ティリウ隊長は、つかんだ襟首を強く引いて空人を――ソナンを立ち上がらせると、腰に手を当てた仁王立ちになった。

「そんなに怒鳴らなくても、いいじゃないですか」

ソナンはそっぽを向いたまま、ぼそぼそとしゃべった。

「どこに行っていたかと聞いているのだ」

「そんなの、決まってるじゃないですか」ソナンは含み笑いをした。「女のところですよ」

「女?」

「ずっと、ごぶさただったから」そこで顔を上げて、口調をとがらせた。「いいじゃないですか。みなさん、楽しんできたんだから。こっちはひとりでやることはないし」

「この国の女のところに行ったというのか」

「この国にも、女を買えるところくらい、あるんですよ」

それは、嘘ではない。

「金は、どうした」

「昔のなじみの店に行ったら、特別に今回だけはただでいいことになって。この国の人間は、昔の贔屓《ひいき》を大事にするんですよ。ばれないうちに帰ってくるつもりだったたんだけど」そこでソナンは、初めて頭を下げた「すみません。寝過してしまいました」

それから顔を上げると、女とやりまくって満足している男にみえそうな顔をつくって、照れ笑いした。

頰に衝撃がはしった。殴られたと気づいたときには、からだが地面に叩《たた》き付けられていた。さっき痛めた肩を、また打った。

「貴様は、貴様は……」

ティリウ隊長は、肩で息をしていた。

「ちょっと帰りが遅くなっただけじゃないですか。そんなに怒らなくても」

また胸倉をつかまれ、引き起こされて、殴られた。今度はうつ伏せに倒れたソナンは、痛みにうめきながら、微笑《ほほえ》んだ。

よかった。ティリウ隊長は彼の嘘を信じてくれた。この怒り方が、その証拠だ。

「貴様は、自分のしたことがわかっているのか。どれほどの人を裏切り、信頼を踏みにじったか、わかっているのか」

また引き起こされた。三度目の殴打《おうだ》。そのとき間近にせまったティリウの顔は、つらそうで、苦しそうで、ソナンはぎゅっと目を閉じた。

「戻ったら処分を決める。それまで、こいつを縛って閉じ込めておけ」

言い捨てて、ティリウ中佐は宿舎に入っていった。シュヌア将軍を守りたい側の者たちは、憎々しげにソナンを見ながらあとに続いた。反対の立場の者らは、冷ややかな蔑《さげす》みを浮かべた顔で。

自分のしたことは、わかっていた。病気の父親をさらなる心労に追いやった。たくさんの人の信頼を裏切った。さまざまな人の立場を危うくした。

けれどもこのとき、ソナンの心は喜びでいっぱいだった。

よかった。誰も、彼がほかの用事で出かけたと疑っていない。ひとりで塀を越えて遊びに行ったと信じてくれた。以前の彼が、いかにもやりそうなことだったからだ。

よかった。昔あんなに不真面目《ふまじめ》だったことを、ずいぶん後悔したものだが、それが功を奏することもあったのだなと、縛られながら、ソナンは思った。

よかった。気づかれないうちに宿舎に帰ることはできなかったが、悪影響を最少限に抑えられた。これで、国と国との問題にはならない。一人の男の不品行でおさまった。あとは、ソナンが罰を受ければすむことだ。ティリウ隊長や王都で彼を待つ人々に迷惑はかかるが、政治的な問題になるような罪ではない。たいしたことにはならないはずだ。

それにとにかく、赤が原に水は流れる。だから、よかったのだ。

縛られて、狭い部屋に投げ込まれて、ソナンは思った。よかった。これでもう、急がなくていいのだ。

そのとたん、意識が深い闇《やみ》へと吸い込まれた。


翌朝、トコシュヌコ人の一行は、予定通りに宿舎を発った。

ソナンは、足だけ縛めを解《いまし》かれたが、手は背中で縛られたまま、門の前にとめてある押し車に向かった。

「さっさと歩け」

憎々しげに小突かれて、押し車に入る直前のことだ。昨夜からさんざん浴びせられてきた軽蔑《けいべつ》的な眼差《まなざ》しとはちがう視線を感じて、左手を見た。

警護の手兵たちの肩越し、道のずっと先に、数十人の人垣があった。珍しい異国人を見物しようという人たちだろうが、やや手前のほうに立っている数人だけは、身なりが異なっていた。目立たないように地味なものを着ているが、〈お忍び〉中の貴人とその供まわりだと、遠目にもわかった。

そしてソナン――空人には、その中心にいる女性が七の姫であることが、はっきりと見て取れた。遠い立ち姿でも、七の姫がそこにいれば、彼にはすぐにわかるのだ。

さらに彼の目は、七の姫の隣に立つ侍女とおぼしき女性が、幼児を抱いているのをとらえた。その子は目を大きく開いて、こちらを見ていた。

次の瞬間、背中を蹴られ、押し車に転がり込んだ。簾《すだれ》が下ろされ、下部をしっかりと結ばれた。

「空大《そらんた》」

ソナンは小さくつぶやいた。

初めて我が子を見たというのに、顔の造作もよくとらえられないほどの瞥見《べっけん》におわった。

そして、彼の息子が初めて目にした父親の姿は、みじめな罪人のものだった。そのうえおそらく、いや、絶対に、これが最後の機会なのだ。空大の記憶には永遠に、後ろ手に縛られ、うなだれて連行される男の姿だけが残るのだ。

それでも、赤が原に水は流れる。だから、後悔はない。

自分にそう言い聞かせながら、空人は落涙した。

9

ひと月半の船旅のあいだ、ソナンは一度も太陽を見なかった。人の顔も見なかった。誰とも話をしなかった。狭い船倉に入れられて、高い穴から一日一度、食べ物と水が吊《つ》り下ろされる。あとは小さな〈汚水落としの穴〉だけが、外の世界との窓口だった。

隊の規律を著しく乱した者の処分は、遠征のあとで決められる。だからそれまで閉じ込めておくのは通常の措置ではあったが、外海をわたる過酷な旅で、これほどの期間、まったく外に出さず、様子も見ずというのは極端だ。ティリウ隊長の怒りがそれほど大きかったということだろう。

ソナンは最初の数日を眠って過ごした。寝ても寝ても眠たくて、昼間でも薄暗い船倉に、誰にも邪魔されずにいられることが、ありがたかった。

疲れていた。何も考えたくなかったし、考えるべきこともなかった。最悪の事態は回避できた。あとはもう、どうだっていい。

気力とか頑張りとかの糸がぷつりと切れて、まぶたを動かすのも億劫《おっくう》だった。船が揺れたら揺れるままに、ごろごろと転がって壁にぶつかり、あざをつくりながら眠りこけた。

寝るだけ寝て、少し頭がはっきりしたとき、床に食べ物が転がっているのに気がついた。がつがつ食らい、皮袋の水を飲んで、また眠った。

次にしっかり目覚めてからは、昼間にずっと起きていられるようになった。だが、やることがない。船の揺れが少ない日は、変化といえば、一日に一回食べ物が下りてくることと、薄暗かった船倉内が、日没とともに真っ暗になることくらい。波の音に耳を傾けても、そんなものにはすぐに飽きる。

一日が、とてつもなく長かった。無性に人の声が聞きたくなった。明るい日差しのもとで、何でもいい、何かをはっきり見たいと思った。

だがそれは、贅沢《ぜいたく》な望みだ。それに、誰かと話をしたかったが、この船にいる誰とも顔を合わせたくなかった。いや、合わす顔がない。

彼らのことを頭から締め出し、トコシュヌコにいる、これから彼に怒り、あきれ、失望するだろう人々のことを考えないようにしたら、その空白に、最後に見た七の姫と空大《そらんた》が現れた。実際に目にしたときには、表情までは見えなかったのに、ふたりとも、驚愕《きょうがく》に目を丸くしていた。

ソナンは思わず立ち上がり、それから頭を抱えてしゃがみこんだ。船が突然北の海に迷い込んだみたいな寒気がした。頭から自分の肩へと手が握り込む先を変え、小さくなって、目をかたくつぶった。

寒さを追いやるために、かつて下宿でやったように、弓貴《ゆんたか》での楽しかった日々を思い浮かべようとしたけれど、そのたびに七の姫と空大が現れて、ソナンを氷の海へと引き戻した。赤く輝く結六花《ゆむか》畑を思い出そうとしても、青い水に満ちた水路を脳裏に描こうとしても、その前面に、ふたりの姿が立ちはだかる。人の声が聞きたくて、耳をすますと、「とくー、とくー」という山士《やまんし》らの声が蘇《よみがえ》る。

すまない。別れの言葉もいわずに振り切って、すまない。

詫《わ》びていると、彼を呼ぶ恨めしげな声は増えていき、そこに「貴様」とか「ソナン、おまえは」と怒鳴るトコシュヌコの人々の声が重なる。

大波に、船が揺れはじめた。彼は一人で嵐《あらし》に耐えた。

二回目の嵐のとき、胸を強打し、ひどい痛みが残った。それまでの、あざができる傷《いた》み方と違うのは明らかだったが、自分では、何がどうなっているのかわからない。食事が吊り下ろされるとき、「おーい」と叫んでみたが、波の音が邪魔をして声が届かなかったのか、応答はなかった。

すわっていることが難しくなり、横になって膝《ひざ》を折り曲げ、痛みをこらえることだけに全精力を費やした。次の嵐がやって来たとき、ソナンには、何かにつかまる知恵も力もなくなっていた。壁や床にぶつかるとき、衝撃をやわらげるためのわずかな身動きさえできず、船が波に翻弄《ほんろう》されるまま、彼も嵐に翻弄された。

やがて、どことどこに怪我《けが》を負ったかわからなくなった。全身が、痛いと同時に痺《しび》れていて、苦しくて、熱かった。いまが昼か夜かもわからなかった。食事がいつ下りてきて、彼が手を出さないまま船の揺れでこぼれて空になった盆が、いつ引き上げられたかもわからなかった。海に出て何日たったかは、もともと見当もつかなくなっていたが、考えてみることも絶え、ついには、自分が船にいることも意識されなくなった。

私はいま、太陽を荒縄で引っ張っているのだ。

ぼんやりと、そんなことを思った。トコシュヌコの神が罪人に下す責め苦を、受けているとしか思えない熱さと苦しさだった。まるで溺《おぼ》れているみたいに、からだは汗でびっしょりだった。

ふと気づくと、天井から、水の入った皮袋が下りてきていた。つかんで一気に飲み干した。「助けてくれ」と上にいる誰かに向かって叫びたかったが、喉《のど》から出たのは、はあはあという、熱くて浅い息だけだった。

そこから先は、何かをした記憶はない。たまに水は飲んだと思うが、食べ物は、床に転がり、偶然に〈汚水落としの穴〉から落ちたもの以外は、腐ってひどい臭《にお》いを放った。ソナンは腐臭の漂うなかで、切れ切れの悪夢にうなされた。

どこまでもつづく、干からびて、ひび割れた畑。

川面《かわも》に広がり、沈みゆく紙幣。

小言をいう老人。

タハルの笑顔。

刃が肉を斬《き》る音。

遠くで目を見張る七の姫と空大。

青ざめた父の顔。

時々、空鬼《そらんき》の長い髪が、彼に巻き付き締め上げた。別の時には光の矢が、彼の腹を貫いた。


ヒヨヒヨヒヨと、あれは何の鳥だろう。高いところからさえずり声が降ってくる。目の前の草むらで、バッタが跳ねて、薄い羽根を広げて飛んでいった。

夏の午後は穏やかで、緑の丘からながめる景色は、絵のように美しかった。

青い空には刷毛《はけ》でさっとはいたような薄雲がかかり、日差しをやわらげてくれている。足元の草深い地面は、少し先でぷつりととぎれて、港と湾とが見下ろせる。港は、整然と並ぶ簡素な建物に縁取られた、端正なたたずまい。湾内の海は、一面きらきらと輝いて、まるで宝石がちりばめられているようだ。その湾を左右から抱える低い岬は、黒光りする岩でできており、上部と斜面にまばらに生える低木の緑色を際立《きわだ》たせている。岬と岬の間にのぞく海は、宝石の輝きを捨てたかわりに目の覚めるような青色に染まり、高級絨毯《じゅうたん》のような帯となって、遥《はる》か彼方《かなた》まで伸びている。そうではないと知っていても、空まで続いているとしか見えないほどに。

王都を出た経験が数えるほどしかないヨナルアにとって、風景美とはそれまで、絵の中のものだった。お屋敷の壁を飾る絵画を見て、絵師の技量に感心しても、そのような光景が現実にあるとは思っていなかったが、疑って悪かった。王都を出てわずか一日の旅路でこれほどの美しさに出合えるのだから、ああした絵は、どれも実際の景色を描いたものなのだろう。

ヒヨヒヨと、のどかな午後を言祝《ことほ》ぐように、鳥の鳴き声が響きわたる。潮の香りと草の匂《にお》いがかぐわしい。

こうしたすべてをヨナルアは、まるで彼自身が休暇に来ているかのように楽しんでいた。一日前には、同じ天候のもと同じ場所に立っていても、斜め前にゆったりとすわる主人の横顔ばかりうかがって、景色に目をやるゆとりはなかったものだが。

彼の主人がここに来たのは、保養のためだった。

まったく、この方らしからぬことだ。確かに医者は、そうした休暇を勧めていた。この地は気候も空気もよく、骨休めにいい場所として知られており、いまもこの丘の上には、互いに邪魔にならない程度はなれたところに、日除《ひよ》けの天幕を立て、従僕に傅《かしず》かれて、長椅子《ながいす》に寝転ぶ貴族のご令嬢やご老人、若夫婦の姿がある。

けれどもシュヌア将軍が、そうした遊興を好む貴族たちの仲間入りをすることに、ヨナルアは違和感を覚えずにいられなかった。半年前にお倒れになったとはいえ、もともと頑強なお方だ。すぐに健康を取り戻され、ことにここ二、三カ月は、ご友人がたのご配慮のおかげで、お顔の色もご機嫌もよく、王宮に出仕されたあとも疲れた様子をおみせにならない。これほどお健やかでいらしたのは、ヨナルアの記憶によると、ここ十年以上なかったことだ。

それなのに、数日前に突然、十日ほど休暇をとったとおっしゃった。保養のために、田舎町におでかけになるのだと。彼の主人が自分から休みをとるなど、ご長男がお生まれになった年以来のことではないだろうか。

お元気にみえて、その実、よほどの疲労を感じていらっしゃったのかと案じられたヨナルアは、常にないことだが、留守居役を人に任せて、お供させていただいた。この地に着くまでは、保養というのは口実で、ほかに目的があるのではないか、秘密の任務でも負っていらっしゃるのではないかと考えていた――期待していたのだが、こんな丘で本当に、ただのんびりとされはじめた。

これは、よほどの事態といえた。将軍が感じていらっしゃる体調の悪さが、危機感をもたらすほどに大きいのか。それとも、やはり秘密の任務があって、その時を待っていらっしゃるのか。

気にはなったがヨナルアは、それを探ろうとはしなかった。彼の務めは、宿の提供する部屋や食事が適切であるよう目を配り、連れてきた使用人を指導して、主人が快適に過ごせるよう努めること。それ以上には踏み込まないことを、彼は矜持《きょうじ》としていた。

ところが昨夜、期せずして謎《なぞ》が解けた。それにより心が晴れてヨナルアは、風光明《ふうこうめい》媚《び》なこの場所を、楽しめるようになったのだ。

謎を解いてくれたのは、宿の亭主だった。翌日の朝食や部屋の清掃についての打ち合わせのあと、ついでのようにこう言った。

「そろそろ港がにぎやかになりそうです。夜には酔っ払いも増えるから、出歩くときには、お気をつけになったほうがいい」

短期間とはいえ主人が暮らす街の様子を、把握するのも務めのひとつだ。ヨナルアは、港がにぎやかになると考える理由と、それにより、どうして酔っ払いが増えるのかを尋ねた。

「勘というか、気配ですがね、近いうちに大きな船が来そうなんだ。役場のあたりがそわそわしてるんでね。きっと、外海を旅した船ですよ。その手のやつが到着すると、港は一気ににぎやかになるんだ。荷運びの人足も集まってきて、荒稼ぎして、その金で飲み明かす連中も出てくるというわけで」

外海という言葉に、ヨナルアはどきりとしたが、さして関心のないふうをよそおって、事務的な口調で尋ねた。

「船が到着する前兆は、役場の動きにあるというわけですか」

「ええ、まあ」と曖昧《あいまい》にうなずいてから、亭主は声をひそめた。「一応、秘密ってことになってるんですがね、外海からの船が港に入る一日か二日前に、役場には連絡が来るらしいんです。どうしてそんなに早くわかるかっていうと、外海から中央世界の内海へと入る岬に、船の行き来を見張ってる連中がいて、わが国の船が通ったら、鳥を飛ばして王宮に知らせてるって話なんです。で、王宮は、役場に早馬を出す。まあ、そういう噂《うわさ》があるってだけで、ほんとうにそんな鳥がいるのかは、怪しいもんですがね。だって、そうでしょう。鳥ってものは、放したら、好きなところに飛んでっちまう。きちんとお使いができるわけがない。ちょっと信じられない話だけど、役場がそわそわすると、そのうち船が入ってくるのは、ほんとうだ」

「そうですか。では、夜に出歩くことがあったら気をつけましょう」

ヨナルアは、やはり事務的な口調で応じたが、内心では「なるほど、そうだったのか」と手を打っていた。

長年にわたって将軍の執事を務めてきた彼は、戦において、鳥を使って連絡をとることがあると聞き知っていた。訓練された特別な鳥を使うらしいが、戦に使えるものならば、岬の先を船が通過したことを知らせるのにも使えるだろう。王都でそんな噂を耳にしたことはなかったので、王宮の奥深くの人々が秘しておられることなのだろうが、彼の主人は、そうした秘密に触れうる立場にある。

きっと、どなたかのはからいで、辺境に特使を運んだ船が内海に戻ったと、お耳に入れられたのだ。その船は、シュヌア将軍が（態度にはいっさいお出しにならないが）一日千秋の思いで待ちわびておられるものだ。王都でじっとしていられなくなって、休暇をとり、船が着く港を見下ろせるこの丘にやってこられたのだ。

そういえば、昨日も今日も将軍の視線は、きらきら輝く湾ではなく、その向こうにのぞく青色に向けられている。

ヨナルアも同じほうへと目をやった。湾の向こうの青い海。岬に阻《はば》まれ、左右への広がりは見渡せないが、奥に向かって信じられないほど遠くまで続いている海へと。

こんなにも広がりをもつ海が、中央世界の国々に囲まれた内海にすぎず、その外にさらに広大で激しく波打つ海があるということが、ヨナルアにはうまく飲み込めずにいた。だがソナン様は、そんなとてつもない場所を、実際に旅してこられたのだ。いまはあの広い内海のどこかにおられて、今日か明日にはこの港に上陸される。その後、王都に移動され、おそらく数日のうちに士官に昇進される。

それでようやく、お屋敷に戻っていらっしゃるのだ。ご不在の、なんと長かったことか。あの方のおられないお屋敷の、なんと陰気で虚《うつ》ろだったことか。

ヨナルアは、主人の長子を屋敷から締め出した日のことを、長いあいだ悔やんできた。本人のために甘い顔をみせてはならないのだと、心を殺して嘆願を拒絶したが、あの方を信じるべきだった。自分のためではない、どうしても金が必要なのだと叫ばれた、あのお顔は真実を語っていたのに、彼はそこから目をそらした。

その結果、悲劇が起こり、ソナン様は行方知れずとなってしまった。幸い、数年で戻ってこられたが、裁きにかけられ、罰金刑を受けられた。勘当は、主人の想定を越えて長引くこととなり、いまもまだ続いている。ソナン様が懇願されたあのときに、お小さいときによくそうしたように、こっそりと手助けしてさしあげていれば、そうしたことは何ひとつ起こらずにすんだのに。

そんな、しても詮《せん》のない後悔も、ようやく終わりにすることができる。もうすぐシュヌア家のお屋敷は、当たり前の日々を取り戻すのだ。

ヨナルアは、主人の横顔にちらと目をやってから、今度は港を見下ろした。内海を渡る中型の帆船が二隻《せき》、もやってある。その近くに船乗りの姿があるものの、港は「にぎやか」とはほど遠く、丘と同じくのどかだった。

ここから見ると、船乗りたちは親指ほどの大きさだが、遠目のきくヨナルアには、彼らの顔や剝《む》き出しの腕が赤銅色《しゃくどういろ》をしているのが見てとれた。

ソナン様は船旅で、日に焼けておられるだろうかと、ヨナルアは考えた。あの方が、船室にじっとしておられるわけがない。用がなくても甲板を走り回っておられたにきまっている。お顔立ちもたくましくなられたことだろうが、それをつぶさに拝見する楽しみは、まだ先だ。

彼の主人は、外海からの船が到着しても、この丘を下りたりしないと、ヨナルアにはわかっていた。勘当している息子を出迎えるなど、決してなさる方ではない。ここに来たのは保養のためという建て前は、王都を囲む城壁よりも堅固なのだ。

それでも、じっとしていられない親心をお持ちなことを、ヨナルアは四年と少し前、金貸しの店で知ったのだった。長年お仕えしてきた主人の、意外な一面だった。あんなにも愛された奥方の忘れ形見ともいえるお子様だ。厳しさも、大切に思うがゆえのものだと知ってはいたが、まさか、ソナン様の罰金を、匿名《とくめい》で置いていったりされるとは。

堅固な壁にものぞき穴くらいあるように、そこまでならばやってもいいと、ご自分のなかで折り合いをつけられる小さな穴を見つけられたのだろう。今度の場合は、無名の見物人として遠くからながめることが、そうなのだ。

親指ほどの大きさでも、ソナン様が下船されたら、父君である将軍にも、幼い頃からお世話してきたヨナルアにも、きっとわかるにちがいない。すると将軍は、大きな船の入港に気づきもしなかったようなお顔で、おっしゃるだろう。

「もう、じゅうぶんに保養した。王都に帰ることにしよう」

まもなく訪れるであろうそうした場面を思い描くと、ヨナルアの胸は、眼下の海のようにきらめくのだった。

日が西に傾きはじめると、湾内だけでなく、青い絨毯のようだった遠くの海まで輝きだして、まぶしさに物が見えにくくなった。だがあそこに、何か動いているものがあるようだ。もしかしたら、期待が産んだ幻影かもしれないが。

「船が来たぞお」

幻聴でなく、確かに誰かが港のほうで大声をあげた。光に沈んでとらえがたかった物影が、少しずつ大きさを増しながら浮かび上がる。

黒っぽい、四角い、いかつい物体だ。港にはいつのまにか、たくさんの人が湧《わ》き出して、ぱらぱらと動き回っている。主人の横顔に目をやると、「景色をのんびりながめているだけ」では通らない熱心さで、港に向かう物体を見つめていらっしゃった。少し身を乗り出すようにされたのを見て、何かご用かと動きかけた若い従僕を、ヨナルアは片手で制し、誰も主人にかまわないよう、ほかの者にも目で合図した。

船はやがて、甲板に人の姿がみとめられるまでに近づいた。そうなってからは彼もまた、熱心に目をこらした。あの人影は、背が高すぎる。あれは肩幅が広すぎる。あれは背丈に比して頭が大きすぎる。

船が湾に入ってくると、甲板をさがしても無駄なことがわかった。服装からみて、そこにいるのは船乗りばかり。特使派遣隊の人たちは、見えないところで整列でもしているのだろう。

港にも、あわただしく動きまわる人夫のほかに、正装して整列する人々の姿があった。特使を出迎える役場の人間だろう。すなわちあのあたりに、派遣隊は下船するのだ。

港に迫った船体は、周囲の建物を圧するほどに大きくて、なめらかに進みながらも小山のような波をたて、岸壁に水のぶつかる音が丘の上にまで届いた。

その音が、しだいに静まり、絶えたとき、船は港に横付けになっていた。

やはり大きい。建物にしたら五階ぶんくらいの高さがありそうだ。その巨大さに圧倒されたかのように、一瞬港は静まり返ったが、すぐに動きと音とを取り戻した。

ヨナルアには仕組みがよくわからない奇妙な形の〈船つなぎ棒〉が、船から港へ、港から船へ、何本も行き交って固定された。つづいて船腹の二階や三階にあたる部分のあちこちに穴が開いて、そこから岸壁にむけて渡し板がかけられた。

一枚だけ、色合いが異なり、幅は狭いが装飾のあるものが、整列する人々の近くに渡された。派遣隊は、あそこを下りてくるのだろう。

ヨナルアが目をこらしていると、軍服を着た人たちが現れた。先頭付近にいる将校帽の人物が、隊長のティリウ中佐だろう。ソナン様は軍人としての参加ではないから、その後ろの文官の制服の一群におられるはずだ。

けれども、板を渡る人影が絶えても、待ちかねた人は現れなかった。

見逃したのだろうか。いや、そんなことはない。ご主人様も口元に、いらだちを浮かべていらっしゃる。やはり、見つけられなかったのだ。ふたりともが見逃すことなど、ありえない。

派遣隊はまだ、出迎えの人と向かい合うかたちで港に立っていた。ヨナルアはもう一度、一人ひとりを目で確かめた。やっぱり、いらっしゃらない。

そのとき、彼の主人が、「うっ」と短く喉を鳴らした。また動きかけた従僕を抑えて、ヨナルアは主人の視線の先をさぐった。

別の渡し板を、四人の人夫が下っていた。四人がかりで長細いものを運んでいる。担架だ。上に人が横たわっている。顔がこちらを向いていた。遠目にも土気色をしているのがわかる、痩《や》せ細った顔だった。遠い、小さな顔なのに、ヨナルアには、それがソナン様だと見てとれた。

お亡《な》くなりになったのか。

外海の旅は過酷だと聞く。辺境には、中央世界にないおそろしい病が蔓延《まんえん》しているとも。しかし、派遣隊の他の人たちはぴんぴんしているのに、若く元気なあの方だけが、お亡くなりになったのか。

呆然《ぼうぜん》としてヨナルアは、主人を気遣うことも忘れていた。

そのとき、ソナン様が身動きされた。担架が揺れたせいではない。苦しそうに頭をねじり、それからからだをねじられた。

生きておられた。ご病気のようだが、生きておられた。

ほうっと大きく息をついて、それから主人のほうを見た。同じ喜びを感じていらっしゃると思ったのに、そのお顔は、青ざめていたものが赤黒く染まり、お顔は憤怒《ふんぬ》に歪《ゆが》んでいた。

驚いて、もう一度渡し板を下る担架に目をやり、その理由がわかった。からだをよじって背中を向けられたソナン様は、後ろ手に縛られていた。

この方はまた、何かとんでもないことをなさったのだ。こんなに具合が悪そうなのに、このような扱いがされるとは、よほどのことをなさったのだ。

これでもう、昇進はない。お屋敷に帰っていらっしゃる日は、はてしなく遠のいた。

酷使に疲れたヨナルアの目が、かすみはじめた。陽が傾いて雲にかかり、海はもう、きらきらと輝いてはいなかった。

シュヌア将軍が立ち上がった。すでに憤怒も落胆も押し込めた、静かなお顔をされていた。

「もう、じゅうぶんに保養した。王都に帰ることにしよう」

そのせりふは、ヨナルアが予期したとおりのものだったが、予期していたのと正反対の暗く沈んだお声だった。

10

自分がどこにいるかを知るまでに、ずいぶんな時間がかかった。

何ひとつ考えられない状態からの最初の変化は、悪夢と悪夢のあいまの苦しさが、時々すうっと薄らぐようになったことだった。そんな折に、船はどこまで進んだのだろうと考えた。ソナンにとって、地面はまだ揺れていたのだ。

そのうち、誰かが口に食べ物を運んだり、傷の手当てをしていることに気づいたが、誰が、なぜと考える気力は尽きたままだった。

それから何日たっただろう。薄紙をはがすように少しずつ、まわりを感じとる力がもどってきた。ついには、口に匙《さじ》を運ぶ手に、話しかけることができた。

「船？　あんたはとっくに船をおりてる」

手ではなく、上のほうから声がした。次の瞬間、ソナンはまた、つるりと悪夢に呑《の》み込まれた。

そんなことを繰り返しながら、起きている時間、目や耳がまともに働く時間が増えていった。同じ質問を何度もされて飽き飽きしているらしい世話人が、面倒くさそうにこう言ったときも、意味をきちんと理解できた。

「ここは船の中じゃない。療養所だ。臭《にお》いだけでも、大違いだってわかりそうなものなのに」

「臭い……」

あたりには、塗り薬の脂《あぶら》っぽい臭気がただよっていた。

「ここに着いたとき、あんた、ものすごく臭かったんだぜ。船の上で、一度洗ったって話だけど、そうは思えないほど」

船倉から出されたとき、膿《うみ》と汚物と腐った食べ物にまみれていたと、あとになって聞かされた。意識はなく、いつ死んでもおかしくないありさまだった。王都までの移送に耐えられないのは明らかだったので、近くの療養所に送られたと。

幸いにも、船が到着した港町は、貴族たちの保養の場ともなっており、腕のいい医者が何人かいた。おかげでソナンは命をとりとめ、ひと月後には王都に戻ることができた。王都の療養所で、さらにひと月を過ごし、ふつうに歩けるまでに回復すると、ソナンは都市警備隊に復帰した。

また平隊員からやり直しかと思っていたが、元の地位への復帰だった。船倉に放置されているあいだにソナンが被《こうむ》った苦しみは、相応の刑罰以上のものだったと判断されたためらしい。著しい規律違反があったとはいえ、換語士としての務めは果たしていたので、降格も昇格もなく、派遣隊のソナンへの対応の責任も問われないということで、決着がついたのだ。

すべては元の木阿弥《もくあみ》。いや、士官になるまでにかかる期間は、あと四年よりのびたのだろう。ソナンは父の健康と、父のために動いてくれた将軍たちの胸中を思って心を痛めたが、さほど鋭い痛みではなかった。誰かのことを気遣うことに気持ちが向くと、七の姫と空大《そらんた》の姿が現れて、すべてを圧してしまうのだ。

心が動かないよう押さえつけて、ソナンは仕事に専念した。歩くのがやっとのからだでは、通常の見回りでさえ、そうしなければこなせなかった。

近衛《このえ》隊にいたならば、あとひと月は療養の休暇がもらえただろう。だが警備隊では、そうはいかない。きつくてきつくて音を上げそうになったとき、もう一人のソナンのことを思い出した。

あの男も、ソナンらに袋叩《ふくろだた》きにされて死にそうになり、しばらく寝込んだという話だった。歩けるほどに回復して仕事に戻ったとき、やはりこんな思いをしたかもしれない。だったら、悪いことをした。

それなのにあのソナンは、彼のために裁きの場に駆けつけて、貴重な証言をしてくれた。

初めて彼は、もう一人のソナンに対して、申し訳ないという気持ちと、感謝の念を抱いた。

いまさらだが、捜し出して礼を言うべきではないかと考えて、警備隊のなかの古株で、あのソナンと親しかったという人物に相談した。

やめたほうがいいと言われた。あのソナンは、もう王都にいない。捜せば居場所はわかるだろうが、その動きを勘繰る者が出ないともかぎらない。裁きのときの証言は、シュヌア家に恩を売るための嘘《うそ》だった。シュヌア家の息子は、その義理を果たすために、相手を捜しているのだと。

「あんたは、ややこしすぎるお人だからな。あんたが良かれと思ってすることも、とんだとばっちりを生みかねない。そっとしておくのが、いちばんの思いやりだよ」

それで彼は、ナーツの一家を捜して、困っていたら手助けしようという考えも捨て去った。

秋になり、からだはすっかり回復して、残っているのは右足のかすかな違和感だけとなった。歩くときには何でもないが、跳んだり走ったりのとき、ふいにずきんと痛みがはしり、雨の降る日はしくしく疼《うず》く。これはもう、一生ものだと医者に言われた。仲間と剣を交える訓練では、この痛みが、文字どおり足を引っ張った。ごくわずかな違いなので、まだ誰にも負けていないが、以前ほど機敏に動けなくなった。けれども、辻《つじ》強盗ら相手の実戦では、積み重ねてきた経験がものをいう。この違いを仕事に影響させることなく、ソナンはからだの新しい状態に慣れていった。

もうひとつ、外海の旅に出る前と後とで変わったことがある。私生活が、以前ほど禁欲的ではなくなったのだ。

ソナンは、まじめで腕利《うでき》きで賄賂《わいろ》をとらない警備隊員として、町の人たちの信頼を保っていたが、仲間からの「無口でぶきみ」との評はなくなった。たまには冗談を聞いて笑ったり、軽口に応じたりするようになり、ただ物静かな男だとみなされるようになったのだ。たぶん、肩の力が抜けたのだろう。

いまの彼には、日々の仕事を淡々とこなすことのほか、何も残っていなかった。弓《ゆん》貴《たか》については、もう家人《いえんと》や岸士《きしんし》のいた下宿に近づくわけにもいかなくなり、その後を知るすべはなかったが、やるだけやったという思いがあった。あの場所に、彼が心配することは何もない。あとは土地の者がうまくやっていくだろうという安心感のようなものが。

それに、もう二度と見ることは叶《かな》わないと思っていたあの国の景色をながめ、大地に足を下ろしたことで、何かが吹っ切れた。

彼自身の未来については、士官への昇進がいつになるのか見通せなくなったが、もともと家に帰りたかったわけではない。してしまったことに後悔がないぶん、すべてにあきらめがついた。

それにしても、彼はいつ、日没までに宿舎に戻れないことを覚悟したのだろうか。それにいつ、宿舎を飛び出す決意をかためたのだろうか。

思い返しても、これという時がない。きっと、覚悟や決意をするまでもなかったのだろう。何を差し置いても、行かなければならなかった。彼が自分で、紅大《べにんた》と話をつけなければならなかった。

それをなしおえたのだから、もう自分の人生は、これで終わっていいと思えた。薄暗い船倉で、膿にまみれて息絶えていても、彼は誰も恨まなかっただろう。

だが、ソナンは死ななかった。またしても、死の顎《あぎと》を逃れてこちらの世界に戻ってこられた。神の恩寵《おんちょう》の賜物《たまもの》だ、寺院に感謝の祈りを捧《ささ》げに行くようにと、たくさんの人に勧められた。

けれども神は、彼にもう関わりはしないと明言した。その言葉に嘘はないだろう。彼はたまたま生き延びたのだ。

そう思うと、毎日が余生のように感じられた。船倉に入れられたとき切れた糸は、つながってぴんと張ることがないままで、だから肩の力も抜けたままなのだろう。休日も、気を張ることがなくなった。以前は、いかにして弓貴との絆《きずな》を悟られることなく、あの国のその後を知ろうかと、そればかりを気にして過ごしたが、そんな未練もなくなったいま、休みはまさに、心身を休めるだけの時となった。

ぶらぶらとした街歩きは続けているが、見せかけでない、本物の気の向くままの散歩だし、茶屋にも、噂話《うわさばなし》を集めるためでなく、ふつうの男たちと同じ目的で赴くようになった。一夜の相手を求めてだ。

以前は、七の姫のことを思うと、ほかの女と肌を重ねる気になれなかった。遠い国にいる妻に操《みさお》を立ててというわけではない。トコシュヌコの男は、貴族も庶民もそういう観念と無縁だったが、ソナンは彼女を思慕するあまり、ほかの女性に近づきたいと思えなかったのだ。

けれども、最後に見た立ち姿が、七の姫を遠い存在にした。若いからだが女を求めていた。そして彼には、絶好の口実があった。

弓貴で彼が宿舎を抜け出したのは、女を買いに行くためだったと、トコシュヌコの人たちは信じている。おかげで国と国との問題に発展することなく、一人の若者の規律違反でおさまった。かつてのソナンの行状から、いかにもありそうなことだったので、彼の芝居が疑われずにすんだのだが、その後の行動を少しは見張られているだろう。休みの日にまったく女遊びをしなかったら、おかしく思われるおそれがある。

そこで、茶屋娘のいる店に足を運ぶようになった。行ってもかつてのように、陽気に騒いだりはしなかった。もちろん、喧嘩沙汰《けんかざた》など起こさない。ひとりで静かに茶を飲んで、気の合う娘を見つけたら、手を取り合って店を出る。

それが、娼館《しょうかん》に行くほどの金を持たない男らの遊び方だった。茶屋娘にも〈小遣い〉を渡すのだが、相手も遊び気分の場合が多く、さほどの額は要求されない。なじみになって、金のやりとりをしなくなり、そのまま結婚に至る男女も珍しくなかった。

だが彼は、誰ともなじみにならなかった。時には相手の名前も聞かず、一夜限りの関係を結んだ。

からだだけを求めていたというわけではない。茶屋で軽口をかわして、楽しく過ごせる相手を選んだ。物静かでいるのは、本来の彼ではない。寝台の中ならではの無邪気な会話やふざけあいは、裸で抱き合うときのぬくもりと同じくらい、彼の心を温めた。けれども、気の合う相手であればあるほど、情を重ねたら、互いの不幸に行き着くだろう。将来が見通せないといっても、いずれ彼はいま身を置いている社会をはなれる。別れは確実なのだ。そのうえ彼は、ややこしい境遇にあり、意図せずして人に災厄をもたらしかねない。ナーツ一家がいい例だ。娘を〈人買い〉に売るというありふれた、しかしそれだけでじゅうぶん深刻な不幸に、彼が関わったことで余分な凶事が加わって、一家で夜逃げをよぎなくされた。

もう二度と、あんな思いをしたくないから、ソナンは警備隊の仲間や下宿の隣人、見回りをする町の人の誰とも親しくならなかった。

彼が友人をつくらない理由は、もうひとつあった。こちらのほうが大きいかもしれない。

ソナンには、誰にも悟られてはならない秘密がある。弓貴で高い地位についていたこと（いや、ついていること。正式には、彼はまだ輪笏《わしゃく》の督なのだ）。さらには、トコシュヌコが価値をおく弓貴の布について、王宮の人たちが知りたがるだろう知識を秘していること。それらを気づかれてはならないから、人との間に高い垣をめぐらせているのだ。

ソナンは、容姿で女を選ばなかった。苦手な顔というものはある。かつての婚約者や四の姫のような顔立ちだ。それが、世間では「美人」ともてはやされる相貌《そうぼう》だと知ってはいたが、あの手の顔を前にすると、なぜだか逃げ出したくなるのだ。これがおまえの結婚相手だと、幼い頃に押しつけられたせいだろうか。それとも、生まれつき苦手な顔立ちだから、押しつけられたと感じて、ますます嫌になったのか。どちらが先かはわからないが、だめなものはだめだった。

ほかにも、七の姫に似たところのある女性も近づきがたく感じたが、それ以外は、顔も体型も問わずに声をかけた。意味のない軽口をかわし、気が合うかどうかを確かめ、金額が折り合えば、ふたりで茶屋を出る。

その女性との一夜も、そんなふうに始まった。

華やかな雰囲気の人だった。目が大きくて、唇は赤く、四の姫らと別種だが、「美人」といわれそうな顔立ちだ。

けれどもソナンの目をひいたのは、彼女のほがらかさだった。取り澄ましたところの少しもない、あけっぴろげな笑い顔で、三人の男性客と歓談していた。

茶屋娘でなく、客のひとりのようだった。そういう女性も、多くはないが希《まれ》でもない。

ソナンはその卓について、話の輪に加わったが、相客たちはひとりずつ去っていき、すぐにふたりきりになった。

理由は明白だった。その女性の華やかで明るい笑顔には、近くで見るとたくさんの小皺《こじわ》がきざまれていた。肌の様子からも、四十は越えていそうだ。

これほどの〈年増《としま》〉が茶屋にいるのは珍しく、ふつうだったら敬遠するところだが、ソナンは年齢にも頓着《とんじゃく》しなかった。それにやたらと話が合った。無駄話しかしていないが、すっかり愉快な気分になって、何度も声をあげて笑った。

会話がとぎれて、間が生まれた。相手はすっと目を細めて、彼の手に自分の手を重ねた。

「うちに来ない？」

「うん」とソナンはうなずいた。「だけど、あんまり持ち合わせがないんだ」

「無粋なことを言わないで。あんたみたいないい男から、金をとろうなんて思ってないから」

ふたりは腕を組んで、夜の街路を歩いていった。

こういう女だから、下宿屋の一室に住んでいるのだろうと思っていたが、案内されたのは、平屋の一戸建てが並ぶ街区だった。

「ここ」と彼女は、ナーツ一家が住んでいたよりやや広そうな家を顎《あご》で示した。街路に面した窓は暗かったが、ソナンは心配になった。

「途中で、家族が帰ってきたりしないよね」

「あはは」と彼女は夜空に向かって声をあげ、彼に向かって目を細めた。「だいじょうぶ。家族はいない。この家はあたし一人のもので、あたしが扉を開けないかぎり、誰もここには入れない」

そう言うと、大きな身ぶりで玄関を開けて、手招きした。

彼女につづいて屋内に足を踏み入れたとき、ソナンの胸を別の懸念《けねん》がよぎった。

「いいのか。知らない男に家の場所を教えたり、簡単に中に入れたりして」

女の一人暮らしなのに、こんなことをやっていて、よくぞこの年齢までぶじでいられたものだと思った。

「あんたって、心配性ね」彼女は、あきれたように眉《まゆ》を上げた。「だいじょうぶ。これでも人を見る目はあるんだから。あんたは、悪いことはしない。招かないのに、勝手に押しかけたりもしない」

ほんとうにそう思っているのか、いないのか、彼女のからかっているような目つきからはわからなかったが、知らない人間にそう評されて、悪い気はしなかった。それに、それ以上よけいな心配を続けるには、彼の血は騒ぎすぎていた。

ふたりは寝室に直行し、からだをまさぐりあいながら寝台に倒れ込んだ。彼女の服の下にもぐりこませたソナンの手が、豊かな胸に直《じか》に触れた。若い娘のような張りはないが、とろけるように柔らかい。その感触に陶然としながら、もう片方の手で衣服を脱がそうとしたとき、彼女は急に彼をおしのけ、身を起こした。

「ちょっと待って。先に、お手洗いに行ってくる」

そして、唐突な中断に憮然《ぶぜん》とするソナンの頬に、湿った唇を押しつけると、寝台をおり、彼の頭になでるように手を置いた。

「あせらないで。夜は長いのよ」

彼女の背中が奥の扉の向こうに消えると、ソナンは小さくため息をついた。しかたがない。彼女は茶屋で、よくしゃべるだけでなく、よく飲んでいた。事に及ぶ前に、腹の中をすっきりさせる必要があったのだろう。

冷静になった彼の目に、寝室の様子が浮かび上がった。室内の明かりは消えたままだが、大きな窓から街灯の灯が入り込み、ものを見るのに支障はない。

窓辺には、ガラス瓶とか木彫りの人形とか陶器の皿とかの、女性が好きそうな小物がごちゃごちゃと並んでいた。窓に向かって右手の壁ぎわに、長い棒を渡した衣類掛けがあり、今日着ていたような派手な色合いの服が何着も、だらんとぶらさがっている。左手の壁は、抽象的な模様の織物に覆《おお》われている。

居心地のいい部屋だと思った。片づきすぎて冷たいわけでも、不快になるほど乱雑でもない。

いや、いまは、彼にとってちょうどいいちらかり方を、少しだけ行き過ぎていた。彼の脱ぎ捨てた左右の靴が、ひとつはひっくり返って部屋の真ん中に、もうひとつは横倒しで寝台の脇《わき》に転がっているのだ。彼女の小さな革靴は、あんなふうに倒れ込みながらいつのまにそうしたのか不思議だが、きちんとそろえて置いてあるのに。

脱ぎ散らかされた自分の靴が、若者の未熟さを表しているようで、ソナンは恥ずかしくなった。とりあえず手近なひとつを拾おうと、寝台に腰掛けたまま、上体を倒して床に手を伸ばしたとき、頭にぎんと痛みが走った。

数本の髪の毛が、引っ張られていた。寝台の枠木のどこかに引っかかったらしい。ソナンは顔をしかめながら、手探りではずした。それから、床におりてかがみこみ、その場所をしげしげと見た。髪をはずしたときの指触りに、奇妙な感じを受けたのだ。

寝台の下枠と頭側の脚が接合しているあたりに、目を近づけないとわからない、うっすらとした切れ目があった。切れ目はきれいな直線で、まずはまっすぐ上にのぼり、手の幅ほどの長さのところで、直角に曲がって水平の線となり、縦の四、五倍進んだ後、ふたたび直角に曲がってくだり、枠木の下部と合わせて薄い長方形をかたちづくっている。その左下の部分がわずかにささくれだっており、髪はそこに引っかかったのだ。

ソナンは好奇心から、寝台の下に手を入れた。指が棒のようなものに触れたので、いろんな方向に押していると、小さな音をたてて長方形が前に出た。秘密の引き出しになっていたのだ。

ソナンはすぐに、引き出しを押し戻すつもりだった。ゆきずりの女性の秘密を、それ以上さぐるのは失礼だ。だが、ちらりと見えた引き出しの中身は、小さな肖像画のようだった。好奇心に負けて、引き出しをさらに開いた。

やはり、若く凛々《りり》しい青年の肖像画だった。近衛隊の制服を着ている。そのうえ、見覚えのある顔立ちだ。

思わず引き出しに手を入れて、肖像画を取り出した。しゃがんだまま、外からの明かりが絵の中の男の顔にあたるように向きを変えた。

間違いない。これは、若き日のシュヌア将軍だ。茶屋で男を拾うような女が、どうしてこんなものを持っているのだ。

そのとき、ひゅっと嫌な風が吹くのを感じた。思いもかけないものを見つけて呆然《ぼうぜん》としていたソナンだが、その風が、瞬時に彼を空人《そらんと》へと引き戻した。輪笏の督になる前の、香杏《かあん》との戦の中にあった空人へと。

敵の襲撃を感じたら、考える前に、まず動く。命のやりとりが身近だったあのときに戻れたために、風と同時に襲ってきた刃《やいば》を、とっさによけることができた。

彼が一瞬前までいた場所に、深々と短剣が突き刺さった。

「逃がすかっ」

叫びながらあの女が、刃物を床板から抜き取ろうと、両手で柄《つか》をつかんでいた。顔をゆがめ、体重をかけてうなっているが、あまりにしっかり刺さっているからだろう、短剣は動く気配がない。

それほどの勢いで襲ってきたのだ。女性の護身用の小さな剣だが、刃の下にあるのが床板でなく、彼のからだだったら、片腕か命を失っていただろう。

ソナンは女を羽交い締めにして、立ち上がらせた。

「おまえは誰だ。どうして私を殺そうとする」

「はなせ」と女は、驚くほどの力で暴れた。「殺す。絶対に、殺す」

屈強な盗賊を取り押さえなれているソナンにとって、女の抵抗はなにほどのものでもなかったが、その必死さに、切なくなった。

この迫力、金で雇われた刺客でなく、本人が深い殺意を抱いているのだ。いったい彼はいつのまに、知らない女にここまで恨まれることになったのだろう。

思い当たる節はいくらもあった。以前の不品行で傷つけた誰か。ナーツの一家と親しかった者。かつての許婚者《いいなずけ》のチャニルは、いまだに嫁がずにいるという。心優しい貴婦人の運命を狂わせてしまったことに、ワクサール家の使用人だった女などが、恨んでいてもおかしくない。警備隊の仕事で捕まえたり殺したりした悪党の縁者ということもありそうだ。

「どうしてそんなに、私を殺したいのだ。答えろ。理由によっては、おとなしく死んでやらないこともない」

本気ではないが、ほんの少し、それもいいかという気持ちが、心の隅にないではなかった。女はただ、唾《つば》をとばしてののしった。

「見損なった。人の寝室をこそこそ探って」

確かにそれは、非難されてもしかたないが、これほどの殺意を呼ぶこととは思えない。疑問は解決されないままだが、ソナンはこのせりふを聞いて、彼を殺したい理由以上に、知っておくべきことがあるのを思い出した。

「どうしておまえが、父上の肖像画を持っているのだ」

女を羽交い締めにするとき床に放った小さな額に目をやると、裏返しになっていた。けれども彼はさきほど、はっきりと見た。あの絵は実に細密だった。頰骨の脇のほくろもちゃんとあった。想像や、遠くから見て描いたものではない。絵師が本人を目の前にして作製した、正式の肖像画だ。

そんなものを、他人が持っているはずがない。人の絵姿を用いれば、呪《のろ》いをかけられると信じられていることもあり、本人か親や子以外の手に渡るなど、考えられないものなのだ。ましてや、貴族でもない、怪しげな一人暮らしをしている女が、どうして。

突然、女のからだがひとまわり小さくなった。

そう感じるほど、怒張していた筋肉が一挙にしぼんだかと思うと、女は頭を後ろによじり、ソナンの目を見てつぶやいた。

「ちち、うえ？」

その顔は蒼白《そうはく》だった。つづいて腰から下の力が消え、脇を抱えていたソナンの腕に、重みがずしんとかかった。あわてて力を入れなおし、女を寝台にすわらせた。両肩に手を置いて、倒れないよう支えつつ、ふたたび暴れ出そうとしたら抑えられるよう身構えたまま、腰を落として、女の顔を正面から見た。

唇まで白かった。震えていた。

「どうした」

尋問口調をやや和らげて尋ねると、女の震えは大きくなり、うつむいて両手で顔をおおった。

「神様。ああ、神様」

泣き出すのかと思ったが、そのまま絶句し、動かなくなった。胸だけは大きく上下しているので、息絶えたわけではなさそうだ。

「どうした」

もう一度尋ねたが、女の耳にその声が届いている気はしなかった。

「神様」

長い無言ののちに、女は顔を上げ、つぶやいた。

「ありがとうございます。あたしはもう少しで、息子を殺すところでした。ああ、なんて恐ろしい。そうならなかったことを感謝します。もう少しで、あたしは……」

「おい、何を言っている。私の母は、死んでいる。おまえは、誰だ。何者だ」

ソナンは女の肩を揺すった。上を向いていた顔がおりてきて、ようやくその目が彼の目をとらえた。

「あんた、ソナンでしょう。クノームのことを、父上と言った」

父を名前で呼ぶ人間に会ったのは、初めてだった。

「私の母は、死んだ。おまえは誰だ」

思わずソナンは両手をはなして、身をひいた。女はもう、いまにも倒れたり息絶えたりしそうにも、暴れだしそうにもなかった。

「うん。死んだことにするしかなかった。だからほんとうは、そんなもの、持ってちゃいけなかった」

視線が、裏返しの額に向かった。

「持ってるからには、絶対に人に見られないようにしようと思った。万が一にも見られたら、そいつを殺して、あたしも死ぬ。そう決めていた。でも、まさか、あなただったなんて。ああ、神様」

瞳《ひとみ》から、水滴がひとつぶ、頬をつたってこぼれ落ちた。

「よかった。殺せなくて、よかった。傷つけなくて、よかった。それに、ああ……」

彼女の首が、いやいやをするように、左右に揺れはじめた。

「恐ろしい。もしかしたら、殺すより恐ろしい。ああ、神様。お許しください。あたしはもうちょっとで、実の息子と……」

そしてまた、顔をおおった。

ソナンは、話のあまりの展開に、頭がついていけずに少しぼうっとしていたのだが、それを聞いて、はっとした。

どうやらこの女性は、彼の母親らしい。嘘をついているとは思えない、激しい喜怒哀楽を示しているし、肖像画の存在や、父の名前を知っていたこともある。そのうえ、言われてみると彼女の顔立ちには、彼と似たところがあった。だから、親しみを感じたのだ。だから、話が合ったのだ。

母親は、死んでなどいなかった。こんなところで、こんな暮らしをしていた。

その驚きを差し置いて、ソナンを何より愕然《がくぜん》とさせたのは、彼女がいま言いかけたことだった。

この人が、実の母だというのなら、殺されそうになる前に、ふたりでやろうとしていたことは……。

「ああ」と彼も嘆息した。そして、さきほど目の前の女性の顔を硬直に陥らせたものの正体を知った。

彼は、実の母親と寝ようとしていた。彼女が手洗いに立たなければ、彼が靴を拾おうとしなければ、髪がささくれに引っかからなかったら、それは現実となっていた。

そうしたことが、突然目の前に突きつけられたのだ。やろうとしていたことの恐ろしさに身の毛がよだつと同時に、それをのがれたことに、天にも昇る心地になる。こんなに強い感情に、同時に挟み撃ちにされたのだ。心の中は嵐《あらし》のようでも、顔もからだも動かしようがなくなってしまう。ましてや彼女は、彼を殺そうとしたことでも、この挟み撃ちを味わったのだ。

いまようやく、嵐が落ち着き、凶事を免れた安堵《あんど》感《かん》だけが心を占めるにいたったのだろう。さっきまで色を失っていた顔には、薔薇《ばら》のような笑みが浮かんでいた。

「神様、ありがとう」

彼女の両腕が、彼に向かってのばされ、背中にまわった。からだをぐいと引き寄せられて、彼の顔は、豊かな胸に埋まった。このたび、そのやわらかさがもたらす大波は、下半身でなく、彼の胸をいっぱいにした。頭の上で、彼女がつぶやくのが聞こえた。

「感謝します。殺さずにすんだこと。知らずに息子とやっちゃわずにすんだこと。それに、会えたこと」

ふたりは寝台の上で一夜を明かした。少しはなれたところにすわって、もっぱら語り合って過ごしたが、二、三度しんみりとして、手を重ねあったり、いだきあったりした。

彼女はパチャトと名乗った。家の名はないという。孤児《みなしご》で、王都とシュヌア家の領地とのあいだにある、小さな町の宿屋に拾われ、そこで働いていた。

娘盛りになったころ、若き日のシュヌア将軍と出会い、ふたりは激しい恋に墜《お》ちた。

身分違いの恋だった。本来ならば、添えるはずがない。けれども、両親をたてつづけに病でなくし孤独だったクノームは、不屈の精神で障害を取り除いていった。パチャトを名義上、さる下級貴族の養女とし、王宮の権威筋をかきくどいて婚姻の許可をもぎとった。噂にならないように、ひっそりと、屋敷内の寺院で挙式して、晴れてふたりは夫婦になった。

そんなにまでして手に入れた新婚生活は、しかし悲惨なものだった。いっしょに暮らして初めて、ふたりは自分たちがどれだけ違う人間であるかに気づいたのだ。習慣や言葉づかいの問題だけなら、時間と努力で解決できたかもしれないが、もともとの考え方も性質も違った。パチャトはしんとした食卓に耐えられなかったし、クノームは、食事の席で妻が笑い声をあげると、激昂《げっこう》して席を立った。パチャトが身籠《みご》もったことがわかったとき、子供が生まれれば、何かが変わるのではないかと、少なくとも彼女は期待した。何も変わらなかった。彼女は生まれて三月《みつき》の我が子をおいて、シュヌア家を出た。

「あなたを手放したくはなかったけれど、そうするしかなかったの。でないと、あの人が私を殺すか、私が窓から身を投げるか、ふたつにひとつだった」

昔を思い出したせいか、彼女の蓮《はす》っ葉《ぱ》な口調が少しあらたまった。

「うん、わかるよ」

おそらくこの世の誰よりも、ソナンにはよくわかった。この人とあの父が、同じ屋根の下で暮らせるわけがない。それに、シュヌア家が嫡男《ちゃくなん》を手放すことも、ありえない。

「無理を押しての結婚だったから、離婚なんて、とんでもない。シュヌア家の元妻が下町をふらふらするのも、とんでもないこと。かといって私には、帰る場所なんてない。だから、死んだことにするしかなかったの。実際に、偽《にせ》の葬式も出したのよ。あなたにも、母親は死んだと言わざるをえなかったクノームのこと、わかってあげてちょうだいね」

これには素直にうなずけなかった。こんな母親があると知っていたら、彼の人生はずいぶん違っていた気がする。幼い頃はさておき、あるていど大きくなってから、秘密を打ち明けてくれてもよかったのではないか。大事な秘密を守れそうにない、軽薄な息子だと思われていたせいかもしれないが。

パチャトはそれから、過去を誰にも悟られないよう気をつけながら、一人で生きてきたという。屋敷を出るときにまとまったものを貰《もら》ったので、それでこの家と下宿屋を買い、ささやかな暮らしを守ってきた。さびしくなったら、茶屋に行って、相客たちと談笑し——。

「言っておくけど、こんなこと、しょっちゅうやってるわけじゃないのよ」

「こんなこと?」

「つまり、家に誰かを、こんなふうに……」

気まずそうにうつむいて、上目遣いでソナンを見た。

「ああ、いや、その、私も……」

茶屋からこの寝台に至るまでの場面が頭をめぐり、かっと顔が熱くなった。どれもこれも、母親に見せたい自分ではなかった。取り消せるものなら、取り消したい。

「ああ、もう。取り消せるものなら、取り消したい」

彼女が頭を揺すって、叫んだ。

「それは、私も……」

ソナンの頰は、さらに熱くなった。それを見て、彼女がぷっと吹き出した。そうだ、これは滑稽《こっけい》なことだと、つられて笑いだしてから、ソナンは思った。この人のいる家で育っていたら、絶対に、自分の人生はまったく違ったものだった。

「あのね」笑いの波がおさまったあと、彼女が言った。「そういう事情だから、あなたには絶対に会わないようにしてたの。遠目に見ることも、やっちゃだめだって、あなたについての噂話を聞くのも避けてきた。だけど、それでもこうして会っちゃったんだから、これはもう、しょうがないよね」

別れ際《ぎわ》に、「いつ来てもいいよ」と、家の鍵《かぎ》を渡された。

寝台の上で、ふたりはこれきりにするべきか、また会ってもいいものかを話し合い、あまり頻繁でなければかまわないということになったのだ。秘密を知られたなら、相手を殺して自分も死ぬという覚悟で生きてきたパチャトだが、息子のソナンはこの世の中でただ一人、知られてもかまわない、口外されるおそれのない相手だ。それに、彼がこの家に出入りしているのに気づく者があっても、もともとの出会いがそうだったように、女遊びのためだとしか思われないだろう。年齢差がありすぎるから、シュヌア家の長男は、身分違いの相手と結婚を考えているのではと勘繰られるおそれもない。

この人と、また会うことができるのだ。そう思うと、胸の中が夕光石に照らされたように明るくなった。それに、渡された鍵には、また来てもいいという以上の意味があった。

彼女は、二度と家に男を連れ込んだりしないと約束した。「しょっちゅうこんなことをしているわけじゃない」と彼女は言ったが、つまり、たまにはしていたのだ。しかたのないことだと思うが、息子としては、やはりおもしろくなかったので、この約束にはほっとした。

さらに鍵を渡したことで、彼女は約束を破れなくなった。いつ息子が来るかわからない家に、男を連れ込むわけにはいかない。

そして実際、ソナンはそれから月に一、二度、彼女の家に行くようになったが、留守のことはあっても、ほかの訪問者がいたことはなかった。

ありがたいことに、彼女は少しも母親づらをしなかった。用心のため、呼び名も話題も親子らしいことは避けるよう、最初に取り決めたが、それだけでなく、すべてにわたって、最初に茶屋で会ったときのあっけらかんとした態度でいた。

もしも、やたらと世話を焼かれたり、幼い頃に面倒をみられなかったことを詫《わ》びられたり、その埋め合わせにと、せっせと手料理をふるまわれたりしたら、ソナンはこんなにいそいそと彼女の家に出かけはしなかっただろう。

母子というより気の置けない友人どうしのように、ふたりは軽口をかわし、人生に起こったさまざまな出来事を語り合った。

ソナンは、弓貴の話は避けて、近衛隊をやめさせられたころのことをもっぱら話した。王都で噂の的となった剣術大会での出来事を、パチャトは知らなかった。シュヌア家の長男が若くして本大会に勝ち進んだことは、小耳にはさんだのだが、それ以上聞かないようにし、大会の前後十日ほどは郊外に遊びに出ていたのだという。でないと、うっかり競技場に足を運んでしまうかもしれなかったから。

ソナンが勝利のしるしの緑樹の鞠《まり》を、茶屋娘らのいるほうに投げ込んだところまで話が及ぶと、パチャトは腹を抱えて笑った。ソナンは、頭の上から重石《おもし》がとれたような気持ちになった。

なんだかもう、一生いまの生活を続けてもいいんじゃないかとソナンは思った。きつくて危険で安月給でも、警備隊の仕事は嫌いではない。最下層の下宿での一人暮らしも、苦ではない。そのうえ、月に一、二度、この家に来て、こんな時間がもてるなら、悪くない生活だと。

パチャトに会ってから、ソナンの胸に巣くっていた、父親に心痛を与えているとか、期待にこたえられないとかの罪悪感がなくなった。シュヌア家を継ぐ義務にさえ、縛られている気がしなくなった。もともと、若気の至りの結婚でできた息子じゃないか。そのうえ、生後まもなく母親から引き離され、その存在を秘密にされていたのだ。勘当されっぱなしの出来損ないに育っても、当然だ。

皮肉なことに、そんなふうに開き直った気分になってほどなく、ソナンは士官に昇進した。換語士として弓貴に旅立った日から、約一年の月日が流れたころだった。

見回り中、一台の馬車が暴徒に襲われているのを見つけた。貴族が出入りするはずのない地区に入り込んだ豪華な箱馬車が、道端の露店を引っかけて壊してしまった。店主が詰め寄り、弁償を求めたが、御者は下賤《げせん》な者どもに目もくれずに行き過ぎようとした。この態度に激昂した町の者らが、馬車を押しとどめようとして騒動になったところに、襲えば金目のものを奪えるとふんだ無頼漢が加勢した。ソナンらが駆けつけたとき、馬車は打ち壊される寸前だった。

相手は多勢だったが、助けを呼ぶ暇はないと判断したソナンは、剣を抜いて制圧にかかった。武器を持つ者にねらいを定めて、すばやく切り伏せたり、取り押さえたりすると、あとの輩《やから》は逃げ去った。念のため、町を出るところまで護衛して、馬車と別れた。騒動になったいきさつを調べて、最初に捕えた者以外は見逃すことにし、無難な報告を上にあげた。

それだけで、箱馬車に誰が乗っていたのか、見も聞きもしなかったのだが、危険な地区に豪華な馬車で入り込んだうっかり者は、さる王族の側室だった。

この功績により、ソナンは階級を飛び越えて、士官に昇進することになったのだ。

知らせを受けたとき、ソナンは狐《きつね》に摘《つま》まれたような気分になった。

この五年、都市警備隊の勤務のなかで、ずいぶんな数の悪党を捕まえた。襲われていた庶民を助けたこともたびたびあった。だがそれは、仕事として当然のことだから、出世の助けにはならないと言われていた。規則を曲げずに彼を士官にするには、特別な手柄が必要だと、外海への旅に出ることになった。将軍たちが知恵をしぼっても、さまざまな危険と隣り合わせのそんな方法しか見つからなかったのだ。彼はその危険のひとつに引っかかって、昇進どころではなくなった。

それなのに、王族の側室を一人助けただけで、規則を曲げずにぴょんと出世できるとは、どういうことだ。おかしいではないか。

納得できることではなかったが、彼はもう、この昇進に異を唱えるほど子供ではなかった。

八年間の勘当が終わり、ソナンはシュヌア家の屋敷に戻った。


（『朱く照る丘―ソナンと空人４―』につづく）

運《うん》命《めい》の逆《ぎゃく》流《りゅう》

―ソナンと空人3―

新潮文庫　さ-93-3

令和二年十一月一日発行

著者　沢《さわ》村《むら》凜《りん》

発行者　佐藤隆信

発行所　株式会社　新潮社

郵便番号　一六二―八七一一
東京都新宿区矢来町七一
電話　編集部(〇三)三二六六―五四四〇
読者係(〇三)三二六六―五一一一
https://www.shinchosha.co.jp

価格はカバーに表示してあります。

乱丁・落丁本は、ご面倒ですが小社読者係宛ご送付ください。送料小社負担にてお取替えいたします。

印刷・株式会社光邦　製本・株式会社大進堂

ISBN978-4-10-102333-5 C0193